RACHEDA KOOIJMAN

Vossenjacht

uitgeverij
ORLANDO

Omslagontwerp Nanja Toebak
© Foto auteur Frank Ruiter
Zetwerk Pre Press Media Groep
ISBN 978 90 831468 5 0
NUR 301

www.uitgeverijorlando.nl

FSC
www.fsc.org
MIX
Papier van verantwoorde herkomst
FSC® C004472

Voor Roeland, Louise en Joselien

Degenen die het moeilijkst zijn om lief te hebben, hebben het het hardst nodig.

– Socrates

Happiness hit her
like a train on a track
Coming towards her, stuck
still no turning back
She hid around corners
and she hid under beds
She killed it with kisses
and from it she fled
With every bubble she sank with a drink
And washed it away down the kitchen sink

– 'Dog days are over', Florence & The Machine

Hoor je de vrouwen die mij voorgingen
vijfhonderdduizend stemmen
schallen door mijn keel
alsof dit podium speciaal voor hen gebouwd is
ik weet niet welke delen van mezelf zijn
en welke delen zij
zie je dat ze bezit nemen van mijn geest
mijn ledematen losschudden
om alles te doen
waar ze niet toe in staat waren
toen zij leefden

– 'Thuis in mezelf', Rupi Kaur
(vertaling Anke ten Doeschate)

I

Er liggen twee wolven en een vos op mij. De vos is er eentje uit een kinderboek. Een klassieker: oranjebruin met een staart voorzien van een wit uiteinde. Sommige mensen, met name bontliefhebbers, vinden een zilvervos mooier. Ik niet. Een zilvervos lijkt te veel op een mislukte hond. De wolven zijn lichtbruin met lange, grove haren. Niet heel aaibaar. Alleen van een afstand zien ze er zacht uit. Uit de geur maak ik op dat ze alle drie al een tijd dood zijn.

Ik lig op een behandelbank onder hun huiden en word betast door een healer, heks, sjamaan, spiritueel begeleider. Iedereen heeft er een eigen naam voor en geeft er een eigen betekenis aan. Ik heb nog geen idee wat het voor mij gaat betekenen en wat ik ermee moet.

Ze heet Ariane, haar rechterhand heeft ze lichtjes op mijn buik gelegd, tussen mijn navel en mijn schaambeen. Alleen mijn kleren scheiden onze huid. Makkelijke kleren was het verzoek, dus heb ik mijn yogalegging met sterrenprint en een dunne trui aangetrokken. De trui is lichtblauw en op mijn borst staat in pailletten het woord *trashy* in bijna dezelfde kleurvolgorde als de regenboog. Violet ontbreekt. Daar heeft een klein kindje in een arm land vast veel uren handarbeid ingestoken.

Nu al blijkt de trui te warm. De wolven bedekken namelijk mijn borst en de gestroopte huid van hun poten omsluit mijn hoofd als een krans van vacht van voormalig vlees, pees, spier, aders en bot. De vos ligt op mijn benen, met zijn snuit naar mijn voeten gericht. Daar had de vos eigen ideeën over, aldus Ariane: 'Hij wil niet met zijn kop naar je toe liggen.'

'Waarom niet?' vraag ik. Het ongewone wordt snel gewoon, dus worden ook de vragen alledaagser.

'Hij kan je zuiverheid niet aan. Jouw licht is te confronterend.' Ik weet een lach te onderdrukken.

De huiden ruiken muf, naar oud dood dier, en naar shag. Arianes gerochel is de belichaming van de shaglucht. De mufheid die ik verder ruik is een logisch gevolg van de dood. Daar waar het leven uit is gevild, treedt als vanzelf de mufheid op. Het is de stank die er altijd al in heeft gezeten, maar eerder werd gemaskeerd door het stromende bloed. Deze huiden worden waarschijnlijk bij elke sessie op mensen gelegd. Ook dat ga je na verloop van tijd ruiken. Menselijke vettigheid wordt vanzelf ranzigheid en maakt langzaam elk oppervlak glad en glimmend. Als je het maar vies genoeg laat worden, gaan dingen vanzelf glanzen. Zoals mijn kussensloop als ik het twee weken lang niet verschoon. Of mijn haar na het een week niet te wassen.

We passen nauwelijks in haar overvolle, donkere kamer. Het verduisterende, zwarte rolgordijntje is naar beneden, maar door de overdadigheid van de inrichting en de beperkte afmeting van het raam is het hier ongetwijfeld altijd schemerig. De muren zijn behangen met wandkleden, grote en kleine verentooien, allerhande houten fluiten en steigerhouten lijstjes met afbeeldingen van wolven, indianen en bossen. Daartussen witte fineerplankjes met ontelbaar veel kleine olieflesjes, vier verschillende brandertjes, op het etiket van een grote pot staat 'drakenbloed'. Niemand heeft de moeite genomen de zaagzijden van de plankjes te voorzien van een strookje fineer.

Naast de behandeltafel en een krukje staat de vloer vol met trommels; ze heeft er wel zes in verschillende maten. Dan ook nog wij tweeën. Er kan geen mens meer bij. Zelf zei ze toen ze me binnenliet in haar huis: 'Welkom in mijn vierkastenappartement.' In de snelheid zag ik tijdens het langslopen dat in de rest van de kamers en de keuken ook niet bepaald aan een minimalistische inrichting wordt gedaan. Ik durfde nergens lang naar te kijken, uit angst dat Ariane in mijn ogen mijn oordeel zou lezen. Dat mag niet, het is mijn oordeel, dus het moet mijn last zijn.

Uit alle poriën van de ruimte komt een krachtige wierooklucht gekropen. Zoals het huis van een verstokte roker na verloop van tijd geel uitslaat en de rooklucht zich niet meer laat wegluchten of -schilderen, zo is deze kamer doordrenkt van de wierook. Ik bespeur een mengeling van sandelhout, salie, musk en kaneel. Ik heb het reukvermogen van een dier, daarom kan ik zo goed koken.

Ariane kijkt me indringend en nieuwsgierig aan. 'Ik zie jou en jouw licht. Je bent hier niet zomaar. Je staat klaar voor iets groots. De tijd om tekens van boven te ontvangen is aangebroken,' zegt ze serieus en op zachte toon. Ze lacht naar me. Bemoedigend of troostend, dat laat zich lastig interpreteren. 'Je bent een godin, maar er zit nog een laatste blokkade. Die moet eerst weg.'

Haar rookstem met een ras-Amsterdamse tongval detoneert. Haar stem hoort bij een kroegbazin of een hoerenmadam. Heler word je niet op basis van je stemgeluid, dat word je klaarblijkelijk vanzelf, ook zonder zalvende stem.

'Haal maar weg, ik ben veilig bij jou,' weet ik uit te brengen. Ik geloof mijn eigen woorden niet en toch komen ze als vanzelf van ergens diep vanbinnen.

'Doe je ogen maar dicht,' fluistert ze me toe als een moeder die haar kind na een nachtmerrie tot slapen dwingt. Die moeder wil zelf zo snel mogelijk weer terug naar haar eigen bed. Ariane dwingt me door me te strelen met haar woorden. Ik kan alleen maar luisteren. 'We gaan eerst contact leggen met je voorouders. Eens kijken wie het zijn en hoe snel ze zich laten zien.'

Daar ben ik ook benieuwd naar. Ik doe dan wel aan yoga, maar verder dan het aansteken van een kaars en met mijn dronken harses diepzinnige gesprekken voeren over dat er meer moet zijn dan alleen dit aardse tranendal gaat mijn spiritualiteit niet. Ik heb me Ariane laten aanpraten door een collega die weleens een vriendin zou kunnen worden. Een van de weinigen. Ik betrap mezelf erop dat ik haar – soms zelfs in nuchtere toestand – vertel over mijn twijfels. Of ik niet toch naar de kunstacademie moet gaan. Ook al heb ik mijn vorige studie en de opleiding tot yogadocent niet afgemaakt en zadel ik mezelf op met een enorme studieschuld. Over dat ik me mislukt voel. Vijfentwintig jaar en ik doe maar wat, terwijl iedereen om me heen echte banen begint te nemen en ik werk heb dat doet denken aan bijbaantjes, met mijn kroegbaan en cateringklussen.

Ik ben al acht jaar de deur uit, maar heb nog nooit een legale, eigen verblijfplaats gehad. Ook nu woon ik weer los-vast. Dit keer met een huisgenoot, Reyn. Ik heb geen relatie, maar heb seks met wie voorhanden is en met Reyn als er verder niemand voorhanden is. Hij is mijn *dick on demand*. Uit relaties stap ik voordat het serieus wordt. Mijn langste tot nu was ruim een jaar. Dat ik het zo lang heb volgehouden had ook te maken met het gegeven dat hij een huis had en ik niet. Ik laat op het emotionele vlak nooit het achterste van mijn tong zien, maar ik moet wel vaak om onverklaarbare redenen huilen. Eigenlijk steeds vaker. En ik voel me steeds leger worden. Alsof alles wat er aan energie in me zou moeten zitten uit me loopt. Heel langzaam, als een fietsband waar een microscopisch klein gaatje in zit waar de lucht ongemerkt uit ontsnapt.

Het advies van mijn collega durf ik wel op te volgen. Omdat zij mij op haar beurt vertelt over de stiefvader die zijn handen niet thuis kon houden en de moeder die nog altijd beweert er niets van te hebben geweten. Ook zij loopt rond met verborgen vernielingssporen en heeft een gatenkaasleven dat in niets lijkt op een echt leven zoals ik me dat als kind had voorgesteld op deze leeftijd. Dus als zij me adviseert om eens wat alternatiefs en verder onschuldigs te proberen, lig ik nog diezelfde week onder een stelletje dode dieren.

Dat ik bij Ariane mijn voorouders ga aanroepen, had ze er niet bij gezegd. Alleen maar: 'Jij moet Ariane bellen en eens kijken of zij je verder kan helpen. Nog even het een en ander loslaten en je hart durven volgen. Ik kan het wel voor je bedenken, maar dat moet je echt zelf ontdekken.'

'Maar ik heb hulp nodig,' protesteerde ik nog, 'ik weet het juist niet.'

'Schatje, je weet het wel,' zei ze, 'alleen heb je nog niet gevonden waar het antwoord verborgen ligt en daarom moet je naar Ariane.'

Arianes hand op mijn onderbuik voelt lekker. De hand blijft onbewogen liggen, wat logisch is aangezien we elkaar net vijftien minuten kennen, maar in de vertrouwde, vies-lekkere sfeer hier, zoals ik die ook tegenkom in de huizen van de meeste alleenwonende mannen, was het ook heel natuurlijk geweest als ze haar hand naar beneden had laten glijden en 'm daar had neergelegd en dan precies de toppen van de twee langste vingers wat verder had laten rusten. Precies daar waar ze die vingers ook in mij had kunnen laten glijden als er geen stof tussen zou hebben gezeten. Met lichte druk, maar in alle rust. Bijna bewegingsloos. En dat ze zich vervolgens voorover zou hebben gebogen en haar lippen heel zacht op de mijne zou hebben gedrukt. Zo makkelijk is de ontspanning hier in alle delen van mijn lijf te voelen.

Deze korte afleiding had ik niet zien aankomen. Meestal is

dit het gevolg van de aanrakingen van nimfachtige of ordinaire kapsters, masseuses, schoonheidsspecialistes. Ariane is een stevige zestiger met lang, onnatuurlijk zwart haar waar niet alleen bij de uiteinden, maar al bij de wortels het leven aan lijkt onttrokken. Op haar enorme borstpartij hangt een ketting die heel goed als dromenvanger in een antroposofische B&B had kunnen hangen. Haar wollen poncho verhult haar taille en de praktische, olijfkleurige flodderbroek is vooral dat: praktisch. Geen toonbeeld van geilheid.

'Daar zijn ze…' laat Ariane me opgetogen weten. Ik voel me betrapt. Zij was met andere dingen bezig. 'Wat snel. Ze zijn heel dichtbij en voelen zich heel welkom. En noodzakelijk. Je hebt ze nodig. Laat ze maar om je heen staan, doen waarvoor ze zijn.'

Het is vast niet de bedoeling dat ik mijn ogen opendoe en ik durf het ook niet. Straks zie ik echt een clubje oude mensen staan. Ik voel ze omdat ik ze wil voelen, omdat het een rustgevend idee is dat mijn voorvaderen over mij waken. En dan ga ik erin mee. Ik weet ook precies hoe: deze truc ken ik. Kruin omhoog zodat de nek vrijkomt. Ik haal daarmee de knik die anders in de nek zit weg. Schouderbladen naar beneden, weg van de oren en naar elkaar toe. Hierdoor ontstaat er ademruimte in mijn borstkas en druipt de spanning in mijn schouders direct mijn lijf uit. En zo verder naar beneden, het hele lijf langs om overal de spanning vanaf te halen en de energie te laten stromen. Vervolgens diep ademen en focussen op mijn derde oog. Makkie. In diepe ontspanning voelt het daadwerkelijk alsof ik loskom van de ondergrond. Ik kan het hier, ik kan het thuis, ik kan het op de yogaschool. Nog iets waar ik naast koken, tekenen en schilderen goed in ben.

Ariane haalt haar hand weg, maar ik blijf de afdruk voelen. Ik meen te merken dat ze naast me gaat zitten en een trommel pakt. Ze begint erop te slaan. Haar ritme begint mijn energie op te stuwen. Ik voel haar in mij pulseren, alsof ze een weg aan het zoeken is in mijn labyrint van aderen. Ze wil overal heen, naar alle uithoeken. Me alles laten vergeten, loskomen van het aardse, opgaan en meepulseren met de grote, oppermachtige energie van de aarde. En ik pulseer mee. Ik ben niemand, ik ben alles. Mijn lijf, een grote brij van botten, vlees, zenuwen, spier, haar, bloed, huid. Hard, zacht; alles is één. En ik ben alles daarbuiten. Ik stijg op, ik zweef, ik ben de lucht, het licht.

Er beginnen zich beelden te vormen op mijn netvlies. Ik zie mezelf, en weet dat ik droom, maar ik ben niet in staat om het te stoppen. Ik speel mee en ben tegelijkertijd acteur en toeschouwer in een film. De chronologie van wat ik zie klopt, maar het sluit niet op elkaar aan. Het zijn flarden. Ik ga niet van de ene scène naar de andere, maar ben in de ene scène en daarna plotsklaps in een volgende.

Ik sta met huisgenoot Reyn op een strand. Het afgelegen strandje in Asturië waar mijn moeder en ik vroeger altijd op vakantie gingen. Wat doet hij daar? We lopen het water in. Hij wil dat ik mij onderdompel in de zee, ik niet. Hij zegt: 'Ga maar, het is goed.' Dan vertrouw ik hem en laat me in het water zakken. De trommel van Ariane domineert weer mijn ritme. Dit keer valt het samen met het tempo van de golfbewegingen van het water. Ik dein in dat ritme, ik ben de oceaan geworden.

Nieuwe scène: ik lig en ver boven mij zie ik ruisende boomtoppen. Ik hoor ze ook. Het mooiste geluid dat er bestaat. Het ritme van het ruisen is het ritme van de trommel. Mensen buigen zich over mij heen. Familie, vrienden, Reyn. Ben ik dood? Nee, want iedereen lacht en kijkt gelukzalig naar mij. Ik voel de voldoening door mijn lijf golven. Ik richt me langzaam op. Niet dat ik ga zitten, maar ik word opgetild met heel mijn lichaam. Alsof ik een plank ben die aan de kopse kant wordt opgetild. Ik huil van geluk en begrijp nu waar ik op lig, op hout; ik lig in een houten kist. Een open kist, die rechtop komt te staan zodat ik eruit kan stappen en kan weglopen. Iedereen lacht, juicht en huilt nog harder, de gelukstranen vloeien rijkelijk. Ze beginnen me aan te raken, ze omhelzen me, en als een amorfe mensenmassa lopen we in de richting van het kasteel dat in de verte ligt. We komen bij een altaar in de kasteeltuin, ik draag een witte jurk. Een trouwjurk? Reyn loopt vlak achter me. Met wie ga ik trouwen? Of gaan ze me offeren op dat altaar?

Het volgende moment lig ik op het altaar op een stenen tafel. De trouwjurk hangt in flarden om mijn lijf. Reyn draagt een wit zijden gewaad. Zijn haar is veel langer en hij heeft een baard. Hij lijkt Jezus wel. Reyn offert mij op het altaar door me op de tafel te penetreren. Iedereen ziet dit als een ultieme uiting van liefde. Ook ik. Of het ook zo is, doet er niet toe. In deze wereld zijn de regels anders. Om ons heen staan al mijn familieleden en vrienden, ze moedigen Reyn aan.

Een volgende scène: ik ben in een grote, open ruimte. Omringd door hoge ramen met ontelbaar veel roeden. Het licht valt aan alle kanten binnen. Alsof de zon uit alle windrichtingen schijnt. Overal staan ezels met daarop onbeschilderde doeken. Ik moet ze beschilderen. Ze staan voor me in de rij. Als ik niet begin, verdwijnen ze. Bijna ongemerkt, als mist zijn ze ineens opgelost.

Ariane houdt op met trommelen. 'Blijf maar even rustig liggen, ik kom zo weer bij je.'

Ik wil zeggen dat het goed is, maar mijn wangen, mijn tong, mijn lippen zijn zo ontspannen dat woorden vormen niet gaat. Mijn mond is een grote, trage vleesbrij. Praten hoeft niet, Ariane is de kamer al uit.

De stromende energie in mij komt langzaam tot rust, begint zelfs te vervagen. De onderdelen van mijn lichaam worden weer op zichzelf staande elementen, er is weer onderscheid: ik ben niet langer amorf. Mijn verbinding met het grote alles verdwijnt. Zo moet een baby zich voelen na de queeste door het geboortekanaal, na het doorknippen van de navelstreng. Nog geen paar uur geleden was het kind onlosmakelijk verbonden met het lichaam van de moeder. Nu is het los, vrij, maar het voelt nog niet als vrij. Het voelt als losgerukt. De omgeving verandert niet, de wereld is nog hetzelfde, maar je rol in die wereld is ineens anders.

Ik ben terug op aarde, terug in de kamer, onder de huiden. De muffe lucht dringt zich weer op. Ik wil nog niet terug, dus ik houd mijn ogen dicht, maar de ontspanning laat zich niet vasthouden. Ze laat mij gaan, dus laat ik haar gaan.

Door de muur hoor ik Arianes blafhoest. Ze zit vast een sjekkie te roken na gedane arbeid; mensen helpen ontspannen.

'Daar ben je weer,' zegt Ariane terwijl ze binnenkomt en de deur zachtjes achter zich sluit. 'Je was behoorlijk ver weg.'

'Het ging maar door,' weet ik moeizaam uit te brengen. Mijn mond is nog te week.

'Je hebt me een hoop laten zien. Een godin met een verhaal. Die tref ik niet vaak,' zegt ze alsof ze echt onder de indruk is. 'Er zit nog zoveel meer, maar dit is een mooi begin.' Ze lacht me liefdevol toe. Zo heeft mijn moeder lang niet meer naar me gekeken.

Ik lach schaapachtig terug. Haar blik wordt ineens serieus. 'Je bent écht een godin. Zoals je hier ligt, met die ravenzwarte haren, je bruine ogen vol verhalen en die huiden om je hoofd als een… dierenkroon. Een harig, maar lief en warm aureool. De godin van de dieren. Je bent een van hen…'

'Als een krijger?'

'Nee, daar ben jij veel te zacht voor. Laat anderen maar krijgers zijn, jij vecht alleen maar tegen jezelf.'

Ogen vol verhalen. Het enige wat ik te horen krijg over mijn ogen is dat ze zaadvragend zijn. Al die mannen kunnen de verhalen die er klaarblijkelijk in zitten niet lezen.

'Wat gebeurt er? Wat was dat net?' Voor haar mag het dan volslagen normaal zijn, voor mij is de wereld voor altijd anders. Net als toen ik voor de eerste keer paddo's had gebruikt.

'Het is veel, hè? Ik weet het. Ik begin gewoon bij het begin.' Ariane legt haar hand weer op mijn onderbuik. De diepe aan geilheid grenzende ontspanning is direct terug. 'Je voorouders stonden naar je te lachen. Wat een stel lieve, blije mensen. Dat zie ik niet vaak. Ze willen dat het goed met je gaat. En het gaat goed met hen. Er zitten er wel een paar bij die het nodige hebben meegemaakt, maar ze hebben zich er niet onder laten krijgen.'

'Ik voelde dat, dat positieve, die lichtheid.'

'Natuurlijk, vrouw, dat ben jij,' bevestigt ze. 'Jij bent die lichtheid.' Ze zwijgt even om mijn reactie te polsen.

Ik zeg niets en wacht op de rest van haar woorden. Ik weet ook niet wat ik zou kunnen zeggen.

Dan gaat ze verder. 'Ik zag een groot blauw licht, afkomstig van een bijna doorzichtig, blauw kristal. Ik zag jou en jouw licht. En het is zo goed, zo zuiver. Kraaien waken erover. Ze laten niemand in de buurt komen. Zelfs ik mocht eerst niet dichterbij komen.'

Als gehypnotiseerd lig ik naar haar te kijken, vanuit de veiligheid van de wolvenpoten zonder klauwen, terwijl ze rustig en vol overtuiging verderpraat.

'Je vloog, heel hoog. De aarde was niet meer dan een stip in de verte. Dat is uitzonderlijk. De meeste mensen blijven een beetje boven hun eigen leven cirkelen. Jij verliet de dampkring om pas na lange tijd terug te keren. Iets haalde je terug, je moet hier nog iets.'

Ze brengt het feitelijk. Geen verontschuldiging voor de mogelijke onnozelheid van haar berichten uit de spirituele wereld. Dit is haar waarheid en ze maakt er mijn waarheid van. Onder andere omstandigheden zou ik mijn cynische gezicht alweer hebben opgezet, maar Arianes waarheid is de mijne geworden.

Ze vertelt waarom ik terugkeerde. Ik werd teruggeroepen door een donkere man van middelbare leeftijd. Hij zat op een rots, als een mannetje op de apenrots met om zijn nek een zware ambtsketting, het symbool voor zijn trots. Hij stikte bijna door de strakke ketting. Verder zag ze Reyn, of in elk geval iemand die volledig aan de omschrijving voldeed. Ze zag hoe hij gedurende mijn wederopstanding mij bij de hand nam en me met zachte hand het water in leidde en zei: 'Ga maar, doe maar, dit is goed voor je.'

'Die jongen is als je voorouders. Hij heeft het beste met je voor. Hij weet beter wat je nodig hebt dan jijzelf,' vervolgt ze.

'Maar ik ken hem pas net. Hij is mijn huisgenoot.'

'Dan heb je een goede huisgenoot uitgekozen. Betekenen jullie veel voor elkaar?'

'Zo zou je het kunnen zeggen.'

'Je fladdert overal langs, maakt nergens deel van uit, je hecht je nergens. En je bent herboren. Dat zag je zelf ook, toch? Je moest sterven om opnieuw op te staan. De rest begint nu, de rest is aan jou.'

De rest is aan jou? En ik maar denken dat ik hier allemaal inzichten aangereikt zou krijgen. 'Wat moet ik dan doen?' Hopelijk kan ze me dat vertellen. Anders voel ik me best bekocht.

'Herleef wat je hebt gezien en wat ik je net heb verteld en haal eruit wat voor je werkt. Wat we samen hebben gezien, zagen we niet zomaar, dus doe er iets mee.'

'Heb ik een keuze?'

Ariane buigt zich over me heen, in de richting van mijn rechteroor. Ze schuift de dierenhuid opzij en fluistert: 'Je hebt altijd een keuze en er is maar één goede keuze: dat is die van jou.' Zie je wel, zo bekocht als maar kan. Het blijft altijd maar afwachten met die vrije beroepen.

Ze geeft me een zoen op mijn wang en begint met het weghalen van de huiden. Alsof ze me vilt. 'Je bent een leuk vrouwtje, Nadia,' zegt ze terwijl ze me van top tot teen opneemt. Ze spreekt mijn naam fout uit. Het is niet Naa-di-aa, het is Na-dzja. Ik corrigeer haar niet, ik ben eraan gewend dat mijn naam verkeerd wordt gezegd. 'Waar kom je eigenlijk vandaan? Je voorouders waren allemaal donker, bijna negroïde zelfs.'

Ze stelt dé vraag. De vraag die me tot aan mijn dood zal worden gesteld. Op basis van mijn uiterlijk in combinatie met mijn naam, Nadia Smits. Mijn naam is de belichaming van mijn half-Nederlandse, half-Marokkaanse identiteit; voor de helft het één, voor de helft het ander. En als ik dan vertel dat mijn vader uit Marokko komt en mijn moeder Nederlands is, strooien mensen eerst kwistig met alle vooroordelen die ze bij zich dragen en vervolgens stellen ze dé tweede vraag: ben je weleens in Marokko geweest? Het antwoord is nee, omdat de relatie tussen mijn ouders nooit meer is geweest dan een uit de hand gelopen, kortstondige liefdesrelatie waar toevallig een kind uit is voortgekomen, dat maar door een van de ouders is opgevoed. Uit het kortdurende samenzijn is geen bezoekregeling voortgevloeid. Er is dus nooit een normale omgangsvorm gevonden voor ons gebroken gezin en ik ben nooit in Marokko geweest. Een logische uitleg, maar met de pijnlijke waarheid had die natuurlijk niets te maken.

'Je hebt je vader nog nooit gezien?' Haar ogen zijn ineens een stuk groter en haar opgetrokken wenkbrauwen veranderen haar voorhoofd in een stel opgestapelde stokbroden.

'Nog nooit in het echt. Alleen op een oude foto,' antwoord ik neutraal. Ik breng deze boodschap altijd nonchalant. Om mensen niet te laten schrikken en om te voorkomen dat ze medelijden met me krijgen. Hun medelijden mag me niet bevuilen.

'Vrouw,' zegt Ariane troostend terwijl ze mijn beide handen vastpakt, 'dan begrijp ik ineens een stuk beter wat ik heb gezien. Jij toch ook?'

'Ik denk het wel.' Eerlijk gezegd denk ik even helemaal niets, maar ik wil haar niet het gevoel geven dat we deze sessie voor niets hebben gedaan. Ik gun haar eer van haar werk.

'Hoe oud ben je? Jaartje of vijfentwintig?' Met een schuin hoofd neemt ze me op. Ze kijkt alsof ze voor een onmogelijk vraagstuk is komen te staan.

'Net vijfentwintig geworden.'

'Twenty four and there's so much more,' zegt ze veelbetekenend. Ik ken de zin uit de platencollectie van mijn moeder. Ik meen dat ze van Neil Young is, of van Lou Reed of van die ene zwaarmoedige gast. Tot vandaag heb ik nooit stilgestaan bij de betekenis. 'Je bent net begonnen aan *so much more*. De rest van je leven komt eraan. Bedankt voor je komst, ik moest jou ontmoeten, mijn lichte, mooie, zuivere godin.'

'En nu?' vraag ik, in de hoop dat ze daar wel een pasklaar antwoord op heeft.

'En nu niets. Wij hoeven geen nieuwe afspraak te maken. Ik heb er alle vertrouwen in dat jij vanzelf weer op mijn pad komt.'

Ze laat me uit, de warme avond in. Daarbinnen was het zo donker dat ik compleet vergeten ben dat buiten de dag nog niet achter me lag. Ik stap op mijn fiets en zwaai naar Ariane die me vanuit de deuropening nakijkt. Ze blijft staan totdat ik de hoek om ben. Wat. Was. Dit?

2

'Nou, je bent er diep in meegegaan, goed van je,' is Reyns eerste reactie nadat ik hem vertel over mijn bezoek aan Ariane. Hij staat voor de spiegel in de gang zijn haar te kammen. In zijn geval een hele klus aangezien zijn bos krullen nogal wat verzorging vraagt. Het is weliswaar blond, maar soms lijkt het net zoveel aandacht te vragen als kroeshaar. Of is het gewoon ijdelheid? 'Kun je er wat mee? Want dat is natuurlijk de hele bedoeling van dit avontuur.'

'Weet ik nog niet. Ik ben nu vooral aan het verwerken dat ik zojuist informatie over mezelf heb gekregen via een medium terwijl ik was bedekt met dierenhuiden en broodnuchter lag te trippen alsof ik aan zuivere lsd had zitten lebberen. En dat ik het ook nog de normaalste zaak van de wereld vond.' Ik plof op de bank vanwaar ik hem nog zie ook al zijn we niet in hetzelfde vertrek.

'Snap je waarom je mij daar hebt gezien?' De mousse die hij in zijn handen heeft gespoten lijkt op een dot slagroom. Hij verdeelt het over beide handen en masseert het met zorg in zijn haar. Zoals de kapper het ook doet. De bus ziet er prijzig uit. Hij laat zich vast afzetten bij de kapper door daar zogenaamde alleen-voor-kappers-tattie te kopen. Ik smeer Nivea als haarverzorgingsproduct in mijn haar tegen het pluizen. Mijn haar hangt alleen maar, dus het maakt niet uit wat ik erin smeer.

'Uiteraard. Jij bent in mijn leven omdat je pik precies in mij past en je mijn hoofd stil weet te neuken.'

'Even serieus, Nad,' gaat hij verder, 'praat er niet overheen door met geslachtsdelen te gaan strooien. Vuilbekkerij gaat je niet redden.'

'Jij begon!'

'Nee, ik stelde een serieuze vraag, maar misschien moet je het eerst even laten indalen. Wennen aan het idee dat informatie ook op een andere manier tot je kan komen.'

Ik kijk naar beneden, naar het losgeraakte zoompje van mijn trui. Ik begin aan het uitstekende draadje te frummelen waardoor de zoom verder losraakt. Een heel stuk zelfs wanneer ik per ongeluk te hard trek. 'De verleiding om flauwe grappen te gaan maken over wolven, indianen en het heilige licht in de duisternis is ook gewoon te groot.'

'En begrijpelijk, maar ze zegt natuurlijk wel wat.'

Ik zucht. Ze zei inderdaad wat. Over de man die mijn afwezige vader belichaamt. Een bekend en ongewenst gevoel komt omhoogkruipen, zoals gal me ook weleens kan overvallen. Ik weet precies hoe ik ermee om moet gaan. Gewoon wegslikken.

'Hoe zit het eigenlijk met je vader? Hij was weggegaan, toch?' Reyn gooit zonder dat hij het weet olie op het vuur, of eigenlijk gooit hij pijn op mijn verdriet.

'Ik was een baby, dus ik heb er geen herinneringen aan. Ik heb niet huilend voor het raam gestaan terwijl ik hem zag vertrekken met zijn koffers. Het was geen pijnlijk jeugdtrauma of zo.'

'Niet eentje waar je je bewust van bent.'

'Wat bedoel je?'

'Je hebt hem niet letterlijk weg zien lopen, maar als baby heb je natuurlijk wel gevoeld dat hij is vertrokken. Onbewust kun je namelijk wel een trauma hebben.'

'Hoe kom jij aan die wijsheid?'

'Mijn lievelingstante hield zich daarmee bezig. Door haar ben ik een gevoelige, spirituele jongen geworden.'

'En dat houdt in?'

'Dat ik nergens raar van opkijk. Dat ik weet dat trauma's ergens in je lichaam opgeslagen liggen en dat er meer manieren zijn om iets aan te gaan. Ik heb op aanraden van mijn tante ook het nodige aan alternatieve uitstapjes gemaakt. Beetje hetzelfde als wat jij nu hebt gedaan. Trippen zonder drugs én zonder chemische kater de dag erna en in de krochten van je onderbewuste rondsurfen om te zien wat er allemaal zit.'

'Aha, jij bent hier de ervaringsdeskundige. En, wat is er tussen hemel en aarde?'

'Vul dat zelf maar in. Je bent er net geweest. Ik moet zo weg, maar later verderpraten?'

'Ik moet zo werken. Een late bardienst, dus ander keertje.'

Hij loopt naar de badkamer, waar ik hem zijn tanden hoor poetsen. Daarna komt hij naast me zitten om zijn veters te strikken. 'Waarom is je vader eigenlijk weggegaan? Of is dat een lang verhaal?' Hij kijkt me aan terwijl hij zijn veters strikt. Dat kan hij klaarblijkelijk zonder te kijken. Iedereen misschien wel.

'Nee, dat is juist een kort verhaal; ik weet het niet.'

'Je weet het niet? Heeft je moeder daar dan niets over verteld?' Hij stopt even met strikken. De universele manier van laten weten dat je met stomheid geslagen bent.

'Ze zegt dat ze het niet allemaal precies weet. Dat het een heftige, onduidelijke periode was en dat alles heel raar is gelopen. Zijn familie was klaarblijkelijk tegen de relatie en hij is eigenlijk zonder tekst en uitleg naar Marokko verdwenen. Het was allemaal heel pijnlijk en verdrietig. Jaren later heeft ze via vrienden moeten vernemen dat hij is getrouwd met een vrouw uit Marokko en dat hij met haar kinderen heeft gekregen en weer in Amsterdam is gaan wonen. Dat maakte het allemaal nog erger.'

Ooit praatte ik met haar over mijn vader. Inmiddels heb ik

geen zin meer om er met haar over te praten. Zij speelt hierin ook geen rol, niet meer. Die kans heeft ze gehad. Toen ik haar nog honderduit vroeg over hem en hoe alles was gegaan. Haar functionele antwoorden waren een web dat niet kapot te maken viel, maar dat zich steeds dichter om me heen spon. Tot ik vastzat en het wel moest laten rusten. En dat deed ik, want ik kon ook niet anders dan concluderen dat mijn vader klaarblijkelijk ook niet nieuwsgierig was naar mij. Kan het, dat mijn moeder zulke belangrijke details is vergeten? Was dat haar manier om ermee om te gaan, omdat ze er anders aan onderdoor was gegaan? Misschien is ze dat ook wel en weet ze dat heel goed voor mij verborgen te houden. Ze verstopt het achter haar moederfaçade. Daarachter heb ik niets te zoeken. Die façade leer ik waarschijnlijk pas kennen als ik zelf moeder word.

'En je hebt dus halfbroers en -zussen?' Zijn grote, blauwe ogen kijken me ongelovig aan. Hij kan mijn leven niet geloven.

'Ja, blijkbaar, maar ik weet niet hoeveel.'

'Maar ben je dan niet nieuwsgierig? Wil je niet weten of ze op je lijken?'

'Mijn vader is vertrokken, Reyn. Vertrokken. Hij heeft een vrouw met een baby in de steek gelaten. Ik weet niet of ik wel zo'n behoefte heb om zo iemand op te zoeken.'

'Maar wil je niet weten waarom hij is weggegaan? Het is ook jouw geschiedenis en jij hebt recht op de waarheid.'

'Moest jij niet snel de deur uit?'

'Even serieus, Nad: je weet dus niets, hebt je vader en je half-familie nooit gezien en je kent je Marokkaanse familie niet?' Reyns verbazing blijft maar groter worden. Ik ben waarschijnlijk de eerste persoon in zijn leven met zo'n familieverhaal. Daar waar hij vandaan komt zijn alle ouders nog bij elkaar en zorgt alleen de dood voor een scheiding. En dan weet hij nog niet eens dat ik jarenlang loog over mijn afkomst. Ik maakte iedereen wijs dat ik half-Spaans was. Alles om maar niet bij die groep te horen waar negatief over werd gesproken en grappen over werden gemaakt.

'Sterker nog, ik ben nog nooit in Marokko geweest.'

Alle clichés over opgroeiende Marokkaanse kinderen gingen voor mij niet op. Met mijn Nederlandse moeder ging ik niet zes weken per jaar met een Volkswagen-bus in een onbestemde kleur die fungeert als duw-in voor een wilde variatie aan meubels, kleding, gereedschap, witgoedapparaten en andere westerse afdankertjes naar Marokko. Ik had geen opa met wie ik emotionele telefoontjes voerde, omdat ik hem zo miste en voor wie ik dan Nederlandse kinderliedjes moest zingen om hem te laten zien wat ik allemaal had geleerd. Ik deed niet aan de ramadan. Ik sprak geen woord Marokkaans. Ik hoefde niet naar de zaterdagse Koranles. Ik at ham op mijn brood. Ik hoefde niet mee naar de dokter om te vertalen omdat mijn vader anders zonder greintje spot had beweerd dat hij een rare pukkel was geworden. Suikerfeest vieren met mijn familie in Marokko deed ik ook niet. En mijn moeder werkte op een kantoor, maar in tegenstelling tot de buitenlandse moeders van mijn klasgenoten zat mijn moeder achter een bureau en liep ze niet in de avonduren achter een schoonmaaktrolley.

'Dus je bent net zo Nederlands opgevoed als ik?'

'Ja,' zeg ik blij, alsof dit me gewoner, misschien zelfs wel beter, maakt. 'Gelukkig wel. De Marokkaanse kinderen uit mijn klas hadden namelijk echt heel weinig. Iedereen sliep met broertjes en zusjes op dezelfde kamer waar de vloerbedekking bestond uit een rijtje matrassen. Er was nauwelijks speelgoed in huis. Ze droegen altijd tweedehands kleren en ook die gingen weer door van zus op zus totdat alles echt compleet was afgedragen. En op hun verjaardag gingen ze altijd de klassen rond met een kistje Maroc-mandarijnen. Bij ons was het een stuk overdadiger. Mijn moeder had een goede baan, heeft zich opgewerkt. Alleen was mijn moeder bijna nooit thuis, ze werkte eigenlijk alleen maar en vanaf mijn vijftiende begon ze ook buitenlandse opdrachten aan te nemen, dus toen was ik soms een paar dagen alleen.'

'Dat klinkt ook niet echt leuk.'

'Het gaf me alle vrijheid van de wereld.'

'Was zeker ook wel eenzaam?' Hij kijkt erbij alsof hij me ziet zitten als een zielige vijftienjarige die alleen thuis haar avondeten aan het opeten is. Wat ik ook vaak deed, dus hij heeft het nog goed ingeschat ook.

Ik haal mijn schouders op. Eenzaamheid laat zich klaarblijkelijk makkelijk vergeten, ik kan me niet herinneren dat ik die tijd zonder mijn moeder diepongelukkig door heb gebracht. Zij was weg of zat op haar werkkamer dossiers te lezen.

Mijn moeder, de bedrijvendokter. Ze kwam, keek en zag wat er niet goed ging bij een organisatie. Daar was ze goed in. Zien wat ik nodig had en mij repareren lukte haar niet. Het lukt haar nog steeds niet.

'Nad, ik wil het heel graag horen, maar ik moet nu echt gaan. Zie je komende dagen wel weer ergens.' Hij geeft me een kus op mijn mond en gaat weg. De blonde haartjes op zijn armen vallen in het binnenvallende licht extra op doordat de huid eronder steeds zongebruinder aan het worden is. Door de ramen van de woonkamer zie ik hem zijn fiets pakken. Geen idee wat hij gaat doen en met wie. Als huisgenoten zijn we elkaar geen enkele uitleg verschuldigd.

Reyn en ik treffen elkaar twee dagen later pas weer in de vroege ochtend. Door mijn nachtdiensten in de bar en zijn dagelijkse kantoorbaan bewegen we vaak volledig langs elkaar heen. Daar hebben we onze huisregels ook op aangepast. Als Reyn aangeeft dat hij de volgende dag echt fit wil zijn, moet ik dat respecteren en mag ik niet als ik midden in de nacht thuiskom bij hem in bed kruipen, hoe geil ik ook ben. Dan moet ik braaf op mijn eigen kamer masturberen of slapen. Of allebei. Hij mag op zijn beurt mij in de ochtend niet wakker maken als hij zin heeft om zijn ochtenderectie daadwerkelijk een functie te geven als ik de avond ervoor een late dienst heb gedraaid.

We hebben nog wat regels. Degene die iets opmaakt, moet het weer aanvullen. Wc-papier moet direct, de rest mag binnen twee dagen. Mijn penselen en kwasten mag ik niet in de badkamer uitspoelen, alleen in de keuken. Mijn schilderdoeken mag ik in de kamer laten drogen met een maximum van twee doeken. Tenzij het kleintjes zijn, dan mag ik er drie laten drogen. Ieder doet zijn eigen afwas en was. Ik wil ook niet dat hij mijn slipjes met tot craquelé verworden kruis moet sorteren. Er mogen geen zwarte marmotten in het doucheputje blijven liggen, oftewel al mijn lange haren moet ik met me mee het douchehokje uit nemen. De huur moet voor de laatste van de maand zijn overgemaakt. Op te laat overmaken volgt een boete die ik in natura moet voldoen. Ik heb vorige maand de huur expres te laat overgemaakt. Reyn bepaalde dat ik me van achteren moest laten nemen op zijn tafelvoetbaltafel. De roodgekleurde aanvallers van de tegenpartij prikten met hun emotieloze hoofden in mijn borsten. Ik denk dat ik deze maand de huur weer te laat ga overmaken. De laatste regel, ook meteen de leukste: we hebben seks als we daar zin in hebben. Met elkaar of met anderen. Met deze regels gaat het al drie maanden meer dan goed. Als ik de vrijblijvendheid wegdenk, is het net een relatie.

'Waar heb jij gezeten, ouwe zwerfkat?' zegt Reyn terwijl hij in zijn pak staat te ontbijten bij het aanrecht. Hij eet voorovergebogen om yoghurtkledders te voorkomen.

'We gingen na het werk nog naar Gabors huis en toen haalde hij een fles whisky tevoorschijn. Een aanstellerige blend van weet ik veel wat uit weet ik veel wat voor vat en toen...'

'Toen lag je ineens in Gabors bed en waren al je kleren uitgevallen?'

'Hoe weet je dat?' Ik veins verbazing.

'Ik ken jou en ik heb drie jaar met hem gewerkt voordat jij er kwam werken, weet je nog? Gabor Ga Door noemden wij hem altijd.'

'O ja? Nou, zo hard gaat Gabor niet door als hij aan zijn eigen whisky heeft gezeten.'

Reyn schudt lachend zijn hoofd.

'En hoe noemden ze jou dan?' vraag ik snel, want ik wil het met hem eigenlijk niet over Gabor hebben.

'Ik was Reyntje Zonder Lijntje.'

'Omdat je niet mee snoof?'

'En omdat ik nooit iemand terugbelde. Zeker meisjes niet. Als ik zin had om te bellen, belde ik, maar ze waren de moeite van het bellen eigenlijk nooit waard.'

'Zou je mij hebben gebeld als we na een avondje samen in bed waren beland en ik niet op deze manier je huis binnen was gedrongen?'

Hij lacht een gulle lach die eruitziet alsof hij om veel meer moet lachen dan alleen mijn vraag. 'Je had een goede kans gemaakt op een telefoontje, ja,' zegt hij terwijl hij zijn schaaltje omspoelt en in het afdruiprek zet.

'Ben je vanavond thuis?' vraag ik als hij zijn tas pakt.

'Denk het wel.'

'Ik heb straks weer die maaltijdklus bij dat marketingbureau en dan hebben we altijd eten over. Al die pr-meisjes eten alleen maar soep en blaadjes sla. Halfnegen ben ik er. Zullen we een keer samen eten?'

'Ik zorg dat ik er ben.'

'Dan ga ik nu snel een paar uurtjes slapen. Werk ze!'

‘Heb je trouwens nog nagedacht over wat je hebt gezien bij hoe-heet-ze… Ariane?’

‘Nee, dat ga ik doen als ik over een paar uur tien liter tomatensoep aan het klaarmaken ben.’

Ik duik met een spoor van mascarabrokjes onder mijn ogen mijn bed in. Aan de randen van mijn lippen is nog vaag te zien dat ze aan het begin van de avond rood waren. Als ik straks ga douchen haal ik het er allemaal wel af. Het contrast tussen onze levens kan niet groter zijn. Hij in pak naar kantoor, ik met de smaak van Gabor nog in mijn mond naar mijn bed. Straks nog maar een keer de woningbouwvereniging bellen om te vragen of er niet toevallig iets is vrijgekomen.

Klokslag negen uur ben ik thuis. Bijna gelukt om op tijd te zijn. Ik til de krat vol eten naar de keuken en zet de bloemkoolschotel in de oven en een restje tomatensoep op het fornuis. Zodra ik de woonkamer inloop, klapt Reyn zijn laptop dicht.

‘Drink je mee?’ vraag ik terwijl ik een fles rood uit het wijnrek pak. Ik blijf me verbazen over de volwassenheid van zijn huis. Hij is de enige die ik ken met een gevuld wijnrek. Zo heeft hij ook een espressoapparaat, een bonenmaler en een keukenmachine. Die laatste heeft meer gekost dan ik per maand bij elkaar scharrel met mijn baantjes. Zijn keukenmachine is groot genoeg om kleine dieren te verwerken tot vleesproduct. Zijn bonenmaler overigens ook.

‘Nee, ik heb morgen een belangrijke presentatie. Pak er eens eentje met een kurk. Ik wil weleens zien of je het nog doet zoals ik je heb geleerd.’

‘En als ik het niet goed doe?’ vraag ik gespeeld onnozel.

‘Dat merk je snel genoeg.’ Hij verplaatst opzichtig zijn lul in zijn broek, zodat ik weet dat zijn erectie tegen zijn taille-band drukt.

Onze communicatie is vanaf de eerste dag doorspekt met insinuaties. Het begon toen we elkaar voor het eerst in de ogen keken op de dag dat hij me moest inwerken achter de bar. Ik ging zijn plek overnemen, omdat hij ging beginnen aan een echte baan. Ik wilde hem het liefst direct aanraken en terwijl hij het koffiezetapparaat demonstreerde ging ik heel dicht bij hem staan om zijn geur te kunnen opsnuiven. Ik rook een subtiele zweetlucht, het was genoeg. Toen we aan het einde van de dienst samen aan de bar eindigden, vertelde ik hem over mijn yogales van die ochtend. Hij vroeg: 'Waarom doe je eigenlijk aan yoga?' Ik zei: 'Omdat het me de gelegenheid geeft om veelvuldig en van steeds minder afstand aan mijn eigen kruis te kunnen ruiken.' Toen hij vol bewondering en geilheid naar me keek, wist ik dat ik binnen had weten te komen, dat ik de weg naar zijn lachspier en zijn vuige kern had gevonden, en dat dit weleens heel leuk en lekker zou kunnen worden.

Ik ontkurk de fles precies zoals hij het mij heeft geleerd. In dit spel speel ik nooit meteen mee, altijd de ander even laten bungelen.

'Keurig. Kan niet anders zeggen. Ik heb nog wel wat lesjes voor je. Je gedienstigheid laat te wensen over.' Hij wil op me aflopen, maar dan herinner ik me dat de soep op hoog vuur staat en ik ren snel naar de keuken. Eerst eten, ik heb al sinds twaalf uur niets gehad.

Aan tafel nemen we voor het eerst elkaars dag door. Dit doen we nooit. We eten niet samen, we praten niet over elkaars werk of gevoeligheden. Het enige wat wij doen is geinen, elkaar opgeilen, neuken of slapen. Reyn wil klaarblijkelijk het onderdeel 'een serieus gesprek' voeren aan ons activiteitenlijstje toevoegen. 'Ik heb nog wel even moeten denken aan wat je zei over je moeder en vader. Dat je hem nooit hebt gezien en dat je niet weet hoe het precies is gegaan.'

Ik neem net een hap van mijn soep, was vergeten dat hij bloedheet is. Snel neem ik een slok water. Het lijkt vast alsof ik enorm zenuwachtig word van zijn opmerking.

'Waarom zoek je hem niet op en vraag je het hem zelf?' gaat Reyn verder.

'Hij is weggegaan, hè? Ik weet niet of ik er wel zo'n behoefte aan heb om hem te zien.'

'Maar het is toch raar dat je zulke belangrijke gebeurtenissen uit je eigen jeugd niet weet?'

'Ik weet niet beter… Heb me erbij neergelegd.'

'Vroeger wisten ze ook veel dingen niet beter. Dachten ze dat onweer betekende dat de goden boos waren en mislukte oogsten een straf van God. Dat zijn ze ook gaan uitzoeken.'

Ik durf hem nauwelijks aan te kijken. Het liefst kruip ik nu op zijn schoot, stop dit gesprek en doet hij wat ik hem altijd laat doen: mij naar het parallelle universum neuken waar ik liever ben. Reyn weet alleen niet dat ik hem daarvoor gebruik, hem inzet als schandknaap. Dat het voor mij niet alleen maar lekker is, maar dat ik echt een naar gevoel weg probeer te krijgen. De een gebruikt veel drugs, de ander drinkt zich een slag in de rondte, ik neem een neukverdoving. En zo hebben alle gehavende mensen wel iets. Reyn is niet gehavend; hij doet het omdat het lekker is.

'Wil je brood bij je soep?' Ik sta op om naar de keuken te lopen.

'Blijf eens zitten,' zegt hij teder. 'Waarom zoek je hem niet op?'

Ik neem een grote slok van mijn wijn. Moed indrinken wordt dat genoemd. Dat is het ook, want als ik de warmte door mijn keel voel glijden, begint het lef om de waarheid te zeggen zich te vormen in mijn hoofd. Reyn kijkt me verwachtingsvol aan. Zijn blik breekt mijn schild af. Hij verwijdert mijn beschermingslaag zoals hij op een ander moment mijn kleren van mijn lijf rukt. Een, twee, drie: nu zeggen: 'Omdat ik niet durf.'

'Een Nadia die iets niet durft? Ik wist niet dat die ook ergens in je zat.'

'Ik loop er niet mee te koop, ze is niet mijn meest favoriete alter-ego.'

'Waar ben je bang voor?'

'Dat het tegenvalt en het me niets gaat brengen.' Ik geloof het bijna zelf.

Ik ben bang. Dat hij mij niet wil zien. Als je wegloopt van een schattige bruinogige baby met de allerliefste zwarte krulletjes, waarom zou je dan de volwassen versie wel in je leven willen hebben? Per slot van rekening heeft hij mij ook nooit opgezocht. Allemaal overwegingen waar ik niet te lang over wil nadenken.

'Heb je iets te verliezen?' vraagt Reyn strijdvaardig.

'Denk het niet,' zeg ik, maar ik weet direct al een aantal punten waarop ik heel veel te verliezen heb.

'Doe het dan. En dan zie je daarna wel wat je ermee kunt. Weet je waar hij woont?'

Dat weet ik. Toen mijn moeder me op mijn zevende vertelde dat mijn vader ook in Amsterdam woonde en hoe hij heette, zocht ik zijn naam af en toe stiekem op in de online telefoongids. Ik wil niet dat Reyn dat weet, ik zie hem ervoor aan om mijn vaders adres direct te gaan opzoeken.

'Nee, ik weet niet waar hij woont. Nog even over dat gebrek aan gedienstigheid waar je het net over had...'

'Klaar met praten? Ook goed,' lacht hij me toe en hij doet mee met het nieuwe script dat ik zojuist ben begonnen te spelen. 'De klant is altijd koning, dat weet je toch?' Hij schuift zijn stoel naar achteren en begint zittend zijn broek open te maken. Ik laat me van mijn stoel zakken en begin op mijn knieën naar hem toe te kruipen.

3

Tijdens mijn yogaopleiding en in de zelfhulpboeken die ik heb gelezen leerde ik dat, wil je kans maken op enige vorm van zelfbewustzijn, geluk en een ongecompliceerd leven, er met geen woord gerept mag worden over moeten. Je mag niets moeten. Waarom jezelf zo voor de gek houden met je woordkeuze? Soms wil je iets zo graag dat je het van jezelf moet. Reyn moest ik hebben. Ik moet schilderen. Ik moet grove, platte woorden gebruiken. Niets mis met het jezelf opleggen van bepaalde handelingen. En dan is er dat andere moeten. Naast het opgelegde moeten is er ook het echte moeten, dat zich aandient in de vorm van natuurlijke aandrang. Dat is van een goddelijke lekkerheid. Zoals mijn orgasme zich kan aandienen als het er klaar voor is om me te overvallen. Het moet eruit. Daar kleeft geen uitstelgedrag aan. Arianes woorden blijken me in de dagen na mijn bezoek net zo te overvallen. Met de gretigheid van een stel hongerige vogeltjes in een nest. Dringen en duwen om de eerste te zijn die zijn kop in de snavel van de voedende moedervogel mag steken. Ik eerst. Onverbiddelijk. Haar woorden laten zich niet wegrationaliseren; ik móét ernaar luisteren. Ik zie namelijk overal kraaien opduiken. Tekenen van Ariane, van mijn voorouders? Ze zei tijdens onze sessie dat de kraaien over mij waken. Die beesten hebben het beste met me voor. Zij wel.

Drie weken na mijn bezoek aan Ariane loop ik in volle tevredenheid en met lichte honger naar de bakker. Ik ben me extra bewust van de zon, want het heeft de afgelopen twee dagen bijna alleen maar geregend. Er is weer blauw zichtbaar en al het groen moet ervan giechelen. Ik ben niet dronken, niet verdrietig, niet geil; ik ben gewoon. Achter me voel ik een aanwezigheid, maar ik hoor geen voetstappen. Vast een schuifelend omaatje, waar de buurt vol van is. Enkele tellen later wordt mijn achterhoofd aangeraakt. Het blijken de veren van een grote kraai te zijn. De aanraking van haar vleugelslag doet mijn haar bewegen, een plukje komt voor mijn gezicht te hangen. Er was volop ruimte om ons heen. Geen laaghangende takken, geen krap straatje waar links en rechts de panden ons insluiten, ruimte genoeg om me niet te hoeven raken. De kraai landt vijf meter voor me op straat, met haar profiel naar mij toe. Ze klapt geroutineerd haar vleugels in en draait haar kop mijn kant op. Ik loop door, in haar richting. We blijven naar elkaar staren. Ik kan en wil niet wegkijken. Nadat ik haar heb gekruist, wil ik bewijs dat ik niet mijn gezonde verstand aan het verliezen ben en dat dit volstrekt toevallig is. Dat bewijs krijg ik niet, de kraai draait haar kop met mij mee en we blijven elkaar aankijken. Bij de hoek blijf ik even staan. Daarna kijkt ze weg, slaat haar vleugels uit en verdwijnt in de richting waaruit ze was gekomen. Wat zei Ariane bij vertrek? Dat we geen nieuwe afspraak hoeven te maken, omdat ik vanzelf wel weer op haar pad kom. Is dit dan mijn teken?

'Ik hoef me toch geen zorgen over je te gaan maken?' zegt Reyn als we samen in de keuken het nog warme brood staan te smeren. Ik heb hem net verteld over de kraai en al die andere kraaien die ik de afgelopen weken heb gezien. Daarvoor zag ik nooit een kraai. Een kauw, ja, maar nooit kraaien. 'Niet dat je onder mijn neus in een psychose aan het wegzakken bent,' gaat hij verder, 'en dat ik dat niet door heb.'

'Maak het maar belachelijk, ja. Je kunt niet negeren dat sommige momenten echt te toevallig zijn? Is er bij jou weleens een kraai rakelings langs je hoofd gevlogen die vervolgens een paar meter verderop naar je ging zitten staren?'

'Nad, je vroeg me laatst toch of er meer is tussen hemel en aarde? Zou dit je antwoord kunnen zijn?'

'Ben ik gek of laat ik me gek maken?'

'Allebei en daar is niets mis mee. Een beetje magie maakt het leven leuk, moet je maar denken. Is het voor jou waar?'

Een weifelende ja breng ik uit.

'Dan is het waar. Jouw waarheid. En die wil je iets vertellen.' Daarna volgt een lesje, want Reyn is van de lesjes, over darmproblemen die niets met je eetpatroon, maar met je gedachtepatroon te maken hebben. Over demonen die me altijd zullen blijven achtervolgen als ik onopgeloste zaken uit het verleden niet op de juiste manier oplos. Iets met een bal onder water proberen te drukken. Ja, ja, allemaal waar. Ik weet het nog van de yogaopleiding. Heb ik die daarom niet afgemaakt?

Die afwezige vader was de bal in mijn zwembad. Ik bleef hem maar onder water duwen. Het wordt tijd om 'm uit mijn zwembad te vissen. Ballen in zwembaden werken niet. Leren ballen gaan rotten en plastic ballen gaan lek en raken vervolgens verstrikt in het filter van je zwembad waardoor je hele zwembad vervuilt. Van alle miljoenen zaadjes die Reyn in me stopt, laat uitgerekend dit zaadje zich niet uitspoelen.

Hij installeert zich met zijn brood op de bank en wil de film die hij zat te kijken weer aanzetten. Maar ik ben nog niet klaar met dit gesprek. Terwijl ik er eigenlijk niet over wil praten. Het ergens achter in mijn hoofd wegstoppen en er nooit meer op terugkomen. Want ik kom niet graag op gevoelige onderwerpen terug, maar ik kan niet meer voorbijgaan aan de tekenen die zo duidelijk zijn. 'Denk jij dat het tijd is geworden om mijn vader op te zoeken?' vraag ik dapper, in de hoop dat hij me influistert dat dat echt niet nodig is.

'Ik denk dat het goed is, ja. Je bent het nooit aangegaan,

dus kun je het ook niet afronden. Jij denkt dat hij niets voor je betekent, omdat hij er niet was, maar daardoor heeft hij je juist gemaakt tot wie je bent. Of je dat nu onder ogen wilt zien of niet.'

Het verkeerde antwoord. 'Kijk je film maar af. Ik ga er wel even op kauwen.'

De vader die er nooit was, is mijn leven binnen aan het kruipen. Het is vast zijn leeftijd. Dat ik me onbewust begin te realiseren dat hij op een dag dood is. Ik weeg in mijn hoofd steeds vaker de voors en tegens af. Het maakt dat ik terechtkom in onbruikbare cirkelredeneringen. Nog dommer en frustrerender dan dwalen in een doolhof. Daar zit nog een duidelijk verrassingselement in. Dit is door blijven lopen en weten dat dezelfde inspanning steeds hetzelfde resultaat oplevert en het vervolgens toch blijven doen.

Een vader die er niet is, is precies dat. Zijn afwezigheid slaat niet alleen diepe kraters in mijn ziel, hij laat me berooid achter met een kapot kompas. Eigenlijk is mijn kompas afgepakt en in een wildstromende rivier gegooid en toen is mij een blinddoek omgedaan zodat ik de stand van de zon niet meer kon zien. Succes met het vinden van de juiste weg.

Al mijn gedrag, al dat ongeleide, die honger naar bevestiging, die verleidingsdrang, altijd gezien willen worden, de gretigheid in de ogen van de ander willen oproepen, het niet weten wat ik wil, het niet durven doen wat ik denk te willen, het niet willen voelen; al die mechanismen. Hebben die te maken met mijn vader? Ik moet gaan tornen aan de onwaarheden die in al die jaren mijn waarheden zijn geworden en ik weet waar ik moet beginnen. Na vijfentwintig jaar, en drie dagen na de kraai, is het tijd.

4

De telefoon wordt meteen opgenomen.

'Hallo?'

Ze ziet dat ik het ben en toch neemt mijn moeder altijd op alsof het een complete verrassing gaat zijn wie haar vragende hallo zal beantwoorden.

'Hoi mam, met mij. Heb je even of ben je druk?' Dat is mijn standaardvraag. We hebben allemaal onze eigenaardigheden.

'Het schikt wel, hoor. Ik zit in mijn hotelkamer te wachten tot het tijd is om een vergadering in te gaan. Alles goed met je of is er wat?'

Na mijn hele leven met haar samen te zijn geweest als moeder en dochter vraag ik me nog altijd af of ze echt weet wie ik ben, maar als ik bel met iets serieus weet ze na één zin dat ik niet bel om te vragen hoeveel kerriepoeder ze ook alweer in de chili doet. 'Ik denk dat ik mijn vader een keer wil opzoeken.'

Ze valt even stil. Hoor ik een zucht? Dan meen ik in haar stem een zweem van empathie te herkennen: 'Ach kind, wat...' Weer valt ze stil. Tegelijk beginnen we met praten.

'Jij eerst,' zeg ik zenuwachtig. Ze heeft altijd gezegd dat hij nu eenmaal mijn vader is en ik hem op een dag echt een keer moet opzoeken om te weten wie hij is. Om met eigen ogen te zien dat ik ontzettend op hem lijk. Toch ben ik bang dat ze me nu ziet als een verrader. Alsof ik haar niet goed genoeg vind, dat ik die andere ouder ook nodig heb. Het is de angst van veel adoptiekinderen die op zoek gaan naar hun echte ouders. Dat je adoptieouders dan zeggen 'Blijf daar dan ook maar! Ik heb je gemaakt tot wie je bent, niet die boerin uit die plaggenhut.'

'Hoe ben je op dat idee gekomen?' zegt mijn moeder kalm.

'Tja...waarom niet? En ik denk dat bepaald gedrag van mij zou kunnen samenhangen met het feit dat ik geen vader heb gehad.'

'Wat een onzin,' zegt ze. De zachte toon is weg. Zie je wel, hier is-ie dan; de gevreesde hoepel-dan-ook-maar-op-reactie. 'Hij is er nooit geweest en zonder hem ben je geworden zoals je bent. Het gaat toch allemaal goed?'

'Ja mam, het gaat allemaal goed,' verzucht ik.

Het gaat allemaal zo geweldig. Ik woon tijdelijk in bij een ex-collega van de bar waar ik werk, omdat ik halsoverkop mijn relatie heb verbroken met de man bij wie ik anderhalf jaar eerder was ingetrokken met nauwelijks bezittingen. Ik kwam met niets en ik ben gegaan met een klein beetje. Ik vind mezelf terug tussen ieders lakens behalve mijn eigen, ik heb niet eens eigen lakens. Stoppen gaat niet, ik kick op de aandacht en op de controle. Niemand mag mij verlaten, ik moet degene zijn die vertrekt. Ik drink om te smoren, de eerste paar glazen uit noodzaak, de rest uit gewoonte, geen enkel glas voor de lol. De avonden alleen thuis eindigen steevast in gehuil, dus probeer ik zo min mogelijk alleen thuis te zijn, maar verder gaat het allemaal goed, hoor.

'Maar toch wil ik hem opzoeken,' ga ik verder. Het is mijn vader, het is mijn noodzaak, het is allemaal alleen maar van mij. Zij was er niet bij, zij moest werken en haar eigen leven leiden.

'Dat snap ik. Het moest er een keer van komen. Op een gegeven moment kan het niet meer.'

'Denk je dat hij me wil zien?'

'Kind, ik had je graag een antwoord gegeven op die vraag,

maar hij is weggegaan, heeft je nooit opgezocht of een cent aan je uitgegeven. Dat is het enige antwoord dat ik heb.' Mijn moeder legt even pijnlijk duidelijk bloot hoe de vork in de steel zit. Zou ze ook op die manier bij bedrijven in een paar rake zinnen vertellen wat er mis is met een organisatie?

'Hoe oud is hij nu?'

'Ik ben zevenenveertig, dus hij is nu eenenvijftig. Dan leeft hij vast nog wel. Hoe ga je…' Ze maakt haar zin niet af.

'Hij staat gewoon in het telefoonboek. Tenminste, ik denk dat hij het is.'

'Ik hoop het voor je. En anders is het vast familie van hem die weet waar hij woont. Die naam komt nu eenmaal niet veel voor. Welke initialen staan erbij?'

'A.M.'

'Ja, dat moet hem zijn.'

'Zal ik het je laten weten als ik hem heb gebeld?'

'Alleen als je dat wilt.'

'Ik denk trouwens dat ik eerst een brief schrijf en dat ik daarin laat weten dat ik ga bellen.'

'Dat kun je doen. Je kunt ook gewoon meteen bellen.'

'Ik kijk wel.'

Ik kijk helemaal niet; ik weet het al, maar dat ga ik haar niet vertellen. Ik zoek het zelf wel uit. Zoals ik altijd alles zelf heb uitgezocht. Ik moest wel. De ene ouder was er fysiek niet, de ander was er wel, maar zat met haar hoofd ergens anders. Ik heb nooit kunnen ontdekken waar dat ergens anders precies was en op een bepaald moment ben ik gestopt met zoeken. Waarschijnlijk vielen er dingen samen. Dat ik verzoop in mijn eigen onvermogen en dat zij mij het antwoord toch niet zou kunnen geven omdat zij net zo goed aan het verzuipen was. En toen hebben we het opgegeven. Of losgelaten. Want dat zit heel dicht tegen elkaar aan, alleen klinkt loslaten wat leuker. Alsof je erover hebt nagedacht en eraan hebt gewerkt en tot de conclusie bent gekomen dat loslaten het beste is. Opgeven is een stomp in je maag, loslaten is gezellig en zegt iets over je eigen vermogen, je flexibiliteit, je vergevingsgezindheid.

Als ik heb opgehangen, pak ik meteen pen en papier en schrijf mijn vader een kort briefje waarin ik laat weten dat ik hem over een paar dagen ga bellen. Een extra stap inbouwen voelt prettiger dan heel kordaat zijn nummer intoetsen. Hij blijkt op een ander adres te wonen dan de laatste keer dat ik zijn naam heb opgezocht. Hij woont in Slotervaart, het aangrenzende stadsdeel, een heel stuk dichterbij. Misschien hebben onze wegen elkaar wel gekruist zonder dat ik het wist. Ik denk aan al die Marokkaanse mannen die me aan hebben gestaard en naar me gehist en gesist hebben en huiver omdat een van hen mijn vader kan zijn geweest. De postzegel plak ik kaarsrecht in het hoekje van de envelop. Mijn vader mag niet zien hoe onzorgvuldig ik ben.

Ik zou wel langs zijn huis willen fietsen, maar ik durf het niet. Google blijkt in zijn straat te zijn geweest. Uit de gordijnen voor de ramen valt niets op te maken. De straat is leeg, mijn vader is niet toevallig gefotografeerd door de tech-gigant. Voor Google bestaat hij niet. Ook niet in een andere hoedanigheid, want een zoekopdracht levert niets op. Online bestaat mijn vader alleen in de telefoongids, hij is niemand. Als ik de brief in de postbus gooi, hoor ik de envelop onder in de bak neerkomen. De bus was net geleegd.

Na vijf dagen kan ik niet langer aan mezelf verkopen dat mijn brief nog moet worden bezorgd. De post kan traag zijn, maar niet zo traag. Ik ben het afgelopen uur al drie keer naar de wc geweest. Twee keer in de ijskast gekeken. Vier sigaretten gerookt. Een was in de machine gedaan. De krant van de mat gepakt. De vacatures bekeken. Zes keer met mijn telefoon in mijn hand gestaan. Zes keer de eerste vier getallen van het vaste telefoonnummer van mijn vader ingetoetst. Bang dat ik het briefje naar de verkeerde man heb gestuurd en dat het nummer dat op het papiertje voor me ligt toch niet het nummer van mijn vader is. Coulant zijn naar mezelf, want ja, het is heel spannend. En na zes keer coulance volgt de innerlijke stem der zelfvernietiging. Schijterd. Wegloper. Zenuwlijer. Totdat ik mezelf dwing om zijn nummer in te toetsen en aan de lijn te blijven. Na drie keer overgaan wordt er opgenomen.

'Hallo?'

Is dit hem? Hij neemt op exact dezelfde manier de telefoon op als mijn moeder. Een vragende groet. In één woord ligt zoveel besloten. Gedag zeggen, vragen wie je bent en waarom de beller belt. En dat allemaal in één woord. Normaal gesproken. Bij hem hoor ik nog veel meer, maar omdat ik hem niet ken, kan ik het niet invullen.

'Met Nadia,' zeg ik. Mijn stem weet het geraas in mijn lijf goed te maskeren.

Het blijft stil. Ik hoor hem ademen. Is dit mijn vader of gewoon een Marokkaanse man van middelbare leeftijd met dezelfde achternaam die in dezelfde stad woont? Ik wil net gaan vragen of ik mijn vader aan de lijn heb als hij de stilte verbreekt. 'Dat deze dag nog zou komen.'

'Ik kan er ook niets anders van maken.'

'Alles heeft een eigen tempo. Bedankt voor je brief. Wanneer kom je?'

'Zullen we eerst ergens koffie gaan drinken?' Wat betekent alles heeft zijn eigen tempo? Hebben de islam en het boeddhisme raakvlakken?

'Wil je niet naar mijn huis komen? Iedereen wil je zien; mijn vrouw en je zussen.'

'Weten ze wie ik ben dan?'

'Ja, dat weten ze. Als ik zeg dat iedereen je wil zien, dan bedoel ik ook iedereen.'

Progressieve familie. Ik geef toe dat ik voor het bellen met allemaal vooroordelen rondliep. 'Ik vind het prettiger om elkaar eerst alleen te zien, zonder anderen.'

'Maar zij willen je ook zien.'

'Ja, maar ik wil jou graag eerst zien. Kan dat?'

'Wil jij ze niet zien dan?'

'Jawel, maar je overvalt me nogal. Hoeveel zijn het er eigenlijk?' Ik wist dit. Dat hij niet na zijn vertrek in zijn uppie op een flatje heeft gezeten. Mijn moeder heeft me dit verteld. Hoeveel kinderen hij bij die Marokkaanse vrouw had gekregen, kon ze me niet vertellen. Ze had het van vrienden gehoord. Zo weinig als ze wist, zoveel had ik eraan. Die hypothetische zussen hebben nooit ruimte in mijn hoofd ingenomen. Ze vallen rauwer op mijn dak dan ik had verwacht.

'Vijf zussen. Jij bent de oudste.'

Ik was zijn eerste kind, een meisje. De oudste zoon is in bijna alle culturen de hoop van de familie. Bracht ik niet genoeg hoop, omdat ik een meisje was? De vijf exemplaren erna heeft hij wel gehouden, ook al waren dat geen zoons. 'Ik wil ze wel ontmoeten, maar eerst jij en ik.'

'Vooruit,' stemt hij toe. 'Geef me je adres, dan kom ik je ophalen. Ben je nu thuis?'

De man weet van wanten, maar ik kan zijn kordaatheid niet aan.

'Ik moet zo werken,' lieg ik en dirigeer de afspraak naar een ander moment. Na het verbreken van de verbinding verkeer ik volledig in ongeloof over het gesprek dat zojuist heeft plaatsgevonden. Mijn ongeloof is groter dan mijn opluchting.

Hij spreekt accentloos Nederlands. Daar ben ik een beetje teleurgesteld over. Hem nadoen tegen Reyn kan dus niet. En ik kan nog wel zo goed gebrekkig Nederlands praten met een

Marokkaans accent. Dat mag ik. Ik had zelf zo kunnen praten als mijn vader me bij een Marokkaanse vrouw had verwekt.

Vijf zussen. Ik heb vijf halfzussen en zij weten wie ik ben. Ook zij hebben nooit de moeite genomen om met me in contact te komen. Zij hadden elkaar, waar heb je dan een bastaardhalfzus voor nodig?

Morgen haalt hij me op. Hem vandaag al treffen gaat te snel. Ik moet eerst even verwerken dat ik zojuist een kort telefoongesprek heb gevoerd met een vader die ik nog nooit heb gezien en dat we een oppikmoment hebben afgesproken alsof het de levering van een nieuwe wasmachine betreft.

5

Waar ik ook heen moet, wie ik ook ga treffen, wat er ook van afhangt: kleding uitkiezen doe ik snel en gedecideerd. Als een vluggertje op de wc tijdens een feestje. Met kleding werkt het net zo. Dralen biedt ruimte voor twijfel en van die ruimte komt nooit iets goeds. Dus pak ik de kleur die me die dag aanspreekt, pak er nog wat bij en dan ben ik klaar. Ik wissel daarna niet en denk nooit gedurende de dag: had ik maar die gele jurk aangetrokken.

Kleren uitkiezen op de dag dat ik voor het eerst mijn vader ga ontmoeten is iets anders. Dan zijn kleren symbolen. Alles zegt iets. De strakheid van een broek, de diepte van een v-hals, de hoogte van de hak. Mijn kleerkast heeft in één nacht haar onschuld verloren. Aan elk item kleeft ineens de mogelijkheid dat hij er misschien wat van gaat vinden en dat hij ziet wie ik werkelijk ben voordat we ook maar iets tegen elkaar hebben kunnen zeggen.

Ik sta nooit radeloos voor mijn kledingkast. Tot vandaag. Alles is beduimeld, te strak of zit onder de verfspatten. Ik maak een veilige keuze: een spijkerbroek met een rode blouse. Alleen het bovenste knoopje laat ik open. De twee knoopjes daaronder krijg ik met moeite dicht. Ik heb de gaten nog nooit gebruikt.

'Kan dit?' Ik ben de woonkamer ingelopen en wijs op mijn kleren. Reyn ligt in zijn boxershort onderuitgezakt op de bank met een bord vol besmeerde boterhammen op zijn buik.

'Kan het ook uit? Die vraag is vele malen interessanter.'

'Help even. Is dit zedig genoeg voor mijn vader?'

'Jouw lijf maakt alles onzedig. Kom eens hier.'

'Nee, niet nu. Hij kan elk moment aanbellen. Jij blijft in je slaapkamer, toch? Kun je misschien nu alvast gaan?'

Hij staat op en loopt op me af. Met zijn rechterhand pakt hij mijn rechterborst. Die twee passen precies in elkaar. 'Ach ja, pappie mag niet weten dat zijn dochter een vuilbekkende losbol is die stiekem met haar huisgenoot vieze dingen doet.'

Onder normale omstandigheden had zijn opmerking geleid tot het verwijderen van mijn kleren om zijn woorden te bevestigen, maar door de naderende omstandigheden ben ik tijdelijk niet mezelf. Wie ik wel ben weet ik even niet.

Reyn pakt de krant en zijn boterhammen en verdwijnt naar zijn slaapkamer. 'Succes, Nad. Je bent geweldig, dus hij kan je alleen maar geweldig vinden.'

Dan gaat de bel. Mijn vader zal wel denken dat ik goed heb geboerd. Ik heb het Reyn nooit gevraagd, maar hij zal dit huis vast van zijn ouders hebben gekregen. Zeker gekocht in een slechte tijd, wat voor kopers dan juist goed is.

Als ik de deur opendoe, kijk ik voor het eerst van mijn leven in mijn eigen ogen. Grote, bruine, melancholische ogen. Ik heb deze ogen eerder gezien op een oude foto van mijn moeder. Een foto waarop hij staat met zijn collega's; alleen maar Marokkanen, een stuk of tien. Allemaal net aangekomen in Nederland, en aan het werk in een fabriek. Ze lachen allemaal, omdat ze nog geloven dat hun keuze om naar Nederland te komen de juiste is geweest. Toen ze nog dachten dat als ze maar hard genoeg werkten die gouden bergen buiten de muren van de fabriek als vanzelf naar ze toe zouden komen. Als ze maar veel kippen plukten, of wat ze daar in die fabriek ook moesten doen. Mijn moeder wist dat ook niet precies. Hij praatte niet over zijn werk en zij vroeg niet door. Of misschien vroeg ze wel door en begrepen ze elkaar gewoon niet, omdat haar Engels best goed was, maar dat van hem nogal te wensen overliet. Deze romance begon met handen en voeten en eindigde met een baby.

Die ogen bevinden zich nu tegenover mij. Die keer dat ik ze op een oude foto zag valt hierbij in het niet. Die foto was een veilige oefening en gaf me de mogelijkheid om de foto even neer te leggen en de omhooggekropen schrik weg te duwen. Ik kan nu niet meer de deur dichtgooien, net doen of ik er niet ben en nooit meer opendoen. Terwijl ik dat nu het liefste zou doen. Ik wil hier niets mee te maken hebben; ik zit in de verkeerde situatie. Alice als reus in een te klein huis. Waar is het elixer? Maak me klein. Laat me verdwijnen. Of laat hem weglopen. Ook goed. Laat hem nog maar een keer weglopen, maar nu met mijn goedkeuring.

Hij blijft staan. Met mijn ogen. Mijn vader heeft mijn ogen. Of eigenlijk: ik heb zijn ogen. Daar houdt de fysieke gelijkenis ook meteen op. Voor zover ik hem goed durf te bekijken. Hem schaamteloos van top tot teen opnemen doe ik niet. Het is mijn vader, dan is een vleeskeuring ongepast.

Ik had gerekend op de mannelijke versie van mij. Hier staat weliswaar een mannelijke versie, maar dan wel eentje die ver van mij afstaat. Ik ben namelijk één meter zesenzeventig en mijn vader is een flinke kop kleiner. Hij is subtiel grijs en heeft goed, dik haar met een krachtige slag erin. Ik ben gezegend met wonderlijk haar. Het is dik, stug en donker – dat heb ik van mijn vader – en het valt loodrecht naar beneden, met dank aan mijn moeder. Het is net paardenhaar. Mijn haargenen zijn precies volgens afspraak hun positie gaan innemen: voor de helft Nederlands, voor de helft Marokkaans.

Dan onze buik. Hij lijkt een skippybal te hebben ingeslikt, mijn buik is zo plat dat als ik lig ik een kuil heb waar het opgespoten sperma niet van afdruipt. Het zoekt daar de weg van de minste weerstand en probeert zich via mijn navel naar binnen te wurmen. Alsof het weet dat ik daar ooit ben gevoed en die voedingsbron opnieuw wil aanboren. Mijn vader leeft in ontkenning van zijn buik getuige het lichtblauwe overhemd dat hard moet werken om ervoor te zorgen dat de knoopjes niet openspringen. Misschien is dit zijn enige goede overhemd, het oude overhemd dat bij zijn trouwpak hoort en nu wordt gebruikt voor incidentele feesten en partijen en bijzondere gelegenheden zoals het weerzien met je eerstgeborene na vijfentwintig jaar. De bovenste drie knopen van zijn hemd staan open. Hij durft wel. Zijn borsthaar wil naar buiten, naar mij toe. Ik voer een niet te winnen strijd tegen ongewenste lichaamsbeharing, hij laat het welig tieren. Ook zijn armen zijn enorm harig en uit zijn oren komt haar. Hij lijkt op de man op de foto, maar dan iemand bij wie de realiteit zijn sporen heeft nagelaten.

Na de eerste blik volgt het ongemak van elkaar gedag zeggen. Een hand of een omhelzing? Bij *Spoorloos* vallen ze elkaar wenend in de armen, maar dat is televisie. Die mensen zijn opgejaagd door een op kijkcijfers beluste regisseur die tranen wil zien. Dit is de realiteit en die is altijd ongemakkelijker.

'Daar ben je dan,' zegt hij voorzichtig lachend.

Ik herken de manier van praten. Zo praat je als je eigenlijk moet janken, maar de situatie van je verlangt dat je iets zegt.

'Ja, daar ben ik dan. Ik had even wat tijd nodig.' Ik herken mijn eigen stem niet.

'Daar ben je dan,' herhaalt hij. Hij doet een stap naar voren en omhelst mij. Klungelig houdt hij mij vast, ik wil al los. Bang om zijn huid op mijn huid te voelen en zijn geur op te snuiven. Ik wil hem niet ruiken. Straks stinkt hij en knap ik voor altijd af. Of speelt dat alleen bij potentiële bedpartners en niet bij een nieuwe vader? Wat weet ik nu van vaderliefde? Ik heb de bijbehorende basiskennis en die onzichtbare draad niet. De spinnendraad die alleen te zien is als het zonlicht er vanuit een bepaalde hoek op valt. Heel even zichtbaar, maar constant voelbaar en ijzersterk. Hij en ik zijn draadloos. We hebben alleen gedeeld bloed, maar geen draad. Bloed heeft een eigen, gesloten systeem. Hij het zijne, ik het mijne.

Ik laat hem binnen en leg uit dat ik een huis deel met een collega. Godzijdank doet de inrichting vrouwelijk aan. Waarschijnlijk heeft Reyns moeder zich ermee bemoeid. Het zorgt er in elk geval voor dat mijn vader zelf kan invullen dat het een vrouwelijke collega betreft. Er staan zelfs waxinelichtjeshouders en er liggen kussens op de bank. Mijn vader zegt niets. Als mensen niets over je woonruimte zeggen, weet je meteen wat ze ervan vinden. 'Wil je niet toch mee naar mijn huis?' vraagt hij snel.

'Nee, nog niet. Zullen we gaan? Ik weet wel een plek.' Ik wil hem hier niets aanbieden. Straks wil hij een rondleiding en ziet hij Reyn in zijn bed liggen. Of vergeet Reyn dat ik hier met mijn vader ben en komt hij in zijn boxer de woonkamer in.

Mijn vaders auto staat een paar huizen verderop. Voordat hij halthoudt, weet ik al dat het die bus moet zijn. Alle andere auto's zijn te Amsterdam-Zuid-achtig. Met de automatische vergrendeling opent hij de auto en hoewel hij vlak bij mijn portier staat, houdt hij de deur niet voor me open. De hoge instap maakt dat ik niet elegant in de auto kan stappen.

Als de bus in beweging komt, begint de hand van Fatima naar me te zwaaien. Ik heb nooit begrepen hoe mensen zich op het verkeer kunnen concentreren met een bungelende toeristenwinkel aan hun achteruitkijkspiegel. Ik wijt veel woorden aan het wijzen van de weg, dat rechtvaardigt mijn blik naar voren. Hij zegt weinig en doet alsof hij zich enorm moet concentreren op de weg. Hij rijdt soepel, maar gedraagt zich alsof hij net een week geleden zijn rijbewijs heeft gehaald.

De eerste ontmoeting met mijn vader, in essentie de belangrijkste man in mijn leven aangezien ik er zonder hem niet zou zijn geweest, vertoont een grote gelijkenis met alle eerste ontmoetingen met minder belangrijke mannen in mijn leven. Ook dan wil ik de ander het liefst uitvoerig begluren, maar omgangsvormen weerhouden mij daarvan. Om over gêne nog maar te zwijgen. Het gesprek is een aanhoudende strijd van wat wel en wat niet te zeggen. Ik wil intelligent, gevat en grappig zijn en niet overkomen als een zenuwachtig type waar rare zinnen uitkomen. Met een vader gaat het verder. Ik wil graag geloven dat ik hem ken, omdat we uit dezelfde genetische poel komen. Dat kennen is gebaseerd op een biologisch gegeven, daar heeft gevoel niets mee te maken. En daarom laat ik mijn ratio het overnemen. Terwijl ik eigenlijk mijn gedachten op dieet zou moeten zetten en me overgeven aan mijn gevoel, doe ik precies het omgekeerde. Dus maak ik mezelf wijs dat we hetzelfde zijn, omdat we vader en dochter zijn. Als ik mijn moeder moet geloven delen we nogal wat karaktereigenschappen, dus moeten we elkaar feilloos aanvoelen. Hij is koppig, heetgebakerd, bevlogen, grappig, kunstzinnig. Kan niet anders of wij moeten aan één woord genoeg hebben.

Eindelijk ga ik erachter komen wat het is, zie mij hier eens tegenover mijn vader zitten en een gesprek voeren van vader tot dochter en andersom in een lunchtent op een industrieterrein waar ze elke poging om het knus te maken al jaren geleden hebben gestaakt getuige de stoflaag op de plastic plantjes op tafels en de verschoten kleur van de tafelkleden. Ik heb ons naar een klein en troosteloos industrieterrein aan de rand van Amsterdam-Zuid gebracht. Omdat ik niet het risico wilde lopen om bekenden tegen te komen. Bovendien kent onze wijk vooral gelegenheden waar een Marokkaanse man met een vijfentwintig jaar jongere vrouw nogal detoneert. Waar een Marokkaanse man überhaupt detoneert.

Hij drinkt zijn koffie zoals Marokkanen hun thee nuttigen: met heel veel suiker. Hij blijft roeren terwijl de suiker allang moet zijn opgelost. Ik doe hem na en roer in mijn thee zonder suiker. Als hij zijn sigaretten uit zijn borstzak haalt, doe ik hem weer na. Ik haal de mijne uit mijn tas, ervoor zorgend dat de afbeelding van de naakte pin-up naar mij toe gedraaid is. Ik ben vergeten rekening te houden met mijn tas. De kleinste tekenen geven me weg als ik niet scherp ben.

'Roken is slecht voor je,' merkt hij op als we met onze drankjes op het terras zijn gaan zitten. Alsof karma aan zijn kant staat, kost het me door het zomerwindje moeite om mijn sigaret aan te steken. Ik zie dat de pijpen van zijn spijkerbroek zijn ingekort, de zoom is vrij van het bekende gele stiksel. De wandelschoenen die hij draagt zijn voor de vorm, zijn fysiek verraadt dat hij niet aan wandelen doet. Voor de langsrijdende automobilisten zien we er vast heel normaal uit. Voelde het ook maar zo.

'Jij doet het toch ook? Dan zijn we allebei ongezond bezig,' kaats ik de bal lachend terug. Ik wil net vragen hoe lang hij al rookt als hij serieus zegt: 'Van mij is anders.'

'Hoezo?'

'Ik ben je vader.' Misprijzend kijkt hij naar mijn sigaret. Ik neem een diepe haal en blaas rusteloos de rook via mijn neus naar buiten. Ik weet dat het niet charmant staat, maar het is te lekker om de rook langs mijn neusharen te voelen.

De vragenregen die ik had verwacht blijft uit, dus vertrouw ik hem maar van alles toe over mezelf. 'Mijn woonsituatie is noodgedwongen: ik ben op zoek naar een eigen huis, want ik wil geen huis meer delen.' Ik weet niet hoe modern mijn vader is, dus eerlijk zeggen hoe mijn tijdelijke woonsituatie in elkaar steekt, doe ik maar niet. Ik ken hem net vijftien minuten en ik vertel nu al een leugen.

'Je bent nu vijfentwintig, toch? Waarom wil je dan alleen in een eigen huis wonen?' Hij is oprecht verbaasd.

'Zodat ik met niemand meer rekening hoef te houden.'

'Als je zo oud bent, ga je niet alleen in een huis wonen. Dan hoor je allang getrouwd te zijn.'

'Meen je dat?'

'Natuurlijk, anders zeg ik het niet. De twee zussen na jou zijn al getrouwd,' zegt hij vol trots. 'Ik heb ze geholpen met het vinden van een man. Ze waren vrij om te kiezen, maar ik wilde zeker weten dat ze de juiste mannen kozen.'

'Waarom heb je je daarmee bemoeid?' Ik probeer geen enkel oordeel in mijn stem te laten doorklinken, wat volgens mij best aardig lukt. Mijn nekharen laten zich echter niet bedwingen.

'Niet bemoeid, geholpen.'

'Oké, dan is het wel goed.' Andere cultuur, andere gebruiken, iets zegt me dat ik dit vaker tegen mezelf zal moeten gaan zeggen.

'Ze waren jong, van liefde komt alleen maar verdriet als je het aan jonge mensen overlaat.' Daarna kijkt hij me aan, afwachtend. Hij verwacht dat ik onder de indruk ben of bevestig dat ik inderdaad allang getrouwd had moeten zijn. Hoe haal ik het ook in mijn hoofd om op mijn vijfentwintigste een eigen huis te willen? En dan dat leven dat ik leid. Laat ik dat maar meteen uit de doeken doen. Misschien heeft hij daar stiekem wél bewondering voor. Hij was immers ooit zo avontuurlijk om de stap van Marokko naar Nederland te zetten. Als iemand mijn vrije leven moet begrijpen is hij het wel, maakt de heerlijke hoop mij wijs.

'Ik werk in een bar en daarnaast help ik vaak een vriendin met een eigen cateringbedrijf.'

'Maar waarom werk je niet op kantoor?'

'Ik ga liever gewoon dood. Ik heb dan wel een studie gedaan om op kantoor te werken, maar dit past veel beter bij me. En ik heb die studie niet afgemaakt.'

'Je kunt beter op kantoor werken bij een groot bedrijf of bij de overheid. Dan heb je zekerheid, voor later.'

'Dat is schijnzekerheid. Een groot bedrijf gooit je eruit als ze je niet meer nodig hebben.'

'Dat is niet waar. Met een baan heb je zekerheid,' zegt hij gedecideerd en zijn toon maakt duidelijk dat de kous daarmee af is. Dit is wat hij zeker denkt te weten, dus heb ik daar met mijn jeugdige opvattingen vanaf te blijven. Hij is duidelijk het eigenwijze type. Tikkeltje nors, hier en daar onnodig fel. Stug soms ook. Ik ken het type; ik ben zelf ook zo. Dit moet goedkomen. 'Waarom maak je je studie niet af?' vraagt hij vaderlijk. Hij denkt natuurlijk dat hij dat aan mij verplicht is, maar hij is vijfentwintig jaar te laat.

'Omdat ik helemaal niet op kantoor wil werken. Ik studeerde internationaal management en ik wil helemaal niet internationaal werken. Mijn moeder doet niets anders dan reizen voor haar werk en ik vind het een beetje treurig om een groot deel van mijn leven in hotelkamers te moeten doorbrengen. Ik blijf liever thuis.'

'Maar dan verdien je wel goed.'

'Ja, maar ik vind geld niet zo belangrijk. Ik denk eraan om een nieuwe studie te gaan doen. Eigenlijk wil ik naar de kunstacademie.'

'Dat is voor hippies! Dan krijg je nooit een kantoorbaan. Verven is voor in je vrije tijd, voor als je met pensioen bent.'

Ik besluit dit onderwerp te laten rusten. Om nu al bij de eerste ontmoeting een discussie over mijn carrière te beginnen, vind ik ook weer zoiets. Zelfs mijn moeder bemoeit zich niet met alles wat ik me in mijn hoofd haal.

Ik vraag hem waarom hij ooit hiernaartoe is gekomen en hoe het allemaal is gegaan. Wanneer zijn vrouw naar Nederland is gekomen. Hij doet het af als gepraat over vroeger. 'Dat heeft geen zin. Het is voorbij. Allah heeft het zo gewild en daarom is het voorbij.'

Ik dring aan, maar kom niet verder. Ik denk aan de antwoorden die ik had willen hebben. En aan al die vragen die ik hem nog wil stellen. Vooral die ene vraag: waarom ben je weggegaan? Maar hij blijft steken in mijn strot.

Natuurlijk stokt het gesprek af en toe en blijven grappig bedoelde opmerkingen in het luchtledige hangen. Ook is het niet raar dat het gesprek meer dan eens een andere kant op dreigt te schieten omdat we elkaar verkeerd begrijpen of omdat we er gewoon totaal verschillende ideeën op na houden, maar dat wil ik niet zien. Opnieuw denk ik terug aan etentjes met mannen die in theorie zeer geschikt waren, maar van wie ik eigenlijk al meteen wist dat het 'm niet ging worden. Maar ja, daar zat ik dan toch mee te eten en het idee van iemand leuk vinden, gaf me ook wel een beetje vlinders in mijn buik. Soms maar één vlinder, die was aangewakkerd door wijn en later niets anders bleek te zijn dan de behoefte aan aandacht. En een makkelijke manier om een lege avond gevuld te krijgen.

Er zijn raakvlakken tussen mij en mijn vader. We roken allebei en we zijn allebei nogal uitgesproken en… we roken allebei. Daar valt best mee te werken. Ik heb weleens minder met iemand gemeen gehad en dan werd het toch wat, al was het maar een kortstondig avontuurtje.

Na drie bevreemdende kwartieren doet hij een voorstel. 'Zullen we naar mijn huis gaan? Je zussen willen je graag zien.'

Onder andere omstandigheden ben ik niet vies van de snelle aanpak, maar in dit geval ga ik voor een rustige opbouw. Niet meteen de hele achterban erbij betrekken. Straks loopt het op niets uit en zijn er allemaal verwachtingen geschept. Misschien is er al een karrenvracht aan verwachtingen en hebben mijn zussen me al helemaal ingekleurd. Ik wil en kan nu nog geloven dat het alleen om ons draait. Om een vader en zijn eerstgeborene. 'Ik wil ze echt wel zien, maar ik vind het een beetje te snel,' zeg ik in alle eerlijkheid.

'Waar wil je op wachten?' zegt hij spottend. 'Ze willen je nu zien.'

'Waarom heeft dan nooit iemand me opgezocht als iedereen zo nieuwsgierig is?'

Hij schrikt en probeert dat te maskeren door zijn pakje sigaretten weer uit zijn zak te halen. Te laat, ik heb het al gezien. Ik blijf hem aankijken, in de hoop daarmee dit antwoord wel af te dwingen. Onhandig steekt hij nog een sigaret op.

'Nou?'

'Ze weten nog niet zo lang dat je bestaat.' Zijn ongemak wekt mijn medelijden, maar net niet genoeg.

'Hoe lang weten ze het dan al?'

'Een paar jaar, ik weet het niet meer precies.'

'Heb jij het ze verteld?'

'Nee, ze hebben het van familie te horen gekregen.'

'En je vrouw wist het ook niet?'

Hij drukt zijn nauwelijks opgerookte sigaret uit. Hij blijft draaien met zijn peuk terwijl de smeulende as allang uitgedrukt moet zijn. Dan kijkt hij me aan, als een geslagen hond, en zegt: 'Zij wist het wel.'

'O,' weet ik uit te brengen. Antwoorden brengen je niet altijd verder, ook al stel je de vragen omdat je gelooft dat de antwoorden je gaan helpen.

'Nou, ga je mee?' Hij vraagt het gehaast en laat zijn autosleutel rondjes om zijn pink draaien.

'Nee, ik wil nu niet mee, ik wil naar huis. Het is te veel. We maken gewoon een nieuwe afspraak en dan wil ik ze zien. Ik wil hier eerst even van bijkomen.'

'Ik ben gewoon je vader, hoor.'

'Noem het maar gewoon.'

Als hij heeft afgerekend, stappen we weer in zijn auto. Ik wijs hem de weg terug, wat misschien niet nodig is, maar hij volgt braaf mijn instructies op.

Voor mijn deur geeft hij me zijn mobiele nummer en verzekert hij me dat hij me snel belt om een nieuwe afspraak te maken. Dan buigt hij zich naar me toe en geven we elkaar boven de versnellingspook onhandig drie zoenen. Daarna zegt hij 'Dag' en rijdt weg.

Reyn is al vertrokken, de leegte in huis voelt fijn aan. Pas nu dringt de absurditeit van de situatie tot me door. Het komt opzetten als kots. Niet in de vorm van oud eten of gal, maar in de vorm van schaamte, ik herleef de ongemakkelijkheid. In de vorm van trots, omdat ik hem op heb gezocht. In de vorm van ongeloof, is dit mijn vader?

Ik denk aan al die keren dat ik door mannen thuis ben afgezet. Dan was er altijd wel een hoofd dat zich onverwachts naar me toe draaide en een tong die tegen mijn huig duwde. Een hand te hoog op mijn bovenbeen of getrek aan mijn broekriem. Deze keer niet. Er zijn dus ook mannen die niets van me willen. Of misschien is het er maar één en ben ik 'm eindelijk tegengekomen.

Ik wil deze emotionele oprispingen niet. Het liefst zet ik de tijd stil. En ook andermans tijd. Net als in Doornroosje. Niet alleen haar gedachten komen tot stilstand, ook alle aanwezigen die op het kasteel slapen. Daar waar zij de tijd heeft om zaken te laten bezinken, is ook de rest van de omgeving niet bezig met haar. Ik pak een leeg doek en haal mijn verf tevoorschijn.

De tijd om net als Doornroosje honderd jaar afstand te houden door te slapen is mij niet gegeven. De volgende dag belt mijn vader al. Als hij een date was geweest, zou ik hebben gedacht: zo, bronstig ventje… als je zo happig bent, is er vast iets mis met jou. In het geval van mijn vader weet ik niet wat ik ervan moet vinden. Een boek- of filmscène hierover die ik na kan spelen, schiet me niet te binnen.

'Hallo.' Ik doe niet aan een vragende hallo. Wel doe ik alsof ik niet weet dat hij het is.

'Met je vader. Iedereen wil je zien. Wanneer kom je?'

'Ik moet even kijken wanneer ik...'

'Kom je morgen?'

'Morgen moet ik werken. Donderdag?'

'Morgen is iedereen er. Donderdag niet.'

'Ik kan donderdag of dinsdag.'

'Dan dinsdag. Ben je er om vijf uur?'

'Oké, tot dan.'

De kiestoon maakt een einde aan het gesprek. We komen niet terug op onze eerste ontmoeting. We maken geen guitige vader en dochter-grappen. Ik had willen vragen hoe mijn zussen ook alweer heten. Karima, Fatma, Mouna: al die namen lijken op elkaar. En ik ben al zo slecht in namen. Als ik op een feest aan twee mensen word voorgesteld, ben ik de naam van de eerste alweer vergeten als ik de tweede persoon de hand schud. Dat gaat bij mijn zussen vast niet anders zijn. Dan ga ik krampachtig proberen om alles te onthouden, maar vanuit die kramp maak ik de meest rare fouten. Ik ben bang dat ik ongeïnteresseerd overkom en dat door mijn geheugen een potentiële goede relatie met mijn hervonden familie op voorhand verpest wordt. Dat desinteresse in het wel en wee van familieleden in de meeste gezinnen volslagen normaal wordt gevonden, vergeet ik voor het gemak. In mijn hoofd maak ik het gezin van mijn vader tot een normaal functionerend gezin. Het gezin waarin ik graag had willen opgroeien. Met een moeder die op me wacht na school en niet tijdens de schoolvakanties hoeft te werken. Met twee ouders die blij zijn om elkaar te zien en elkaar plagerig bejegenen omdat ze nog zo overduidelijk verliefd zijn op elkaar. Ik verlang naar een leven dat waarschijnlijk alleen in een film bestaat.

6

Mijn nieuwe familie woont op fietsafstand in de wijk Slotervaart. Dat is mooi en geeft me weinig ruimte om op de weg ernaartoe allemaal nieuwe inzichten op te doen die maken dat ik omdraai en terug naar huis fiets om nooit meer naar mijn nieuwe familie te hoeven fietsen.

Gaan ze me wel leuk vinden? Zou ik mogen roken? Ik houd helemaal niet van thee met suiker, kan ik die mierzoete thee wel afslaan? Kan ik zeggen wat ik vind? Gaat mijn vader me nu precies vertellen hoe het allemaal is gegaan? Waarom hij al die jaren het contact van mij heeft laten afhangen? Zal hij me weer vasthouden en zal de onhandigheid van de eerste keer plaatsmaken voor een warme omhelzing? Zal hij sorry zeggen voor zijn vertrek?

De mooie bouwstijlen hebben langzaam plaatsgemaakt voor liefdeloze, in de jaren vijftig neergeplempte portiekflats. Goedkope woningbouw van een stadsbestuur dat in de jaren tachtig en negentig de bevolkingsgroei het hoofd moest bieden vanwege de gezinshereniging van Marokkanen en Turken. Om er nog iets vrolijks van te maken heeft de architect de bellen en brievenbus op gekleurde kunststof bouwplaten geplaatst. Het helpt niet, de ontbrekende naambordjes of stukjes tape waarop enkel een achternaam is geschreven maken het toch troosteloos. Het groen tussen de huizen moet de burgers het gevoel geven dat het hier goed toeven is, maar iedereen ziet meteen dat in deze wijk je kansen tussen de lelijke struiken en het zwerfafval op straat liggen te verpieteren. Aan bomen doen ze hier wel, maar die zijn zo jong dat ze pas over tien jaar schaduw en sfeer zullen geven.

Het kippenvel op mijn benen maakt mijn stoppels extra zichtbaar. Het is maar haar. Bovendien ga ik op bezoek bij vrouwen die allemaal dezelfde strijd voeren tegen hun lichaamshaar.

De vrouw van mijn vader doet open. Officieel is ze mijn stiefmoeder. Het is raar om op je vijfentwintigste opgezadeld te worden met een stiefmoeder. Maar na een vader kan zij er ook nog wel bij. Ze kijkt me afwachtend aan. Als ik hallo zeg, doet ze de deur verder open en zegt ze 'Kom binnen'. Formaliteiten redden ons in elke situatie. Ongemakkelijk spreidt ze haar armen. Het ziet eruit alsof haar is ingefluisterd dat ze me moet omhelzen, maar dat ze er zelf het hare van vindt. Omdat ze daar maar staat met die armen van haar, geef ik me eraan over. Ze doet het goed, die arme vrouw. Zij heeft maar te slikken dat ze de bastaarddochter van haar man binnen moet laten. Het levende bewijs dat haar man voor zijn huwelijk met haar in het verre Nederland het nodige heeft uitgespookt.

Ze heeft een opvallend gaaf gezicht voor een vrouw van middelbare leeftijd. Of misschien is ze een stuk jonger omdat mijn vader na de breuk met mijn moeder een kindbruidje uit Marokko heeft laten overkomen. Haar grote, hazelnootbruine ogen kijken me neutraal aan. Ze doet me aan Bambi denken, maar dan een versie met een killere oogopslag.

Het lijkt alsof haar hoofddoek te klein is voor haar hoofd. Haar haar springt aan alle kanten onder haar hoofddoek uit. Het is ook niet echt een hoofddoek, ze lijkt meer op een boerin met een zakdoek om haar hoofd geknoopt dan een echte Marokkaanse vrouw. Ze draagt dezelfde kleren als mijn moeder. Een pantalon met een blouse die niets prijsgeven over de grootte van je cup of je taille. De kleding van mijn stiefmoeder is duidelijk van mindere kwaliteit. Ik zie het aan de snit. Ik zou er nog niet dood in gevonden willen worden.

'Welkom Nadia,' zegt ze plechtig. 'Welkom in ons huis,' en ze laat me los. Ook zij praat vrijwel accentloos. Alleen haar houding doet denken aan een akelige stiefmoeder.

Ik weet enigszins wat me te wachten staat, want ik ken de huizen van buitenlanders. Ik groeide op in Amsterdam, eerst in Bos en Lommer, daarna in Slotermeer en toen mijn moeder hogerop klom, kwamen we in Osdorp terecht, in het betere, groene gedeelte. Tussen de huisarts en de tandarts in. Alle drie zijn het wijken waar mensen uit alle windstreken wonen, maar waar ze nooit samen een rustig windje veroorzaken. Al die culturen vormen tegengestelde krachten. Het is een wind die aan alle kanten aan je trekt en na verloop van tijd zelfs begint te irriteren, omdat je haar alle kanten op gaat en je gedachten er onrustig van worden.

Mijn basisschool was een zwarte school. Ik kwam bij Marokkaanse, Turkse, Hindoestaanse, Chinese en Surinaamse mensen thuis. Ik zie direct dat mijn vaders huis niet verschilt van de huizen waar ik als kind kwam. De vloer in de gang is betegeld met tegels die doen denken aan een goedkope restpartij waarvan je meteen begrijpt waarom niemand 'm wilde. Het patroon en de kleur vloeken met de kleden die erop liggen en met de rest van het huis. Verder is de gang voorzien van een enorme voorraad bankjes met erop en eronder alle schoenen van alle gezinsleden. De bijbehorende lucht, met name in de zomer, laat zich raden. Ik schakel snel over op mijn mondademhaling. Mijn stiefmoeder gebaart me om mijn laarzen uit te trekken. Ik heb twee verschillende sokken aan, maar het lijkt haar niet op te vallen. Godzijdank zit er geen zichtbaar gat in.

We lopen langs de keuken, een slaapkamer en een kleine, simpel ingerichte zitkamer naar de grote zitkamer. Deze kamer is het paradepaardje. Schoon, opgeruimd, verzorgd. De rest van het huis laat zich het best omschrijven als functioneel. Aan gezelligheid, sfeer en bijzondere spullen doen ze niet. Wel in die pronkkamer, maar de rest van het huis mag zoals het leven zelf zijn.

Elk stukje muur is benut en omgebouwd tot zitplek. De bank is bekleed met groen velours van goede kwaliteit. Hier verschijnen niet na een jaar al slijtplekken op de zitplekken. De bank is groot genoeg om in het grote vrouwengezin van mijn vader iedereen een plek in de kamer te geven en dan is er ook nog ruimte voor onverwachts bezoek. De bank heeft al die tijd een plek voor mij vrijgehouden.

Daar zitten ze allemaal, op een rijtje. Alsof ze al jaren gereed zaten. Ik was geen weggestopt geheim, geen smet op mijn vaders levensloop; ik was een aanwezige afwezige. Zij hadden een oudere zus die er niet was; ik had een vader die er niet was. We vonden het klaarblijkelijk normaal en schakelen nu net zo makkelijk over naar de rol die hoort bij het veranderen van afwezige in aanwezige. Als het naambordje dat de dienstdoende arts verschuift als zijn dienst begint om iedereen in het gebouw te laten weten dat hij er is.

Ik ga de rij langs, geef een hand, zeg mijn naam en zij doen dat terug. Ze geven allemaal slappe handjes. Een slap handje is net als een slappe pik: het kan heel wat zijn, maar nu even niet.

Ik zoek mezelf in de vijf gezichten, zij doen hetzelfde. De nood aan overeenkomsten is groot. Laat ons samenkomen, laat ons passen. Hier hebben we allemaal op zitten wachten. Ik ben de belichaming van een belofte. Omdat we het in eerste instantie moeten hebben van uiterlijkheden beginnen we met het afspeuren van elkaars lijven, als loopse honden. We zoeken, soms met succes, soms niet. Het liefst zou ik van iedereen foto's maken om voor te leggen aan een objectieve derde om zeker te weten dat we echt op elkaar lijken en ik niet alleen maar zie wat ik wil zien. Niemand schaamt zich voor het staren en alles wordt benoemd. Ze ontleden me en bekijken elk stukje uitvoerig. Ze zien in mijn handen de handen van een tante. Mijn haar lijkt op dat van zus nummer vijf. Mijn lach op die van mijn vader. Zal ik vragen of ook iemand in de familie een gekke scheefgroeiende middelste teen heeft? En of er ook iemand is met die vlindervormige pigmentvlek die op mijn rechterbil zit. Ik kan met mijn kont een rorschachtest uitvoeren.

Geen van de vijf zussen voldoet aan mijn vooroordelen. Niemand draagt een hoofddoek of een verhullende tentjurk, niemand heeft een harige bovenlip en ze praten allemaal accentloos Nederlands. Hun kleren verschillen nauwelijks van de mijne en ik zie direct dat zij in een maand meer geld uitgeven aan hun haar, make-up en nagels dan ik in een jaar aan alleen de kapper.

Verwachtingsvolle blikken van vijf nieuwbakken zussen en een stiefmoeder zijn op mij gericht. Ik zal maar een poging wagen tot het maken van contact aangezien niemand het doet en we niet de hele avond elkaar opgetogen aan kunnen blijven staren nu we alle uiterlijkheden hebben besproken. Ik werp me op als gespreksleider. Ik, die ook maar wat doet. In geen enkel boek staat te lezen hoe je omgaat met familie die je nooit eerder hebt gezien. Er schieten allerlei bedrijfsmatige, interactie bemoedigende adviezen door mijn hoofd. Gebruik de naam van degene met wie je praat in een zin. Kijk mensen aan en kijk niet weg. Stel open vragen om de ander de ruimte te geven om te vertellen over zichzelf. Een voorstelrondje dan maar, een beter idee kan ik niet verzinnen. 'Hoe oud zijn jullie en wat doen jullie voor opleiding of werk?'

Karima, de oudste, trapt af. Ze is vierentwintig, dus mijn vader heeft er na zijn vertrek geen gras over laten groeien. Binnen een jaar had hij een ander kind. Ik laat deze constatering even op me inwerken. Voor het bijkomen van een relationele breuk wordt gezegd dat je de helft van de tijd die de relatie heeft geduurd nodig hebt om eroverheen te komen. Hoe zit dat met een vader? Hoeveel tijd staat er voor het bijkomen van het in de steek laten van je eerstgeborene? Ik durf niet te vragen in welke maand ze is geboren.

'Ik werk tijdelijk niet, soms help ik in de kledingzaak van een vriendin. Ik kan niet veel werken, want ik heb een zoontje. Hij ligt nu te slapen.'

'En je man?' Even blijft het ijzig stil. Mijn stiefmoeder en mijn zus werpen elkaar een blik van verstandhouding toe.

Mijn halfzus kijkt me beschaamd aan. 'Ik ben even niet meer samen met de vader.'

Domme, domme vraag. Ik blijk op een mijn te zijn gaan staan. De explosie blijft uit, maar de sfeer die er ineens hangt is toch echt een naschok. Ik denk terug aan het eerste gesprek met mijn vader waarin hij vertelde dat hij zich had bemoeid met het kiezen van een huwelijkskandidaat van zijn dochters. Van hem moet je het dus niet hebben.

'Hoe heet je zoon?' vraag ik snel. Over kinderen beginnen haalt de kou altijd uit dc lucht. Wat kan ik nog meer over een kind vragen?

'Bilal. Hij zal zo wel wakker worden, dan kun je hem zien.'

'Mooie naam. Wat betekent het?' Toevallig weet ik dat alle Arabische namen een betekenis hebben. Nadia betekent de roepende. Hoe toepasselijk.

'Eerste volgeling van de profeet.'

Ik ga door naar de volgende en weet nu dat ik voorzichtiger te werk moet gaan. Dit zijn geen praatgrage, artistieke mensen zoals ik die tijdens kookklussen spreek en met wie ik binnen een mum van tijd de meest openhartige gesprekken heb omdat ze graag leeglopen. Dit is een Marokkaanse familie waar ik als nieuwkomer op bezoek ben en waarvan ik de mores nog niet ken. Voor de zekerheid bind ik in. Stelt daarom niemand een vraag? Vragen zal wel als te vrijpostig worden gezien. Misschien had ik me moeten voorbereiden. Na een halfuur begrijp ik waarom dat boek over omgangsvormen met nooit eerder ontmoette familie niet bestaat.

Mijn vader zit erbij als een tevreden oliesjeik. Dit is wat hij voor ogen had. Al zijn kinderen herenigd. *Insjallah.* En of Allah het wil. Mijn vader en Allah zitten op één lijn. Mijn zussen vragen niet veel terug. Een beetje over mijn jeugd, niets over mijn moeder, kort over mijn werk. Zij praten onderling over mensen die ze kennen, wat mij dan weer niets zegt, maar omdat we verder weinig gespreksonderwerpen delen moeten ze het wel over andere mensen hebben. Dat verschijnsel doet zich voor in families van alle rangen en standen.

Dan besluit mijn vader ook zijn mond open te doen: 'Jammer dat je niet eerder belde. We waren een maand geleden nog met de hele familie in Marokko. Je had mee kunnen gaan.'

'Jammer, ja. Maar ik had toch niet gekund, want in de zomerperiode heb ik het druk met alle festivals. Dan werk ik extra veel. Ik ga eigenlijk nooit weg in de zomer.'

'Waarom niet? Iedereen gaat in de zomer op vakantie.'

'Juist daarom, ik vind het dan veel te druk. En omdat reizen in de zomer duur is.'

'Aan het eind van het jaar gaan we weer. Dan trouwt een nicht van je. Ga je mee? Dan zijn wij er en kun je meteen de familie zien.'

'Met Kerstmis, bedoel je? Dat weet ik nog niet.'

'Je moet gewoon meegaan.'

'Ja!' roept Karima enthousiast uit. 'Je gaat het daar zo tof vinden. De familie is zo lief.'

'En papa is een huis aan het bouwen en dat kun je dan meteen zien,' zegt de tweede in de lijn der zussen. Of eigenlijk de derde als ik mezelf meereken.

'Ik kan niets beloven, maar het lijkt me heel bijzonder. Een bezoek aan Marokko staat hoog op mijn verlanglijstje,' lieg ik. Tot nu heb ik een bezoek aan Marokko nooit serieus overwogen. Het staat me zelfs tegen, maar iets zegt me dat ik die opvatting beter voor me kan houden.

Mijn een na jongste zus wil weten welke achternaam ik heb. 'Die van mijn moeder.'

'Dat kun je toch veranderen?' vraagt ze zonder een spoor van ironie.

Mijn stiefmoeder staat op en zegt dat ze aan het eten gaat beginnen. 'Laat haar maar helpen,' zegt mijn vader en hij maakt met een armgebaar duidelijk dat ik 'haar' ben, 'eens kijken of ze een beetje kan koken.'

Ik slik in dat ik zeker twee keer per week zo luxe kook dat de hele Marokkaanse keuken daarbij doet denken aan het assortiment van de gemiddelde snackbar. In de keuken krijg ik een kromgetrokken plastic snijplank, een goedkoop koksmes en een vergiet vol gewassen groenten in mijn handen gedrukt. Mijn zussen staan inmiddels ook in de keuken en mijn vader staat in de deuropening. Met argusogen bekijken ze hoe ik de groenten snijd. Ik lach voldaan in mezelf omdat ik ook met dit kermismes kan choppen als een pro. Ik lach extra als ik naast me zijn vrouw aan de kip zie trekken omdat ze er met het aardappelschilmesje niet doorheen komt.

'Lukt het of zal ik als ik klaar ben ook het vlees snijden?' Ze knikt goedkeurend. Stik. Nu moet ik ook nog de kip snijden.

Zijn vrouw leert me hoe ik de couscous moet maken. Eigenlijk is vrijdag couscousdag, maar speciaal voor mij doen ze het op dinsdag. Ze klinkt als een uitgebluste tv-kok die geen fluit zin meer heeft in koken voor publiek, maar het blijft doen omdat ze nergens anders meer aan de bak komt. Haar uitleg gaat grotendeels aan me voorbij omdat de vijf zussen in de keuken zich overal mee bemoeien. Als kind wilde ik niets liever dan een zus, of misschien twee. Nu ben ik vooral blij dat ik dit getetter niet hoefde aan te horen. Mijn moeder en ik waren vergeleken met dit huishouden net twee doofstommen in een te groot huis.

Als alles klaar is gaan we weer terug naar de zitkamer. Een enorme schaal met couscous wordt op de salontafel gezet en we nemen allemaal plaats om de schaal heen. Iedereen krijgt een lepel en we eten uit dezelfde schaal. Ik eet altijd aan de eettafel, nooit aan de salontafel. Voor mij voelt dit alsof ik als een Tokkie eet met mijn bord op schoot. De lepel en het plastic tafelkleed maken het extra boertig.

Gelukkig zegt mijn jongste zus meteen dat je alleen je eigen deel mag eten. Reiken en dat extra grote stuk wortel dat er heel appetijtelijk uitziet pakken mag dus niet. Mijn vader doet het wel. Niet voor zichzelf, maar voor mij. Hij schept iets op zijn lepel van zijn kant van de schaal en legt het voor mijn neus. Als een kat die een aangevreten muis voor de voeten van zijn baasje legt.

'Hier,' zegt hij en ik zie dat hij een oranje peper heeft neergelegd. 'Eens kijken of je een beetje tegen echt heet Marokkaans eten kunt.' Hij doet wat gasten uit een voetbalteam bij wijze van ludieke weddenschap zouden doen. Elkaar dwingen om hete pepers op te eten. Ik zou erboven moeten staan.

'Ik kan wel wat hebben, hoor. Ik at thuis echt niet alleen gekookte aardappelen.'

Mijn familie kijkt toe hoe ik de eerste hap neem. Ik begin te kauwen en er gebeurt niets. Even voel ik een lichte prikkel. Als dit het is... En dan slaat het vuur in één keer uit in mijn mond. Als een onaangekondigde lava-uitbarsting. De tranen springen in mijn ogen. Mijn vader zit tegenover me te lachen alsof hij zojuist de beste grap van zijn leven heeft gemaakt. Ze lachen allemaal. O, wat hebben ze het samen leuk. Heel even haat ik ze. Omdat ze al die jaren zonder mij lol hebben gehad.

Omdat niemand de moeite nam om mij erbij te vragen. We zijn allemaal zó nieuwsgierig! We willen zó graag dat je komt! Maar bellen, ho maar. Voor het eerst denk ik: was ik maar bij Reyn. En voor het eerst niet om te neuken, maar om bij hem te zijn.

Als ik thuiskom, is Reyns beste vriend zijn fiets van het slot aan het halen. 'Hé Fredje, lang niet gezien. Alles lekker?' Iedereen noemt hem Fredje, maar hij heet Frederick. Net als Reyn is hij sinds een paar maanden klaar met studeren en heeft hij het vrije leven moeten achterlaten om aan het werk te gaan.

'Ik ben druk,' zegt hij, 'daarom zie je me weinig.'

'Met vrouwen of met werk?'

'Met allebei.' Hij lacht hard om zijn eigen opmerking. 'Net zo druk als jullie tweetjes.'

'Wij? Wij zijn twee keurige huisgenoten.' Ik zet mijn fiets op de plek die door Fredjes vertrek vrijkomt.

'Wees straks een beetje voorzichtig met Vos. Hij moet me morgen helpen met het opzetten van een stellage, dus hij moet scherp zijn.'

Reyn heet voluit Reynaerd, daarom noemen al zijn vrienden hem Vos. Behalve ik. Ik ben zijn vriend niet. 'Ik ga direct naar mijn eigen kamer en raak hem met geen vinger aan. Beloofd.'

We geven elkaar een knipoog en een zoen op de mond en gaan dan allebei onze eigen kant op. Als ik Fredje voor Reyn was tegengekomen was hij misschien wel mijn *dick on demand* geweest. Alles is een kwestie van timing.

Als ik de sleutel in het slot wil steken, gaat de deur al open. Reyn verschijnt in de deuropening en trekt me naar binnen. Achter me doet hij de deur dicht en duwt me direct tegen de deur. Zijn hoofd verdwijnt in mijn nek waar hij zachtjes blaast. Hij werkt zich via mijn kaak omhoog naar mijn oor. 'Ik zag je al aankomen,' fluistert hij, 'en wilde net gaan rukken, maar nu kan ik me gewoon in je laten glijden.'

Hij maakt zijn spijkerbroek open en laat 'm met zijn boxer van zijn benen glijden. Hij geeft een stevige ruk aan mijn rok, hij weet dat de drukkers allemaal tegelijk losschieten. Daarna schuift bij mijn slipje opzij, tilt me op en laat me neerkomen op zijn stijve. Dat gaat altijd met lichte weerstand. Ik denk elke keer dat het niet past, maar dan duwt hij door en laat mijn lijf hem toe en blijken we perfect in elkaar te passen. Hij geeft een paar ferme stoten. Als er nu buiten iemand langsloopt denkt diegene dat er aan de verkeerde kant van de deur wordt gebonsd.

'O Nad, ik kom al,' hijgt hij bedremmeld, 'shit, shit, shit.'

'Kom maar, spuit maar,' roep ik bemoedigend, want op dit moment ontnuchterende dingen roepen als 'de vuilniszakken zijn op' werkt niet. Laat hem dan maar gewoon in al zijn geilheid zijn hoogtepunt beleven. Hij zet me op de grond en ik houd mijn hand als een kommetje tussen mijn benen om zijn sperma op te vangen zodat het niet in de schachten van mijn laarzen terechtkomt. 'Kom mee naar bed, ik wil ook nog even.' Schuldbewust loopt hij achter me aan.

Op bed begin ik met vingeren. Ik gebruik zijn sperma als extra smeermiddel. Zowel de kledder uit mijn hand als het deel dat uit me loopt. Reyn komt op een elleboog naast me liggen en maakt mijn wikkeltop open. Hij pakt me uit en houdt even zijn adem in als hij ziet dat ik geen beha aanheb. Sneller dan ooit weet zijn tong mijn borsten te vinden. Ik kom net als Reyn: binnen een mum van tijd. 'Dit moest er even uit,' zucht ik.

'Sorry, ik leek wel veertien. Maar ik liep hier al de hele dag aan te denken.'

'Zoals elke dag?'

'Ja, maar vandaag met nog meer noodzaak. Je maakt me nog een keer gek.'

'Wees blij, er zijn ergere manieren om je verstand te verliezen.'

Reyn stapt uit bed om te douchen. Dat doet hij altijd. Ik nooit. Omdat ik te graag de volgende dag ruik welke geur we deze keer samen hebben gevormd. Terwijl hij staat te douchen, pak ik mijn boek. Mijn laarzen gooi ik vanuit bed de gang in. Dat is mijn manier om Reyns slaapkamer opgeruimd te houden. Hij heeft het graag netjes. Mijn kamer vindt hij maar een uitdragerij. Hij lijkt mijn moeder wel.

'Ben jij nu met je vieze handen dat biebboek aan het lezen?' vraagt hij als hij afgedroogd de kamer weer in komt lopen.

'Denk je dat ik de enige ben die dat doet? Het is niet voor niets dat uit alle onderzoeken naar voren komt dat overal poep-, sperma- en snotresten op zitten. Van de nootjes op een bar tot de liftknopjes. Dan maakt die naar kut ruikende klauw van mij ook niet meer uit.' Ik houd mijn vinger onder mijn neus. 'En het ruikt ook nog eens heerlijk. Naar leven.'

'Hoe was het bij je familie? Daar was je toch?'

'Pffft. Je had precies goed aangevoeld dat ik dit nodig had.' Ik vertel hem alles. Hij lacht om de absurditeit, precies om de dingen waarvan ik hoop dat hij erom lacht. Het peper-incident vindt hij flauw en stom van mijn vader. Reyn is van Kamp Nadia. Dat had ik kunnen weten. Als ik alles heb verteld, loopt hij naar de woonkamer.

'Ik heb iets voor je, om je op te vrolijken.' Ik kijk hem na, naar dat lijf van hem dat een levende replica lijkt van Apollo, of een van die andere gasten. Ik hoor papier ritselen. Dan verschijnt hij in de deuropening en gooit een soort vacht naar me toe. 'Trek eens aan.'

'Wat is dit?' Ik ga op het bed staan en bekijk de baal. Het is een bontjas van vossen. Als ik 'm aanheb, zie ik dat Reyns pik zich weer opricht. 'Is deze voor mij?'

'Hij was van mijn oma. Mijn moeder en mijn zus stonden

op het punt om 'm weg te doen. Ik zag jou meteen in al je heerlijke naaktheid voor me in die jas, dus ik heb 'm meegenomen.'

'Wat heb je tegen ze gezegd?'

'Dat ik oma vroeger altijd aaide als ze deze jas droeg. Dat-ie voor mij dus enorm veel emotionele waarde heeft.'

'Is dat echt zo?'

'Nee joh, maar dat hoeven zij niet te weten.'

Ik aai de voorpanden. Voor Reyn ziet het eruit alsof ik mijn eigen borsten aai. 'Vossenjas, Reynaerd... Heeft jouw hele familie een vossenfetisj?'

'Mijn betbetovergrootvader ging mee op vossenjacht met de koning. Nogal een dingetje, ja.'

'En dan ben jij vernoemd naar het dier waar ze op jaagden?'

'Dat vonden mijn ouders ludiek. Ik denk dat het hun manier was om zich af te zetten tegen de rest van de familie, het deel dat zichzelf graag ziet als chic en adellijk.'

'En hoe heet je zusje? Hermelien?'

'Nee, bij haar hadden ze de behoefte om zich af te zetten niet meer, dus zij heet gewoon Elizabeth, naar mijn oma.'

'Is-ie voor mij? Om te hebben voor altijd? Ook als jij straks op een serieus, net meisje verliefd wordt en wij het niet meer met elkaar doen?'

'Ik wil helemaal geen net meisje. Nette meisjes dragen kleren onder hun bontjas, dus daar is niets aan. Er zitten wel een paar voorwaarden aan...'

'Nou?'

'Je moet elke week mijn huis schoonmaken met alleen deze jas aan.'

Ik laat de jas van mijn schouders glijden en stap van het bed af. 'Dan hoef ik 'm niet.'

Er zijn een paar onderwerpen waar ik niet luchtig op kan reageren. Opmerkingen over schoonmaken vallen daaronder.

Omdat er toen ik jong was te veel mee is gespot. Dat er bij creatieve vorming een pot verf op de grond viel en er door de flauwerikken van de klas werd geroepen dat Nadia het wel zou opruimen, 'omdat ze net als al die andere Turken goed kan schoonmaken'. Bij elke opmerking in die trant ging er een klein stukje in mij kapot, en met elk stukje wilde ik steeds iets minder Marokkaans zijn. Want ik was geen Turk, maar een verzonnen halve Spanjaard. Toch bleef ik de Turk genoemd worden. Het was niet eens persoonlijk: mijn Egyptische klasgenoot werd ook zo genoemd.

We staan tegenover elkaar, Reyn nog steeds in de deuropening. 'Ik kan ook wel iets ander bedenken,' lacht hij geil en geheimzinnig. 'We spelen vossenjacht. Ken je dat? Ik ben een vos, jij nu ook een vos. We jagen op elkaar. Degene die als eerste de ander te pakken heeft moet een massage geven van minstens een halfuur met een *happy end*.'

'Je bedoelt verstoppertje? En in huis neem ik aan of wil je dit buiten doen?'

'Binnen natuurlijk of wil je zo buiten rondlopen? Je mag je verstoppen, maar we noemen het pakkertje, dat klinkt lekkerder.'

Ik trek de jas opnieuw aan en laat me met mijn benen wijd achterovervallen op het bed. 'Dan zit ik nu al in de val. Kom maar meteen door met je *happy end*, dat poezelige geaai mag je laten zitten voor vandaag.'

Na de eerste ontmoeting met mijn nieuwbakken familie volgen er in de herfstmaanden nog meer. Zij zien me het liefst vier keer per week op hun bank komen opzitten. Bij elk bezoek word ik nog net niet gedwongen om in het bijzijn van mijn vader online een busticket te boeken om met Kerstmis naar Marokko te gaan. Mijn enthousiasme voor een bezoek aan Marokko, voor zover het er al was, wordt met elk bezoek minder. Inmiddels ben ik zover dat ik nog liever drie festivaldiensten achter elkaar draai die eindigen met het handmatig doen van de vaat van een barbecue voor duizend personen dan dat ik met deze mensen naar Marokko zou willen.

Zodra de nieuwigheid er voor ons allemaal af is, ben ik gewoon verworden tot een nieuw lid van het gezin. De halfzus die er nooit was, maar nu wel. Zij accepteren die rol. Als een clubje volleerd acteurs hebben ze nieuwe posities op het toneel ingenomen en proberen ze het mij zo makkelijk mogelijk te maken. Maar ik worstel met het script dat ik aangereikt heb gekregen. Ik moet voortdurend ongewenste gedachten wegduwen. De afgelopen twee maanden ben ik er een paar keer geweest, maar het wordt maar niet makkelijker. Sterker nog, het wordt steeds gênanter naarmate de gespreksstof opraakt en zich blijft herhalen. Het begint duidelijk te worden dat we geen connectie tot stand gaan brengen op basis van gedeelde genen. Dat ik mezelf heb wijsgemaakt dat al die jaren zonder contact wel verdwijnen als sneeuw voor de zon als we elkaar maar diep in de ogen kijken en genoeg goede wil tonen. De onvermijdelijke werkelijkheid is dat we totale vreemden zijn. Dat wil zeggen dat ik een volslagen vreemde ben en zij een heel gezin. Ik zie in hun fotoalbums de familie die ik had willen hebben. Zij zijn de vleesgeworden familiefoto die bij ons thuis alleen maar bestond in een gemankeerde versie.

Tijdens een van mijn bezoeken kwamen de oude foto's tevoorschijn. Twee Bata-schoenendozen vol. Zelf heb ik weinig babyfoto's van de eerste paar maanden van mijn leven. Mijn vader blijkt ze te hebben. Daar heeft hij bij zijn vertrek nog wel aan gedacht. Ze zitten in een dichtgeplakte envelop die hij uit een andere envelop uit de doos vist. Mijn zussen hebben de foto's nooit eerder gezien. Niemand zegt iets, maar alle ogen in de kamer voeren een gesprek met elkaar waar ik geen onderdeel van uitmaak. Waar ik nooit een onderdeel van zal uitmaken.

Het zijn acht foto's in totaal. Op de tweede zie ik in een hoekje mijn moeders rode laklaarzen, die tot op de dag van vandaag in haar klerenkast staan. Op deze afdrukken is de wereld omgekeerd: ik ben hier niet vaderloos, maar moederloos. Alsof ze bij de geboorte is overleden. Als ik alles terugdoe in de doos blijft een trotse, knappe, jonge vader met een schattige, donkerharige baby in zijn armen me aankijken. 'Neem maar mee,' zegt mijn vader. Ik stop 'm in het boek dat in mijn tas zit, maar ik wil de foto eigenlijk niet hebben.

Soms zijn mijn zussen er allemaal, vaker niet. Ook zij laten zich niet meer allemaal optrommelen. Misschien moet ik ook niet elke keer opspringen als mijn vader belt.

'Ik ga, ik moet straks nog werken,' zeg ik als ik na een uurtje besluit dat ik met goed fatsoen wel weer kan vertrekken.

'Zo laat nog?' vraagt mijn vader. 'Waarom zoek je niet een baan op kantoor? Je hebt toch gestudeerd?'

Mijn vaders obsessie met kantoorwerk was eerst nog komisch, maar begint nu irritant te worden. 'Ja, en leuk dat me dat lijkt!' snauw ik terug. Ik zie aan twee zussen dat ze doorhebben hoe hoog mijn irritatie zit. Mijn vader merkt mijn geagiteerde reactie niet eens op.

Ik pak mijn tas en zeg iedereen gedag. Dat duurt even, want het kusritueel is nogal een opgave. Kus op linkerwang, kus op rechterwang, drie kussen op linkerwang, lange slotkus op rechterwang. Zij geven elkaar dan ook nog een knuffel, maar ik heb die status nog niet verdiend. Schuifelend werk ik het rijtje af; vader, stiefmoeder en een paar zussen. Ze blijven allemaal zitten, waardoor ik onhandig bukkend mijn rondje moet maken. Sta even op, dat hoort, denk ik elitair. Terwijl ik allesbehalve elitair ben.

'Wanneer kom je weer?' roept mijn vader vanuit de zitkamer naar de gang waar ik mijn schoenen sta aan te trekken.

'Vast heel snel,' zeg ik bij het strikken van mijn veters. Ik ben officieel een Judas; dit was mijn derde uitgesproken leugen in dit huis. Bij het naar buiten gaan loop ik tegen de deurpost aan. Het hout raakt precies de blauwe plek op mijn arm die ik heb opgelopen bij een spelletje vossenjacht met Reyn. Het is de straf voor mijn gelieg.

Zodra ik op de fiets zit, bel ik Reyn en omdat hij niet opneemt bel ik mijn moeder. Nu zit ze weer in Duitsland. Zou zij ooit weleens niet aan het werk zijn? Vast niet. Als ze niet werkt, moet ze iets voelen. Ik herken het. Alleen vlucht ik niet in mijn werk, maar in mijn doeken en in mannen.

'Het klinkt alsof hij niets is veranderd,' zegt ze nadat ik al mijn onvrede over het contact met mijn vader eruit heb gegooid. De toon in haar stem laat zich niet interpreteren.

'Hoe heb je ooit op hem kunnen vallen? Die man is niet te doen.'

'Goede vraag, Nad. Ik was jong en hij was heel knap en vrolijk. Het was een ontzettende grappenmaker.'

Noemt ze de man die mij, die ons heeft verlaten nu echt een grappenmaker? 'Goede grap, ja… om een vrouw en een kind te verlaten.'

'Die had ik ook niet zien aankomen, nee. Maar je vroeg me waarom ik op hem was gevallen, niet wat ik daarna van hem vond.'

'Nou? Zeg dat nu dan ook maar.'

'Ik heb altijd geprobeerd met respect over hem te praten, omdat het je vader is, maar ik weet niet of ik hem ooit kan vergeven voor wat hij heeft gedaan.' Haar stem trilt. Ik heb met haar te doen. Zoals ze altijd maar in haar donkerblauwe, keurige kleren door het leven ging. Haar kantoorharnas met haar aktetas als schild en haar opgestoken haar als helm. Hoe ze me heeft geleerd dat mannen maar één ding van je willen. Dat je er niet op kunt bouwen. Zo'n vrouw alleen met een donker kind. Een bastaardkind. Ik ben het bewijs dat die leuke, blonde vrouw zich ooit zwanger heeft laten maken door een buitenlander en daarna alleen zat opgescheept met de gevolgen. Die arme vrouw. Zou ze het mij kwalijk nemen? Misschien denkt zij wel dat ik de reden ben van zijn vertrek. Dan staan we quitte, want ik neem haar kwalijk dat ze me met een Marokkaan heeft gemaakt. Als ze zich dan toch zo nodig moest laten bezwangeren door een donkere man, had ze het net zo goed met een Spanjaard kunnen doen. Dan was ik echt half-Spaans geweest.

'Ik weet dat ook niet, mam. Zij doen daar in dat gezin alsof het heel normaal is, maar ondertussen heeft niemand de afgelopen vijfentwintig jaar naar me omgekeken. En dan nu een beetje de vader gaan uithangen.'

Ze is even stil. Haar glas tikt tegen haar telefoon. Ik hoor aan haar slik dat ze een grote slok nam. 'Hij denkt waarschijnlijk: beter laat dan nooit.'

'Beter bestaat niet. Niet in deze situatie.'

'Nee, dat klopt. Je hebt gewoon niets aan je vader, dat is de constante.'

Ik troost me met de gedachte dat we allebei niets aan hem hebben gehad. Gehaast zegt ze: 'Sorry Nad, ik moet ophangen. Er wordt op de deur geklopt,' maar ik hoorde niemand kloppen.

7

'Ik kreeg vanmiddag een interessant telefoontje. Je krijgt je huis weer terug,' laat ik Reyn meteen weten bij binnenkomst in zijn stamkroeg, die op de hoek van zijn straat zit. We zitten op zijn vaste plek, daar waar de bar het hoekje omgaat en we wegvallen achter het boeket dat er altijd staat. Ik zou eigenlijk naar mijn vader gaan, omdat ik daar al twee weken niet ben geweest, maar dit nieuws vier ik liever met Reyn. Hij gaat tenminste niet beginnen over dat ik allang getrouwd had moeten zijn.

'Heb je een nieuwe seksslaaf gevonden? Een betere?'

'Nee, het is beter dan dat...' Ik laat een korte stilte vallen en geef met mijn handen een tromroffel op de bar. 'Ik heb een eigen huis gevonden!' Ik zeg het iets te hard. Verschillende hoofden aan de bar en tafels draaien zich om als stokstaartjes die een dreigend geluid horen.

'Echt?' Ik meen beduusdheid te bespeuren in zijn vraag. 'Ik wist eigenlijk niet dat je nog op zoek was.'

'Ik kan toch niet eeuwig op je logeerkamer blijven hangen?'

'Ik vond dat je daar wel prima hing.' Hij pakt zijn glas en begint het bierlogo dat erop staat uitvoerig te bestuderen.

'Ben je niet blij voor me? Dit is namelijk precies wat ik wil, al heel lang. Al toen ik nog samenwoonde met mijn ex en hij dacht dat ik daar heel gelukkig was.'

'Dat weet ik ook wel en natuurlijk ben ik blij voor je. Enorm blij zelfs.'

'Maar?'

'Nou ja, het is ook gewoon ontzettend lekker om je in mijn huis te hebben.'

'Je bedoelt makkelijk?'

'Dat ook, ja.'

'Maar dan zoek je toch een nieuwe huisgenoot? Neem je gewoon weer een lekker wijf. Of nu juist een net meisje.'

'Waarom? Ook al ga je verhuizen, we blijven toch gewoon doen wat we doen? Jij bent mijn sport. Bovendien heb ik geen puf voor een tweede. En de volgende huisgenoot selecteer ik op schoonmaakskills. Het liefst iemand met een lichte vorm van smetvrees. Dan kan diegene meteen de smerigheid van de afgelopen maanden schoonmaken. Want laten we vooral eerlijk tegen elkaar zijn: je kunt koken en pijpen als de beste, maar je bent een waardeloze huisvrouw.'

'Tja, je zou denken dat het in mijn genen zit.'

Ik ben hem voor en maak de flauwe opmerking voordat hij 'm kan maken. Maar dan bedenk ik dat Reyn geen gemene pestkop is en hij nooit op basis van mijn achtergrond een opmerking zou maken over schoonmaken. Of over het dragen van jurken over broeken. Of over opgroeien met kamelenmelk.

'Hoe ben je eraan gekomen?'

'De woningbouwvereniging belde. Ik was laatst naar een huis wezen kijken en eindigde toen als nummer acht op de lijst. Dat huis bieden ze me nu aan, omdat de wachtenden voor mij geen interesse hebben.'

'Jij vertelt mij ook echt helemaal niets, hè?

'Sorry, vergeten. Ik heb trouwens nog een nieuwtje. Ik heb besloten om de kunstacademie te gaan doen. Ik mag het in deeltijd doen. Met mijn talent hoef ik niet aan de basis te beginnen, aldus de selectiecommissie, het clubje zelfverklaarde grootheden dat de macht heeft gekregen om over toekomstig talent te beschikken.'

'Nou ja, Nad!'

'Ik vertel het nu toch?'

'Raar mens dat je bent.'

'Ik had deze studie meteen moeten doen. Hoe heb ik ooit kunnen bedenken om internationaal management te kiezen? Ik spreek mijn talen niet eens goed.'

'Waar ga je eigenlijk wonen?'

'Op tien minuten fietsen, in de Baarsjes. Dat deel waar de huizen er hetzelfde uitzien als in jouw chique buurt, maar een stuk goedkoper zijn, omdat de wijk als slechter wordt bestempeld door de volkssamenstelling. Ik ga tussen mijn eigen mensen wonen.'

'Jij? Jij hoort nergens bij.'

Drie weken later krijg ik de sleutel. Bij mijn vader ben ik nog steeds niet geweest. Zijn telefoontjes wimpel ik af met als excuus dat ik veel moet werken en dat is ook echt zo, want de feestmaandendrukte in de cateringwereld begint al in november. Iedereen organiseert pre-kerstdiners. Waar je zin in hebt. Alsof Kerstmis niet al erg genoeg is. Ik lieg dus niet tegen mijn vader, ook niet tegen mezelf. De afleiding is fijn en misschien ook wel noodzakelijk. Het maakt dat ik niet de tijd heb om stil te staan bij de ontwikkeling van onze prille familieband. Voor zover er sprake is van een ontwikkeling.

Ik stuiter me door de drukke dagen heen. Niemand neemt me mijn goede humeur af, want ik krijg een huis. Mijn eerste huis. Na acht jaar rondzwerven. Helemaal legaal en op mijn eigen naam bij een gerenommeerde woningbouwvereniging. Ik hoef het niet te delen met een geliefde of een vriendin of een vage huisgenoot. Het is geen sjofele etage waar een pandjesbaas niets aan doet en wel de hoofdprijs voor vraagt. Geen doorleefd krot met een schizofrene bovenbuurvrouw die regelmatig het trappenhuis bevuilt, omdat ze het concept wc niet altijd begrijpt. Het huis waar ik alles zelf kan bepalen. Van een groene slaapkamer tot een knalrode bank. Waar ik zonder overleg mensen mee naartoe kan nemen, overdag en midden in de nacht. Waar ik de muren kan beschilderen met mijn hersenspinsels. Een plek waar ik mijn schilderspullen kan laten staan en waar niemand klaagt als de wasbak vol met penselen ligt of de afwas een week niet is gedaan.

In het beetje tijd dat ik heb struin ik kringloopwinkels af en op grofvuilavonden slenter ik door de stad, op zoek naar bruikbare spullen. De muren in mijn huis moeten nog gepleisterd en geschilderd worden en de vloer nog worden gelegd, maar toch zet ik al het nodige in mijn nog lege, kleine tweekamerappartement van vijfenveertig vierkante meter. Ik ga eindelijk de stap zetten die iedereen om me heen zette toen ze begonnen met studeren. Dit wordt mijn veilige haven, de plek waar alles kan. Waar de sfeer heel anders is dan in het huis van Reyn. Zijn huis is voor grote mensen, een voorbode van een gedomesticeerd leven. Hij zet nota bene koffie met koffiebonen. Reyn en ik zijn eigenlijk gewoon de prins en het burgermeisje. Hij zit in zijn kasteel, ik ga naar mijn vrije kunstenaarshol. Ik ga de onzekerheid tegemoet, hij is begonnen aan een pad dat al is uitgestippeld.

Reyn. Ineens dringt tot me door dat een eigen huis betekent dat ik hem niet meer in mijn nabijheid heb.

Ik heb net verf, een ondervloer en nog een paar stoelen in mijn huis klaargezet voor de naderende klusdagen als mijn vader belt. Opgetogen laat hij weten dat hij bustickets heeft geboekt voor mijn zussen en eentje extra. Speciaal voor mij, zodat ik over een paar weken in de kerstvakantie mee kan naar de familie in Marokko en naar de bruiloft van een nicht. Hij is zo te horen enorm in zijn nopjes over zijn eigen voortvarendheid, over wat hij voor mij mogelijk heeft gemaakt.

'Iedereen wil je zien. De hele familie komt speciaal naar Tanger voor jou. Ik heb ze beloofd dat je komt.'

'Ik kan niet zomaar alle kookklussen afzeggen die ik heb staan. Het zijn de feestdagen!'

'Natuurlijk wel. Dat kookwerk is er na de kerst ook nog wel. Mensen moeten toch altijd eten,' zegt hij en hij lacht hardop om zijn eigen gevatheid.

'Het gaat niet alleen om werk. Ik heb een huis gevonden en ik moet nog heel veel schilderen, dus ik heb mijn geld en tijd nodig. Ook voor meubels, ik heb bijna nie...'

'Dus je komt niet, omdat je liever je huis gaat schilderen?' onderbreekt hij me. 'En wat zeg ik dan tegen iedereen?'

Verbreekt hij nu de verbinding of zeggen we elkaar nog gewoon gedag? Ik gooi mijn telefoon op de bank. Ik wil 'm niet vasthouden, hij is medeplichtig aan het brengen van slecht nieuws. Als verdoofd blijf ik ernaar staren. Ik wil iets voelen, als het maar geen verdriet is. Of gemis. Allesbehalve dat. Ik heb nu maar één ding nodig en stuur snel Reyn een bericht en gooi mijn telefoon opnieuw op de bank.

Hij stuurt me binnen drie minuten een antwoord en laat me weten dat hij aan het eten is met collega's en dat hij daarna met Fredje heeft afgesproken in zijn stamkroeg. Ik ben meer dan welkom met mijn 'hele hebben en houden'. Dan weet ik al wat de avond gaat brengen.

Ik breng de wachttijd door met een fles rode wijn en mijn schetsboek. Na dat telefoongesprek is duidelijk geworden wat ik al een tijdje voorzichtig denk, maar niet volmondig durf toe te geven, namelijk dat het contact met mijn familie hierbij gaat blijven. Dat er veel liefde, begrip, geduld en tijd voor nodig gaat zijn om de schade te herstellen en dat ik niet weet hoe ik dat moet doen. Ik kies graag voor weinig gedoe; ik heb al genoeg gedoe van mezelf. Nu loop ik weg, net als hij. Ik geef hem een reden om te kunnen zeggen dat ik in dit hele proces de onmogelijke factor ben geweest. Dat ik me niet goed heb opgesteld, dat ik het fout heb aangepakt, dat ik de onhandelbare, eigenwijze dochter ben. Ik neem de rol van ongeleid projectiel graag op me zodat hij het gevoel dat hij geslaagd en normaal is, kan blijven vasthouden. Graag gedaan.

Als Reyn me ruim een uur later laat weten dat hij om de hoek zit, is de fles bijna leeg en heb ik drie grote vellen volgeschetst. Soms voer ik een gevecht met het papier, nu niet. Toch verscheur ik alles en gooi het weg. Twee donkere ogen kijken me vanuit de vuilnisbak verwijtend aan. Snel laat ik de klep zakken en trek mijn vossenjas aan.

Fredje en Reyn zitten op onze vaste plek. 'Daar is ze, hoor,' zegt Reyn net iets te uitbundig. Ik hoor meteen dat hij behoorlijk wat alcoholunits op me voor loopt.

'Hé Nad! Gefeliciteerd met je huis. Vos vertelt net dat je gaat vertrekken,' Fredje werpt een lacherige blik op Reyn en zegt: 'Hij gaat je missen.' Hij schuift een kruk door zodat ik tussen ze in kan zitten.

'Je hoeft geen medelijden met hem te hebben, hoor. Komt hij ook weer eens aan zichzelf toe.'

'Volgens mij hoefde hij met jou in huis niet zoveel aan zichzelf toe te komen.'

Zijn opmerking blijft in de lucht hangen en dient als catharsis. Deze twee hebben duidelijk iets in hun hoofd waar ik een rol in moet gaan spelen. Dit is polsen, meer niet. Ik bepaal nu wat de rest van de avond brengt. Ga ik gewoon naar huis en kruip ik alleen in bed zodat ik morgen enigszins fris mijn cateringklus kan doen? Of ga ik voor de verdoving die ik hier kwam zoeken? Met deze twee praten over de stomp die mijn vader vandaag heeft uitgedeeld kan niet. Niet hier. Deze plek is voor plezier. En ik wil er ook niet over praten. Het moet weg. Uit me worden geneukt. In elk geval door één. Misschien wel door twee. Zou dit Reyns idee zijn of dat van Fredje? Doet er niet toe, alle afleiding is welkom. Ik zoek Reyns blik. Hij geeft een bijna onzichtbaar hoofdknikje. Alleen als jij je er prettig bij voelt, lijkt hij te zeggen.

'Maar ik ben straks echt nog wel in de buurt,' zeg ik zachtjes terwijl ik mijn benen heel langzaam naar buiten laat vallen op mijn barkruk, 'dus ik sta in een wip voor zijn deur. Of hij voor de mijne.' Elk van mijn knieën raakt een been van hen. Ze kijken er tegelijkertijd naar en kijken elkaar daarna lacherig aan. 'En hij is altijd welkom, dag en nacht.' Alles lijkt in slowmotion te gaan. Wat een makkelijk publiek is dit.

'Heb je Fredje al verteld over nattig?' vraag ik gespeeld plagerig.

'Nee, nog niet. Doe jij het of zal ik het doen?' vraagt Reyn terwijl hij gaat verzitten.

'Wat is dat dan?' Fredje kan zijn gretigheid nauwelijks onderdrukken. Samen zijn ze net twee stripfiguren waar de geilheid in de vorm van zweetspetters vanaf vliegt.

Reyn staat op en komt zo dicht tegen me aan staan dat ik zijn stijfheid door twee lagen spijkerstof heen voel. 'Als ik merk dat Nadia hitsig is, en laten we eerlijk zijn, dat is bijna altijd, vraag ik "nattig?" Dan zegt zij: "voel maar" en als ik dan mijn vinger bij haar naar binnen laat glijden concludeer ik "nat, ja".'

Fredje zegt niets, hij kijkt glazig en slikt zichtbaar.

'Snap je het?'

'Ja,' weet hij met moeite uit te brengen. 'Jezus Vos,' zegt hij vol bewondering, 'dit is sluw.'

Sluw is in de wereld van Reyn en Fredje alles wat goed, geil of gek is. Reyn en ik lachen trots naar elkaar en voor ik het weet duwt hij zijn tong in mijn mond. Kort tong ik terug. Anders trekt hij zo mijn broek naar beneden en duwt me voorover op de lege tafel achter ons. Zijn gretigheid is niet af te remmen, zijn bewegingen worden dwingender.

Als de barman me vraagt wat ik wil drinken en ik een glas rood bestel, kijken Reyn en Fredje teleurgesteld. Zij willen meteen naar huis; ik wil ze nog even laten bungelen. Dit is het spel waar ik zo goed in ben. Kon ik daar mijn geld maar mee verdienen. Dat kan trouwens, maar dat trekt me dan weer niet. Gezien mijn voorgeschiedenis zou ik wel in die wereld passen. Er bestaat vast geen hoer met een goede vaderband.

Mijn wijnglas houden ze als haviken in de gaten. Bij elke slok wordt hun opluchting groter. Reyn staat nog waar hij staat, tegen me aan. Fredjes hand ligt losjes op mijn dij. Ik bevestig hiermee de voordelen die ik veelvuldig heb moeten aanhoren van mannen van wie ik eigenlijk weg had moeten blijven. Mannen die zeggen dat ik als halfbloedje zeker twee keer zo heet ben door die twee soorten bloed. En dat ik als vaderloos meisje vast makkelijk in bed te krijgen ben, omdat die meisjes nooit nee zeggen. De nare smaak die ik mezelf bezorg, drink ik weg door het laatste restje van mijn wijn in één keer naar binnen te gieten. Ik begeef me in het gezelschap van leuke, keurige, intelligente jongens. Dan blijven domme opmerkingen over mijn afkomst achterwege.

'Kom, we gaan,' zeg ik en ik sta op.

Buiten wacht ik op ze terwijl Reyn de rekening betaalt. Als ze bijna bij de deur zijn, begin ik vast te lopen. Achter me hoor ik ze fluisteren. Ik maak ondertussen de knoopjes van mijn blouse open. Mijn borsten staan erbij alsof ze weten dat ze lol gaan hebben. Ik draai me om en loop achterstevoren verder. 'Komen jullie nog, stelletje opa's?'

Reyn haalt direct zijn arm van Fredjes schouder en roept: 'Vossenjacht.' We beginnen alle drie te rennen. Reyn haalt me als eerste in en legt zijn arm op mijn schouder. De bijbehorende hand laat hij in mijn beha glijden. Fredje slaat zijn arm om mijn middel en haakt zijn vingers om de rand van mijn spijkerbroek. Ik voel zijn vingers tegen mijn buik. Ook zijn vingers zijn koud. Het samenkomen van ons ademhalen is hypnotiserend. De nabije toekomst klinkt erin door.

Bij de voordeur duwt Fredje me tegen Reyn aan, die de deur aan het openmaken is. Fredje kan nu overal bij en grijpt me vast alsof hij na vier jaar cel voor het eerst in het bijzijn van een vrouw verkeert. We lopen in dezelfde volgorde naar binnen. Als het alleen Reyn en ik zijn begint het spoor van kleren al bij de voordeur, maar in deze formatie bereiken we geheel gekleed de bank. Reyn duwt me erop en laat zich naast me neerploffen. Met zijn handen pakt hij mijn hoofd en duwt zijn warme tong bij me naar binnen. In mijn ooghoek zie ik Fredje zijn jas en trui uitdoen. Dan buigt hij zich naar voren, trekt me een stuk naar zich toe, zodat ik onderuitgezakt op de bank kom te liggen en begint mijn spijkerbroek open te maken. Hij trekt 'm naar beneden, wil 'm over mijn laarzen heen trekken, maar die gaan vanzelf mee. Godzijdank trekt hij mijn sokken ook uit. Dan duwt hij mijn benen uit elkaar en gaat op zijn knieën voor me zitten.

Reyn stopt met tongen en kijkt naar Fredje. 'Jij mag het vragen.' Mijn kin heeft hij nog steeds vast, hij draait mijn gezicht naar Fredje toe.

'Nattig?' vraagt hij alsof hij het, net als Reyn, al maanden vraagt.

'Voel maar,' zeg ik.

Hij schuift mijn slipje opzij en strijkt langs mijn schaamlippen. Naar binnen brengen om een conclusie te trekken hoeft niet eens. 'Nat, ja.' Daarna kijkt hij voldaan naar Reyn en schuift de stof terug. Hij doet op zijn knieën een stap naar voren en begint me te likken. De stof raakt verder doordrenkt en vormt zich om mijn kut als een glimmende tweede huid. Fredje laat me glanzen.

Reyn heeft ondertussen al zijn kleren uitgedaan en legt mijn dichtstbijzijnde hand op zijn lul. Ik wil wel iets doen, maar Fredjes tong maakt me lam. Ik kan me alleen maar overgeven aan zijn tong. Reyn omsluit mijn hand en laat 'm zachtjes op en neer gaan.

Met mijn vrije hand duw ik mijn slipje zo ver mogelijk over mijn heup naar beneden. Fredje snapt mijn hint en begint 'm verder uit te trekken. Het kruisje komt langzaam los, als een pleister die van een wondje wordt getrokken. Het slipje legt hij naast me neer op de bank. Het is zijn trofee.

Reyn wil ook een trofee. Hij doet mijn vossenbontje en mijn blouse uit en maakt de sluiting van mijn beha met één hand los. Ik weet dat hij trots is op die gave en hij weet dat ik het heel sexy vind. Hij pelt de beha van mijn armen en legt 'm boven op mijn slipje.

Fredje staart naar mijn borsten. 'Daar was ik me toch nieuwsgierig naar.' Hij kijkt goedkeurend naar Reyn. Ik pak Fredjes hoofd en duw hem tegen me aan om hem te laten afmaken waar hij aan is begonnen. Als ik naar hem kijk, zie ik dat een befsnor hem goed staat. Ook daarom wil ik nooit helemaal kaal.

De gebruikelijke opmerking over die leipe mocro flavour blijft uit. Na Reyn is Fredje de tweede die deze domme opmerking gelukkig niet maakt.

Ik kom voordat ik het aan heb voelen komen. Mijn hele lijf doet mee en door de implosie richt ik me zover op dat ik rechtop kom te zitten. Fredje komt omhoog en kust me. Ik lik zijn mond uit om mijn eigen smaak in me op te nemen.

Reyn staat op en zegt tegen Fredje: 'Mag ik even?' Hij gaat voor me staan en houdt zijn stijve lul voor mijn gezicht. Hij laat 'm langs mijn wangen gaan, langs mijn kin en langs mijn lippen. Dit is een ander spelletje van ons. Ik speel mee volgens onze de regels en houd mijn lippen op elkaar. Dan duwt Reyn zijn duim en wijsvinger tussen mijn lippen en spert mijn mond open. Zijn vingers zijn altijd sterker. Hij duwt zichzelf mijn mond in.

Fredje heeft de rest van zijn kleren uitgedaan en is achter me gaan zitten. Zijn hoofd houdt mijn hoofd tegen zodat ik genoeg weerstand voor Reyns lul heb. Ik hoor achter me geritsel, van het condoompapiertje. Reyn trekt zich terug uit mijn mond. 'Ik wil nog niet komen, pak eerst Fredje maar.' Hij pakt me bij mijn schouders en helpt me met omdraaien en laat me plaatsnemen op Fredjes schoot. Zijn lul gaat er met gemak in. De lichte weerstand die Reyns pik geeft is er niet. Wij passen meteen, alleen vult hij me niet helemaal en Reyn wel. Met Reyn in me kan ik geen kant op.

Fredjes behaarde borst gaat dreigend op en neer. Zijn ogen zijn groot, alsof hij voor het eerst wordt bereden. Reyn is naast hem gaan zitten en ze spelen allebei met een borst. Dan maant Fredje me tot stoppen. 'Anders kom ik nu al.'

'Hebben jullie allebei de afgelopen drie weken drooggestaan? Wacht...' Ik buig voorover en duw hun hoofden naar elkaar toe. Ik steek mijn tong tussen hun monden uit en ze beginnen mij allebei te tongen. Dan trek ik me terug en laat ze samen verdergaan. Waar was ik? O ja, Fredje pakken. Hij houdt het niet lang vol en spuit al snel schokkend en gelukzalig glimlachend zijn condoom vol. Nu wil ik echt neuken. Seks met condoom is nepneuken. Er is geen versmelting van huid en vocht. Ik kan het achteraf altijd ontkennen. En er is de dag erna geen slip-verrassing. De toegift. Een na-kwak van je eigen lichaamseigen sap met dat van de ander erdoorheen. Pas daarna is seks klaar. Fredje geeft me morgen geen toegift. Dat wil ik ook niet. Alleen Reyn mag dat. 'Reyn, ik wil je nu in me.' Ram tot ik stop zeg, maar ik zeg nooit stop, want de verdoving is nooit sterk genoeg. Hij begint en gaat door en hij komt. En ik kom. En ik gil. En alles is even zoals het moet zijn. Zonder pijn. Zonder leegte.

We zitten met z'n drieën uit te blazen op de bank. Ik zit op Reyns boxer om zijn sperma op te vangen. Reyn pakt mijn vossenbontje en legt het om mijn schouders. Ik laat me opzijvallen en trek de jas als een deken over me heen. Als ik mijn benen intrek, pas ik er precies onder. Mijn hoofd ligt op Reyns schoot, mijn wang op zijn slappe pik. Hij ruikt naar mij. 'Heren, het was me een waar genoegen. Kan zijn dat ik zo slaap.'

'Je was heerlijk,' zegt Fredje terwijl hij opstaat en een diepe buiging voor me maakt met zijn handen in gebedshouding, 'ik weet nu hoe het in de hemel moet zijn.'

Reyn streelt mijn wang en zegt niets. Voor hem is dit normaal. Fredje trekt zijn onderbroek aan en pakt een etui uit zijn jaszak. 'Ik draai er eentje. Vos, rook je mee?'

'Hooguit een haal. Ik zit nog goed.'

Fredje draait in stilte zijn joint. Hij neemt er alle tijd voor en doet alsof hij een heilig ritueel aan het uitvoeren is. Na de eerste haal begint hij te vertellen over de hasj die erin zit. Uit de privévoorraad van zijn buurman die kweekt met een speciale techniek. Ik luister naar zijn diepe stem, naar zijn monoloog over hasj en voel dat ik langzaam begin te doezelen.

'Slaapt ze?' hoor ik Fredje vragen. Reyn zegt niets, maar knikt waarschijnlijk bevestigend, aangezien Fredje verder gaat. 'Hoe lang is dit nu al bezig?'

Ik ben in een klap klaarwakker, maar houd me stil. Reyn stopt met strelen en legt zijn hand lichtjes op mijn oor. Te lichtjes. 'Maandje of vier, vijf.'

'Exclusief?'

'Het hoeft niet, het mag wel.'

'En maak jij gebruik van die vrijheid?'

'Waarom zou ik? Dit ligt elke avond in mijn bed.' Hij tilt mijn jas op en onthult me.

'Vossenjong...' zegt Fredje vol ontzag, 'het is net een schilderij. Ik zou het wel weten; opsluiten en nooit meer laten gaan.'

‘Je was er net toch bij? Die laat zich niet opsluiten.’

‘Maakt zij gebruik van die vrijheid?’

‘Ja, maar steeds minder. Of ze vertelt het me niet meer.’

‘Ze woont hier straks niet meer. En dan?’

‘Dan zal ze nog even moeten uitrazen, gok ik.’

‘En dat vind jij goed?’

‘We hebben geen verkering, hè? De afspraak is dat het leuk is zolang het leuk is, met wie dan ook.’

‘Maar is het voor jou nog leuk als zij het met vreemde gasten doet?’

‘Ik kan veel hebben.’

‘Lul niet, Vos. Ik ken je langer dan vandaag.’

‘Ik heb haar net ook met jou gedeeld? Ik ben net Jezus. Ik deel zelfs mijn brood met mijn beste vriend.’

‘Maar dat ben ik en dat komt door de drank en daar ben je zelf bij.’

Reyn legt mijn jas weer over me heen en vraagt Fredje om de joint. ‘Zij moet doen wat ze moet doen en als ze hier niet meer woont, heb ik ook weer alle vrijheid om los te gaan. Bovendien gaat ze op tien minuten fietsen wonen, dus ik gok dat we elkaar net zo regelmatig blijven zien als nu.’

‘En dan blijft het net zo vrijblijvend?’

‘Weet ik veel. Daar hebben we het nooit over. Geen tijd voor.’ Ze zwijgen even samen. Ik hoor een van de twee inhaleren en de rook weer uitblazen.

‘Mijn vader zei altijd,’ begint Fredje weer, ‘dat je een mooie vrouw nooit alleen hebt. Dat klopt wel.’

‘Ik heb haar best aardig vaak.’

‘Maar niet alleen. Hoe vaak is aardig vaak trouwens, mazzelpik?’

‘Zoveel zien we elkaar eigenlijk niet. Zij werkt veel ’s avonds, tot laat. Ik werk overdag. En ik ben echt moe van die vijf dagen. Het hakt er wel in.’

'Ja jongen, het echte leven is begonnen, het speelkwartier is voorbij. De studerende barman is dood en gereïncarneerd als kantoorslaaf in de zaak van zijn vader.'

'Misschien had ik toch eerst ergens anders moeten gaan werken. Alle ogen zijn op mij gericht, inclusief die van mijn pa.'

'Jij liever dan ik.'

In stilte roken ze de joint op. Dan staat Fredje op. 'Kan ik hier crashen of moet ik naar huis?'

'Pak mijn bed maar. Ik ga zo wel met haar naar haar kamer.'

Ik hoor Fredje zijn kleren van de grond pakken en naar de deur lopen. 'Weet je wat mijn vader trouwens altijd zegt?' zegt Reyn tegen hem voordat hij de slaapkamer in verdwijnt. 'Dat je maar beter een mooie en grappige vrouw kunt nemen, want je moet er elke dag naar kijken en dan is het extra fijn als je er ook nog mee kunt lachen.'

'Dan heb je goed naar je vader geluisterd.' Ik hoor de slaapkamerdeur dichtgaan. Reyn begint mijn haar weer te strelen. Ik weet niet hoe lang, want ik val al snel echt in slaap.

8

Ik zit op het balkon van mijn nieuwe huis op een bierkratje. De bemoedigende winterzon doet zijn best, maar ik heb mijn jas aangetrokken. Yorgos, de klusjesman en vaste gast uit de kroeg waar ik werk, zit naast me in een T-shirt op een stoeltje. Ik hoop dat het krakkemikkige bistrostoeltje hem houdt. Ik weet niet of zijn spieren hem warm houden of dat het zijn vetmassa is. Compacte vetmassa moet het dan zijn, want Yorgos lelt en trilt nergens, en dat voor een vijftigjarige. 'Wil je zo koffie? Met of zonder melk?' vraag ik hem als ik zie dat hij zijn bord bijna leeg heeft.

'Zonder melk natuurlijk. Ik ben een Griek, geen wijf.'

Ik drink zelf geen koffie, dus ik serveer hem oploskoffie. Ik hecht geen waarde aan het eindresultaat. Misschien zou ik er gezien mijn werk meer eer uit moeten halen, maar eenmaal thuis is die eer volledig verdwenen. Gek genoeg heb ik dat met eten wel, daar doe ik altijd mijn best voor. Yorgos neemt het kopje tevreden aan. Bouwvakkers zijn nu eenmaal geen koffiesnobs. Zijn enorme handen laten het glaasje eruitzien alsof het afkomstig is uit een poppenservies.

Op de dagen dat hij in mijn huis aan het pleisteren en schilderen is, maak ik een warme lunch klaar. Ik maak extra veel, zodat Yorgos 's avonds hetzelfde kan eten, maar dan thuis. Het plastic bakje dat ik hem meegeef krijg ik elke keer brandschoon terug. Zelfs de rode gloed van arrabiatasaus weet hij eruit te krijgen. In ruil voor het eten matst hij me enorm met de prijs. Ik heb de goedkoopste stukadoor denkbaar voor me werken en ik betaal hem in natura zonder ook maar iets uit te hoeven trekken. Dat werd op de eerste klusdag direct duidelijk. Ik trok mijn trui uit en mijn hemdje kwam mee waardoor Yorgos zicht had op mijn buik en beha. Ik zag hem kijken, ik keek naar hem, hij keek meteen weg. De spanning die daaruit had kunnen voortvloeien en had kunnen leiden tot meer, werd door Yorgos buiten gezet alsof het de vuilniszak betrof. Hij zei zakelijk: 'Deze kant moeten we maar niet opgaan, ik had je vader kunnen zijn.' Snel fatsoeneerde ik mijn hemdje.

De gêne werd snel vervangen door een ingeving. Yorgos had namelijk wel een goed punt: hij had inderdaad mijn vader kunnen zijn, dus beeldde ik me vanaf dat moment in dat hij dat ook is. Dan kan ik toch een beetje voelen hoe het moet zijn om samen met je vader aan zo'n project te werken. Misschien vraag ik Yorgos ook wel om te helpen met het leggen van de houten vloer. Dan kan ik nog wat langer doen alsof.

Hij drinkt de oploskoffie alsof het civetkoffie is. Bedachtzaam, langzaam, genietend. Ondertussen vertelt hij vol trots over Griekenland. Zijn hele verhaal over hoe en waarom hij naar Nederland is gekomen. Alle rukbaantjes die hij heeft moeten doen en de vieze huizen waarin hij heeft moeten wonen. De as van zijn peuk tikt hij af in een dorre plant die de vorige bewoner heeft laten staan. Ik rook niet meer. Nieuw huis, nieuwe gewoonten. Ik ga ook minder drinken en weer regelmatiger naar yoga. Proberen. Ik ga het proberen.

Dan is het mijn beurt, maar ik kan hem niets vertellen over Marokko. Ik ben namelijk niet meegegaan toen mijn vader drie weken geleden belde met de mededeling dat hij een ticket voor me had. Daarna hebben we elkaar niet meer gesproken. We zijn weer contactloos, dus terug bij af. Hij zoekt het maar uit. Met zijn gedrang en bepaal. Ik ben geneigd om te zeggen 'Hij is mijn vader niet', maar dat is hij nu eenmaal wel.

Reyn liet zich de afgelopen weken inzetten voor het ophalen van allerhande tweedehands spullen. Op één voorwaarde: dat ik niet verder keek dan een straal van twintig kilometer. Omdat het een huurhuis is, zit er een degelijke keuken en een badkamer in waar ik niets aan hoef te doen. Nog even en ik kan erin. Eens kijken hoe het dan verder gaat. De wip met Fredje heeft in elk geval tussen ons niets veranderd. Wij zijn gewoon verdergegaan waar we gebleven waren, maar dan zonder Fredje.

Ik ben nog niet begonnen met de kunstacademie, maar mijn huis is er al klaar voor. In de slaapkamer heb ik gisteren een grote muurschildering van mijn eigen interpretatie van de Venus van Milo gemaakt. Ik heb haar wel armen gegeven. Hoe moet die arme vrouw anders masturberen? De overige muren en het plafond moet ik nog nachtblauw verven. In mijn huis geen nette muren met een of andere saaie door een marketingafdeling bedachte tuttenkleur met een naam als comfort gray of warm latte. Warme natte wind, ja, maar niet bij mij. Of ik doe het niet of ik doe het primair. De helft van de woonkamer gaat rood worden en de keuken waarschijnlijk lila. De plek met het mooiste licht ga ik inrichten als schildershoek. Eindelijk alles bij elkaar. Van mijn penselen, kwasten en verf tot mijn doeken en kunstboeken. Er hoeft niets voor de ramen te worden gehangen, door het park kan er niemand naar binnen kijken. Ik ben hier alleen en ongezien.

Als ik er goed en wel een maand woon, kan ik concluderen dat Reyn niet uit mijn huis is weg te slaan. Hij heeft sinds kort een nieuwe huisgenoot, maar deze is veel vaker thuis dan hij had gehoopt en ze liggen elkaar minder goed dan Reyn van tevoren had gedacht. En het is een jongen. Stiekem ben ik daar heel blij om.

'En je vindt het niet erg dat ik je baggerkoffie serveer?' vraag ik hem. Hij ligt weer eens languit op mijn bank.

'Wanneer ben je ook alweer jarig? Ik weet wel een geschikt cadeau waar ik zelf ook wat aan heb.'

'Maar heeft het met mijn huis te maken of met mij?'

'Dat ik hier zo vaak ben? Met allebei eigenlijk. Jij bent dit. Als ik hier ben, ben ik in jou zonder dat ik in jou ben. Het enige dat ik echt niet te doen vind, is die bank van je.'

'Mijn roze Lodewijkje?'

'Al had Lodewijk de veertiende hem zelf in elkaar gezet, het is en blijft een uitgezakt stinkding.'

'Bof jij even dat we vooral in bed liggen.' Nog steeds benoemt niemand wat we hebben. Woorden maken het concreet, geven betekenis. Ik wil nog even dat het betekenisloos is.

'Jij bent blij, hè Nad? Met deze keuze?'

'Ik heb dit nodig. Iedereen om me heen begon al aan de volgende stap. Serieuze baan, huizen met echte grote mensendingen erin. Ik fladderde maar wat. En anders was ik dat blijven doen. Nu heb ik ook een plan. Net als jij.'

'Ik heb geen plan.'

'En dat werken in de zaak van je vader? Wat is dat dan?'

'Dat ben ik alleen maar gaan doen omdat ik bij drie sollicitaties werd afgewezen en mijn vader toevallig een baan had die aansloot op mijn studie,' zegt hij, 'en ik vraag me af en toe af of ik niet te snel ben gaan werken. Of ik niet nog een jaartje achter de bar had moeten blijven staan. En mijn huis, wat jij een grote mensenhuis noemt, heb ik alleen maar omdat mijn tante besloot om een tijd in Amerika te gaan werken en ik het mag beheren. Zodra zij terugkomt, moet ik eruit.'

'Ik dacht dat je het van je ouders had gekregen.'

'Nee joh. Mijn ouders zouden zich nooit verlagen tot het

investeren in vastgoed. Dat vinden ze veel te ordinair. Ze stoppen alles in schilderijen die hopelijk ooit wat waard worden en verder geven ze hun geld vooral uit. Ze gaan veel uit eten, naar het theater en reizen, dat zijn dure bezigheden.'

'Als je tante terugkomt, mag je bij mij komen wonen, hoor,' flap ik eruit.

Hij ligt naar me te kijken terwijl ik schilder, zoals wel vaker. Het kalmeert hem, zegt hij. 'Je had meteen naar de kunstacademie moeten gaan. Dit ben jij ten voeten uit.'

'Ik had nog in mijn hoofd dat ik voor de veilige optie moest gaan. Iets met voldoende perspectief, met veel kans op een baan om voor mezelf te kunnen zorgen. Maar in het derde jaar viel ik tijdens colleges zo vaak in slaap en vond ik het stagelopen op kantoor zo gruwelijk saai en levensbepalend, dat ik ben gestopt en een yogaopleiding ben gaan doen en meer uren ben gaan draaien in het cateringbedrijf van Maya. En toen stopte ik ook met de yogaopleiding en ben ik in verschillende kroegen gaan werken. Daarmee verdien ik genoeg om mezelf gerust te stellen. Dat heb ik nu eenmaal nodig, want ik moet het allemaal zelf doen. Een man is een pratende pik. Meer niet. Of zoals mijn moeder altijd zegt: "Aan een man heb je niets, die gaat toch weg."'

'Denk je dat ook over mij?'

'Ik denk het juist over jou.' Hij zegt niets. Ben ik te ver gegaan? 'Dat was een grapje, Reyn.'

'Tuurlijk,' zegt hij luchtig. Te luchtig. 'Maar je hebt straks wel wat goed te maken vanwege die opmerking, mevrouw.'

'Is goed, ik ben bijna klaar.'

Reyn valt in slaap op mijn bank. Op mijn oncomfortabele, morsige Lodewijk de veertiende-bank. Gevonden bij het grofvuil in zijn chique buurt. Als ik een uurtje later mijn penselen sta uit te spoelen, drukt Reyn zich van achteren tegen me aan en laat zijn handen onder mijn shirt verdwijnen. Met één hand maakt hij snel mijn bh open. Het voelt als een bevrijding en een overmeestering ineen. 'Maar hier heb je mij echt wel voor nodig?' Ik hoor aan zijn stem dat zijn zelfbeheersing vandaag geen lange adem kent. Ik draai me om waardoor zijn handen op mijn rug terechtkomen en leg mijn eigen handen op mijn borsten.

'Nee hoor, dit kan ik prima zelf.'

Dan legt hij een hand op mijn kont en laat de ander aan de voorkant tussen mijn benen verdwijnen. 'Maar hiervoor toch wel?'

'Kan ik ook zelf,' en ik duw zijn hand weg en leg mijn eigen hand op mijn kut.

'En hiervoor dan?' Hij trekt mijn rok naar boven en mijn slipje uit. Geroutineerd tilt hij me op en zet me op het aanrecht. Daarna laat hij zich op zijn knieën zakken, spreidt mijn benen en begint me met zijn tong plagerig net wel, net niet te likken. 'Nou, en hiervoor dan? Zeg nu dan dat je geen man nodig hebt.'

'Ik...'

'Zeg dan. Zeg dat je me nodig hebt, anders loop ik weg.'

'Nee,' roep ik uit. 'Niet gaan! Ik heb je nodig.'

'Dat dacht ik al,' en hij duwt zijn zachtste lichaamsdeel tegen het mijne. We versmelten en hij laat me direct vergeten dat ik voor het eerst van mijn leven tegen een man heb gezegd dat ik hem nodig heb.

Als we 's avonds aan tafel zitten, haalt Reyn een oude bekende erbij. Iemand die ik nooit zou hebben uitgenodigd op deze zo goed als perfecte dag. 'Heb je eigenlijk nog iets van je vader gehoord?'

'Sinds dat ruzieachtige telefoongesprek van twee maanden geleden niet meer. Hij zal wel boos zijn, omdat hij voor niets een busticket voor me heeft gekocht.'

'En jij wilt hem ook niet bellen?'

'Nee, ik zou niet weten waarom. Kan ik dat maken? Om gewoon niet meer te bellen?'

Natuurlijk kan ik dat maken. Hij liet een baby in de steek. Ik laat een volwassen man met een gezin zitten. We bellen allebei niet meer. Daarin lijken we dan wel weer op elkaar; eens een afwezige vader, nu een afwezige dochter.

'Jij kunt alles maken. Het gaat erom of je hiermee kunt leven.'

'Wat bedoel je? Ik leef al mijn hele leven zonder hem.'

'Ik bedoel of je kunt leven met hoe het gelopen is en met wat je eruit hebt gehaald. Dat is anders dan leven met de voldongen feiten die de geschiedenis je heeft gebracht.'

'Nee, want ik zit nog steeds met dezelfde vragen en ja, want ik zal wel moeten.'

'Heb je hem gevraagd waarom hij is weggegaan?' In de roos. Zo moet het voelen als een boogschutter een pijl door je hart schiet. De stenen punt van de pijl laat de huid openscheuren en boort zich al draaiend een weg naar binnen, dwars door je lijf om er aan de achterkant weer uit te komen. Zoals de pijl die door de hartjes stak die ik vroeger in mijn schrift tekende als ik me verveelde.

'Hij wilde nergens antwoord op geven,' zeg ik snel.

'Maar heb je het echt gevraagd? Letterlijk?'

'Misschien niet zo precies.'

Reyn blijft stil. Ik weet dat het een beproefd trucje is om mensen zelf het antwoord te laten formuleren. Hij speelt een schijterig psychologisch spelletje met me. Het irriteert me, maar het doet wel wat het moet doen. 'Ik kan hem wel weer opzoeken, maar dat gaat me niets meer opleveren dan een paar maanden geleden, namelijk niets.'

'Dat weet je niet. In die tijd verandert er een hoop, ook bij hem. Hij moet door het contact van toen ook anders naar de situatie zijn gaan kijken. Hij is niet dom of onmenselijk.'

'Nee, hij is alleen maar heel trots en dat komt misschien wel op hetzelfde neer.'

'Misschien moet je zelfs wel naar Marokko gaan,' gaat Reyn nog een stap verder. 'Is het daar nu tijd voor geworden.'

Ik denk aan de woorden van Ariane van afgelopen zomer. Ze repte met geen woord over Marokko. Zij had het alleen over die man op die rots. En die man woont hier, in Nederland, niet in Marokko. Die man hoef ik niet op een ander continent te zoeken. Naar Marokko gaan voelt als weglopen van het probleem. Mijn vader opnieuw bezoeken, dat is pas poeren in het gaatje waar de echte pijn zit.

Reyn gaat verder: 'Naar Marokko, naar je familie én opnieuw naar je vader. Als je het goed wilt aanpakken, dan moet je het ook echt goed aanpakken.'

'Naar familie?' Ik schrik.

'Naar familie, ja. Je gaat toch ook niet naar de bioscoop om met je ogen dicht naar het scherm te kijken? Je moet voor de *full experience* gaan.'

'Goede analogie.'

'Je weet precies wat ik bedoel. Ik ga wel mee, hoor! Mijn zweeftante heeft er een tijd in een woongroep gezeten en ik ben ooit met haar en mijn oom en neven mee geweest op vakantie naar Marokko. Ik heb altijd nog een keer terug gewild.'

'Moet dit niet mijn eigen ontwikkelingsreis worden? Moet ik het niet alleen aangaan?'

'Waarom denk jij toch dat je alle moeilijke dingen alleen moet doen?'

'Omdat ik áltijd alles alleen moest doen.'

'Dat was toen en nu ben ik er. In al die maanden dat ik werk, heb ik nog geen dag vrij genomen, dus ik ben wel aan vakantie toe. Wanneer gaan we?'

'Je meent het?'

'Anders zou ik het niet zeggen. Is dat zo moeilijk te geloven? Als mij iets de afgelopen maanden duidelijk is geworden dan is het dat we een hoop lol met elkaar hebben, alles tegen elkaar kunnen zeggen en dat we samen ook nog eens enorm goede seks kunnen hebben, dus met jou naar Marokko gaan is niet iets waar ik heel erg tegenop zie. Ik heb vaker met mensen gereisd en daar had ik veel minder mee. Durf jij het aan?'

'Ik wel, hoor. Voor ongewenst gedrag hoef ik niet bang te zijn, want die grens zijn we allang gepasseerd. Spreek je een beetje Frans? Dat is ook wel handig. Ik ga binnenkort weer naar Ariane. Dan zal het universum me wel laten weten of dit een goed idee is.'

'Ik hoor het wel als je er klaar voor bent om tickets te boeken.'

9

Muren horen niet dwars door steden te lopen, ze horen niet in landschappen te staan en ze behoren zeker niet om je persoonlijkheid heen te staan. Langzaam begin ik dat in te zien. Dat mijn muur, mijn fijne, zorgvuldig opgebouwde beschermingswal die alle pijn buiten de deur moest houden, misschien wel niet bij mij hoort. Dat het tijd wordt om 'm langzaam af te laten brokkelen. Reyn is ermee begonnen. Ergens heel stiekem in een achterafhoekje waar ik er niets van merkte, maar zijn gehak en gehamer dat zorgde voor het verwijderen van kleine stukjes gruis aan mijn muur begon merkbaar te worden. Hij is steeds grotere brokken aan het weghalen. Met als gevolg dat mijn eigen manier van het beheersen van mijn emoties niet meer goed werkt. De ooit zo beproefde methode van het vakkundig wegstoppen van emoties gaat steeds slechter. Niets liet zich meer wegdrukken. Zoals ongewenste gedachten zich niet laten wegdenken. Van die gedachten die ook pijnlijk zijn, maar dan van gêne in plaats van verdriet. De mate waarin ze je overvallen is hetzelfde, alleen het buikgevoel is anders. Daar waar de bal van verdriet een weg naar je oogballen weet te vinden gaat de bal van gêne linea recta je hersens in om het beeld van de ongewenste gedachte zo scherp mogelijk op je netvlies te projecteren. Dus zie ik steeds dat beeld van die auto die op me afkwam, wat altijd leidt tot het bijbehorende misselijke gevoel omdat ik mezelf daarna op de EHBO zie zitten met de buurvrouw. Mijn moeder was niet te bereiken vanwege een conferentie. Zes uur later kwam ze aankakken. Met een pluchen tijger, excuses en een schuldgevoel. Ik heb alleen de tijger aangenomen.

Er is zich iets naar de oppervlakte aan het vechten. Er zit nog iets verstopt achter het laatste deel van de muur. Het deel dat nog staat. Dat Reyn ook niet kapot weet te krijgen. Het blijkt mijn vader te zijn. Mijn vader zit erachter verstopt en op een onverwachts moment komt hij tevoorschijn. Net als de kraai die eerder rakelings langs mijn hoofd vloog, maar nu in de vorm van een fysiek iemand in een overvolle winkelstraat. Mijn vader loopt ineens voor me. Zeker twintig meter, wat best ver is, maar ik herken hem meteen. Zijn loopje, zijn haardos, de bus waar hij vervolgens instapt. Ik zie hem voor mijn neus wegrijden. Tot grote verbazing en ongemak van het winkelende publiek huil ik mezelf leeg. Iedereen doet alsof ze mijn tranen niet zien. Alleen een engelachtig meisje met grote, blauwe ogen kijkt me nieuwsgierig aan. Misschien ben ik wel de eerste huilende volwassene die ze ziet. Dan wordt ze aan haar arm meegetrokken door haar moeder. Mijn tranen mogen haar ongeschonden beeld van volwassenen niet verpesten.

Met deze uitbarsting verworden alle richtingen die ik altijd op kan ineens tot een nauw paadje. Ik kan alleen maar de kant van de confrontatie op, achter het laatste restje muur kijken. En daar zit meer. Dat hele weggaan is misschien toch wel een thema in mijn leven. Er is geen weg meer terug naar de onschuld, naar de onwetendheid, naar de schijnvertoning. Ik kan mezelf niet meer wijsmaken dat het niet weten van de waarheid me niet deert. Mijn vermogen tot cognitieve dissonantie is uitgewerkt.

En nu ik dat niet meer kan, dient de grauwe, lelijke blauwdruk van de waarheid zich aan. Ik zie dat het een hoop gemis bij elkaar is. De vader heeft niet gevoed, daardoor is er een bodemloze put ontstaan. Een gat. En dat gat doet pijn en die pijn moet worden verdoofd. Het is een groot gat, dat ik Reyn laat opvullen. Hij is er om mij te vullen. Maar ik mag hem daar niet voor gebruiken, want het is nooit genoeg. Alles wat hij erin stopt, verdwijnt in een bodemloze put. Hoe meer ik in de put gooi, hoe meer ik Reyn erin laat gooien, hoe meer de bodem zakt. En zakt. Er komt geen einde aan. De put moet dicht. Alleen ik kan dat doen en niemand anders. De hele tyfuszooi zit muurvast. Een karrenwiel in de verharde modder. Ik moet er water op gooien om de ondergrond weer zacht te maken en te zorgen dat er beweging in komt. Ik moet zoeken naar wat er kapot is om het te kunnen repareren. Het is geen punaise in een fietsband. Een kogelgaatje in een stenen muur. Deze beschadiging zit ergens diep in het weefsel. Ik kan er met mijn vinger niet bij. Met niets weet ik erbij te komen.

Gelukkig had Ariane diezelfde week nog een gaatje voor me. Ik lig weer op haar behandelbank. Ze heeft net de wolven liefdevol om me heen gelegd en is nu bezig met de vos. Klaarblijkelijk kan de vos mij deze keer wel aan, hij ligt met zijn zwarte kraalogen naar mijn kruis te staren. In haar huis is niets veranderd. Ik zie alleen dat er nu niet een, maar drie potten 'drakenbloed' staan. Populair spul.

Omdat ik weet wat me te wachten staat, ben ik op voorhand al in een lome, ontspannen toestand. Ik loop op de zaken vooruit en dat helpt enorm. Mijn donkere voorouders zijn er meteen bij en ze staan weer te stralen. Blij dat ik weer contact met ze kom leggen, aldus Ariane. Zodra ze haar trommel pakt voel ik mezelf bij de derde slag al opstijgen. Daar gaan we weer. Het is inderdaad trippen zonder drugs, maar dan duurder, want ik betaal haar per uur.

De beelden beginnen zich langzaam te vormen. Ik ben weer vrij, los, lucht. Ik word gedragen in de lucht. Twee engelen houden mijn armen vast en brengen me ergens heen. Het zijn twee oude, goedlachse, donkere vrouwen. Mijn Marokkaanse oma? Overgrootoma? Betovergrootoma? Hun greep is stevig, maar teder. Ik zie zand, ze vliegen met me naar een strand. Maar er is geen zee, het is alleen maar zand. Dit is niet mijn strandje in Asturië. Ben ik in de woestijn? Ze planten me neer en verdwijnen. Ik begin weg te zakken in het zand. Het slokt me op, ik loop vol met zand. Het gaat al mijn lichaamsopeningen in. Het zou een *bad trip* kunnen zijn, alleen voelt het niet bedreigend. Ik kom tot rust, daar onder het zand.

Nieuwe scène: ik ben aan het vechten. Met mijn vader in zijn huis. We beuken keihard op elkaar in. Hij trekt mijn haren uit mijn hoofd, ik pak zijn hoofd en ram ermee tegen kasten tot de houten deurtjes opensplijten. We spelen een slechte actiefilm na. Niemand wint, niemand verliest, we vechten maar door. Het is doodstil, onze klappen en kreten van pijn zijn niet te horen. Iemand heeft ons op mute gezet.

Ineens lopen Reyn en mijn vader in de woestijn waar ik nog steeds zand lig te zijn onder het zand. Of eigenlijk ben ik begraven, maar dat klinkt zo onheilspellend. Ze zoeken mij. Mijn vader kijkt in de verte, Reyn speurt de grond af. Ik voel hem dichterbij komen. Met elke stap mijn kant op voel ik mezelf warmer worden. Mijn vader loopt juist de andere kant op. Dan steekt Reyn zijn hand in het zand en trekt me eruit.

Dan ben ik weer alleen, nog steeds in de woestijn. Ik loop leeg. Al het zand loopt uit me en zodra ik de laatste korrel uit me voel stromen, komen mijn voorouders weer aangevlogen om me mee te nemen. Geen idee waarnaartoe. We blijven zweven in de lucht. Eindeloos zweven.

Ariane stopt met trommelen en gaat ook deze keer de kamer uit. Doe maar, laat mij maar even. De vorige keer was ik compleet van de wereld. Nu voel ik me toch iets onbestemder. Misschien is dat juist de bedoeling en kan ik daar niet zo goed mee omgaan. Is dit gevoel de reden waarom ik altijd alles wegstop? Wie weet stop ik helemaal geen pijn weg, maar is dit het.

Lig ik hier een geweldige doorbraak te hebben en heb ik het niet eens door.

'Nou vrouw, dat was weer een mooie reis.' Ze is terug in de kamer en komt naast me staan. Haar ene hand op mijn onderbuik, de andere op haar hart. Spreek maar, heilige Ariane, spreek maar vanuit je hart en vertel me wat ik zelf niet kan zien. 'De kraaien lieten me deze keer toe. Ik mocht direct naar binnen. Ze verwachtten me, knikten goedkeurend. Daarna zag ik je voorouders. Ze zijn zich aan het voorbereiden op je komst. Kleden uitkloppen, eten klaarmaken, hun handen beschilderen met henna: het wordt een feest.'

Dat klopt, denk ik. Ik kom ook. Ik kom binnenkort naar Marokko, oude mensjes. Ik, die altijd voor alles wegloopt, ga eindelijk iets aan.

'Ik zag die man met die ambtsketting weer,' gaat ze verder. 'Je vader. Hij wil helpen met de voorbereidingen, maar je voorouders laten hem niet binnen. Er zit nog iets. Alsof ze hem iets kwalijk nemen. Dat kreeg ik niet duidelijk voor ogen.'

Nemen ze hem kwalijk dat hij mij in de steek heeft gelaten? Terecht. Misschien heeft hij daarom na mij alleen maar dochters gekregen. Voor straf.

'Je gaat een bijzondere tijd tegemoet. Ik zag veel kunst. Nieuwe mensen, nieuwe indrukken. Veel licht en kleur, heel veel kleur.'

Bij haar laatste opmerking schiet ik vol. De wolven vangen mijn tranen op.

'Kom eens hier,' zegt Ariane en ze maant me om omhoog te komen. Ze slaat haar armen om me heen en troost een verdriet dat zo groot is dat niemand dit zou mogen voelen.

Ik vertel Reyn niets over wat ik heb gezien bij Ariane. Ik wil niet dat hij weet dat hij mijn redder is. Straks gaat hij nog denken dat ik niet zonder hem kan en dan gaat hij weg. Want als je als vrouw te aanhankelijk wordt, gaan mannen weg. Nog zo'n wetmatigheid van mijn moeder.

Als ik de volgende dag wakker word, is Reyn al uit bed. Ik hoor dat zijn laptop aan het koelen is.

'Kom eens bij me zitten,' zegt hij zodra ik de woonkamer inloop en hij wijst op de plek naast hem op mijn bank. Zijn laptop staat opengeklapt op zijn schoot. 'Dan leggen we meteen vast wanneer we gaan.'

'Maar hadden we dat al definitief besloten?'

'Dat doen we nu toch? Geloof me, als ik je niet dwing tot een keuze, blijf je schuiven en excuses zoeken.'

Hij heeft gelijk. Hij heeft weer eens gelijk. Godver. 'Doe maar dan.' Ik pak mijn agenda, maar ik weet al dat ik in april tijd heb. Er ging een grote kookklus niet door en toen dacht ik nog: in theorie zou ik dan naar Marokko kunnen. Ik wilde het bij een theorie houden. 'Weet je wel hoe fijn ik het vind dat je meegaat? Alleen zou ik dit nooit hebben gedaan. Ik reis namelijk niet: ik ga op vakantie en dan ook nog eens georganiseerd en samen met mensen.'

Voor zover ik weet gaat hij nooit meer met iemand anders naar bed. Ik nog wel. Ook al is de laatste keer… even denken… die keer met Fredje. Daarna ook nog die ene jongen, maar dat bleef bij zoenen, die gast zoende verschrikkelijk, dus ben ik snel naar huis gegaan. Toch leven Reyn en ik nog steeds als huisgenoten. Alleen slaapt hij in mijn bed en eten we regelmatig samen, maar dat doen alle huisgenoten vast weleens.

'Wil je per se vliegen?' vraag ik. Ik plof naast hem neer en begin zijn blote borst te strelen.

'Ja, Marokko is meer dan tweeduizend kilometer rijden.'

'Dat is wel zo, maar alle Marokkanen leggen die reis over land af. Je zei toch dat we voor de *full experience* gingen? Naar Algeciras rijden en de boot naar Tanger nemen is dat.'

'Dat kost te veel tijd. En de Marokkanen die het kunnen betalen pakken gewoon het vliegtuig, hoor, jij met je romantische ideeën.'

Het onderwerp was voor hem daarmee afgedaan aangezien hij op de website van een discounter een zoektocht naar tickets startte. Ik verdenk hem ervan dat hij het vooruitzicht om het hele stuk naar Algeciras te rijden met mij als zenuwlijer naast zich in de auto niet ziet zitten.

Het definitief maken van de boeking zag ik als een ware catharsis. Een gedenkwaardig moment. Niet iets wat je even terloops doet in je onderbroek op de bank, maar dat Reyn het me opdringt is eigenlijk veel beter. Ik heb het nodig dat anderen deuren voor me openen, me erdoorheen duwen en ze daarna weer achter me sluiten. Dan kan ik niet weglopen. Ik kan daar ook weinig aan doen. Weglopen zit in mijn genen.

Na vijftien minuten is er een vliegticket en een vertrekdatum. Over vijf weken gaan we. De voorpret en de mentale en praktische voorbereiding kan beginnen.

En of de voorbereiding begint. Zoals bij mij altijd alles begint, namelijk met heftigheid. Het kan nooit eens lieflijk of rustig. Ik maak me druk, slaap slechter, draai meer late diensten dan ik aankan in de kroeg en drink ondanks mijn goede voornemens toch meer dan goed voor me is. Alles en alleen maar omdat ik na een radiostilte die inmiddels is opgelopen tot drie maanden contact moet gaan opnemen met mijn vader om aan de adressen van familieleden in Marokko te komen. Dat familiebezoek is nodig om het goed aan te pakken. Anders blijft een deel van mij onvolledig. Of rot. Want een deel van mij is rot. Ik ben een ui met een beschimmelde rok ertussen. Een ui kan er aan de buitenkant volslagen normaal uitzien terwijl er ongemerkt een rotte rok tussen zit. Je ruikt er niets van, merkt het pas als je de onderkant eraf snijdt. De vierde rok is rot en heeft de aangrenzende rokken ongemoeid gelaten. Hij houdt zijn eigen rottigheid bij zich. Alles moet wel uit elkaar worden gehaald, voordat de aangetaste rok de rest aansteekt. Ik kan 'm er niet zomaar tussenuit trekken. Ik moet gaan pellen. En ik moet weer bellen. Ik weet het uit te stellen tot drie dagen voor vertrek.

'Hallo?' Hij neemt nog steeds vragend op. Mijn nummer staat dus niet in mijn vaders telefoon. Of hij speelt heel goed dat hij niet weet dat ik het ben. Ik had graag hetzelfde gedaan, maar ik ben de bellende en kan niet spelen dat ik verbaasd ben om hem aan de lijn te krijgen.

'Met Nadia.'

'Zo.... Dat duurde lang.'

'Sorry.' Sorry waarvoor? 'Ik vond het allemaal moeilijker dan ik dacht. Hoe is het?'

'Het is niet moeilijk, we zijn gewoon familie. Klaar.'

'Het toeval wil dat ik daarvoor ook bel. Ik wil naar Marokko en ik wil graag familie bezoeken.'

'Nu wel, maar met Kerstmis kon je niet mee?'

'Nee, dat kon toen niet. Wil je me die adressen geven?'

'Ja, dat kan. Dan moet je hiernaartoe komen. Wanneer kun je komen?'

'Je woont nog steeds op hetzelfde adres?'

'Ja, ik ben tevreden met waar ik zit en zat hier al die tijd.'

Ik negeer zijn sneer. 'Ik kom snel.'

'Wanneer ga je naar Marokko?'

'Vrijdag.'

'En dan bel je nu pas?'

'Ja, ik durfde niet zo goed.'

'Met wie ga je naar Marokko?'

'Met mijn vriend,' lieg ik. Ik kan nog steeds niet zeggen hoe het echt zit. Dat wat Reyn en ik hebben is ook officieel niets. Net als de relatie met mijn vader eigenlijk.

'Wat voor vriend?'

'Een leuke vriend.'

'Een Marokkaan?'

'Nee, geen Marokkaan, een Nederlander.'

'Ja, dat kan ook. Kon je geen Marokkaan vinden?'

'Nee, ik heb overal gezocht, maar er zat geen goede tussen of niemand wilde me hebben.'

'Ja, ja, grapjas. Nou, kom maar gewoon.' We zeggen elkaar gedag en hangen op. Het was te kort om ongemakkelijk te zijn.

We zijn geen vader en dochter in de traditionele betekenis van het woord. Dat wat wij nu hebben laat zich niet vangen in omschrijvingen die iedereen begrijpt, daar moeten we onze eigen vorm en taal voor vinden. Daar horen geen gevoelens bij die iedereen herkent. Als ik een poging waag om er woorden voor te vinden, dan kom ik op verslagenheid. Dat gevoel dat me bekruipt als ik tegen beter weten in toch weer iets heb geprobeerd waarvan de uitkomst eigenlijk al van tevoren vaststond. Weer mijn kop gestoten. Ik ben daarna niet kwaad op mezelf, allang niet meer, ik accepteer de status quo.

Als ik sta te koken, hoor ik de sleutel in het slot. Uiteraard heeft Reyn een sleutel. Huisgenoten hebben sleutels, ook al zijn we dan officieel geen huisgenoten. We gaan meteen aan tafel.

'Ik heb mijn vader gesproken. En ik moet komen om de adressen van mijn familie op te halen. Hij gaat me ze niet via de telefoon geven.'

Reyn begint te lachen. 'Dat doet hij slim, die ouwe van je. Zei hij verder nog iets?'

'Over Marokko?'

'Nee, over dat niet bellen natuurlijk.'

'Nee joh! We hebben elkaar nog geen vijf minuten aan de lijn gehad. Hij heeft niet eens gevraagd hoe het met me gaat.'

'Hork dus.'

'Hij was gewoon zichzelf,' zeg ik ter verdediging van mijn vader me meteen afvragend waarom ik hem verdedig. 'Ga je mee?'

'Mag ik mee? Ik bedoel, kan dat?'

'Nou ja… Je moet weten dat ik heb gezegd dat je mijn vriend bent.'

Reyn lacht besmuikt. 'Die rol wil ik wel spelen, hoor! Een beetje de ideale schoonzoon uithangen kan ik wel.'

'Kun jij vanavond? Laten we maar meteen gaan, dan hebben we het gehad.' Ik neem nog drie happen van mijn eten en breng mijn bord naar de keuken.

'Mag ik nog wel mijn bord leegeten of wil je nu al weg?'

'Ik wil helemaal niet, maar we moeten. Nou ja, ik moet.' Mijn bord belandt net iets te hard op het aanrecht. Het levert me twee halve borden op.

Mijn vaders woonkamer is hetzelfde, de gezichten zijn hetzelfde, de nieuwsgierigheid is minder. Zij weten deze keer ook niet wat ze met me aan moeten. Er is een paar maanden geleden te weinig basis gelegd om op voort te kunnen borduren. We moeten opnieuw starten, maar door de gebrekkige voorkennis weten we niet hoe we erin moeten stappen. Al helemaal niet hoe we verder moeten. Ook wij zitten vast.

Ik laat de niet-praatcultuur deze keer voor me werken en besluit dat ik de rest ga imiteren. Als er dan iets fout uitpakt, iemand beledigd raakt of de sfeer in één klap ijzig wordt, is het niet mijn schuld.

Gedurende mijn afwezigheid is de nicht in Marokko getrouwd. Niet een 'Jammer dat je er niet bij was', wel een veroordelende constatering: 'Je was er niet, maar je kunt de bruiloft wel zien.' De rest van de avond staat er een bruiloftsfilm op waar weinig feestelijkheid en liefdesgeluk uit valt op te maken. Ik houd wijselijk mijn mond. Reyn blijkt mijn mentale briefing niet te hebben doorgekregen. 'Waarom kijkt ze zo serieus?' vraagt hij over het bruidje. Ik houd mijn hart vast, maar de ijzigheid blijft uit. Reyn mag klaarblijkelijk wel botte vragen stellen.

'Dat is uit respect voor onze familie,' legt de zus, die nog niet getrouwd is, uit. 'Saida laat zien dat ze het erg vindt dat ze na vandaag niet langer bij onze familie hoort, maar bij de familie van haar man.'

Ik vraag me af of het mijn nicht moeite kost. Of ze niet eigenlijk het liefst ultiem gelukzalig wil zitten stralen, omdat ze nu bij een andere familie hoort en ze er met haar schoonfamilie op vooruitgaat in plaats van achteruit. Die mensen bestaan echt. Die hun eigen beerput genaamd familie ontvluchten en in een normale, emotioneel stabiele familie terechtkomen.

Mijn jongste zus merkt voorzichtig op dat iedereen zich braaf gedraagt omdat er wordt gefilmd. 'Dan gaat niemand natuurlijk raar doen.' Nee, op deze bruiloft staan er op de dansvloer niet ineens twee meisjes met elkaar te tongen. Of twee tongende bejaarden, zoals ik ooit op de trouwfilm van de zus van een Italiaans ex-vriendje aantrof. Uitgelaten, dronken mensen die aan de noordzijde van de Straat van Gibraltar wonen zijn niet bang voor beelden van hun eigen gedrag. In deze cultuur ligt dat allemaal lastiger. Dit is een Marokkaanse bruiloft waar grof geld voor is betaald. Ook voor het maken van die video, dus degene die het waagt om die video-opname te verpesten door zich onaangepast te gedragen, krijgt de ergste straf denkbaar binnen een Marokkaanse familie: de teleurstelling en schaamte van de rest. Mijn vader kijkt mijn jongste zus streng aan. Zij kijkt van hem weg, en daarna naar mij. Haar ondeugende glimlach vertelt me dat zij de zus is die het meest op mij lijkt. Er mag door de film heen worden gepraat. Ik krijg uitgebreide toelichting over wie iedereen is, maar aangezien ik niemand ken, kunnen ze er net zo goed mee stoppen.

Ik heb te doen met mezelf en met Reyn. Hij zit hier op de bank bij de familie van zijn huisgenoot te doen alsof hij mijn vriend is. We weten allebei niet hoe we ons tot deze groep mensen moeten verhouden. We zien eruit als een echt gezin met een dochter die voor het eerst haar nieuwe liefde aan haar vader voorstelt. Ook de gesprekken doen in alles denken aan een dominante vader die zijn dochter wil laten doen wat hij in zijn hoofd heeft.

'Waarom ga je met het vliegtuig? De bus is veel goedkoper. Je zussen gaan ook altijd met de bus.'

'Ik wil graag vliegen en er niet vier dagen over doen. Ik heb niet zoveel vrije dagen.'

'De bus is beter.'

'De bus duurt te lang.'

'Dan moet je ook maar langer gaan,' zegt hij triomfantelijk alsof hij de discussie heeft gewonnen.

Ik zit weer te slikken. Nog geen uur ben ik binnen en weer slik ik alles in. Dat alles wat ik inslik maakt dat ik rot word vanbinnen. Het komt allemaal daardoor. Ik slik sowieso al veel te veel, van iedereen, en bij hem is dat niet anders. En hij gaat maar door. Hij ziet niet dat ik stik, of hij ziet het wel en beukt gewoon door. Omdat hij hoopt dat ik alleen op die manier tot zwijgen ben te brengen. Hij ziet in mij zijn eigen vuiligheid en tekortkomingen en wil dat het stopt, dat het niet voortdurend naar hem kijkt. Dat zag hij al toen hij me voor het eerst zag, als baby. Hij herkende het. De spiegel die ik zou kunnen zijn bracht hem in paniek. Ren weg en kijk niet om.

'Waarom ga je naar Fez? Daar woont geen familie,' zegt hij nadat Reyn ons reisschema heeft verteld. Hij kijkt mij verwijtend aan. Ik wil wegkijken, maar het lukt niet.

'We gaan elf dagen en ik wil ook graag wat van het land zien.'

'Fez is voor toeristen. En Marrakech ook.'

‘Maar ik ben een toerist.’

‘Nee, je bent een Marokkaan.’

Wat ben ik? Hoe kan ik het zelf weten als hij mij ziet als Marokkaan en mijn moeder mij ziet als Nederlandse. Ook daarin ben ik maar half. Een halfbloedje, dubbelbloedje, een gemengd kind, mokkababy. Ik prefereer de term halfbloedje hoewel het volgens sommigen politiek incorrect is iemand zo te noemen. De term halfbloed geeft veel mensen van gemengde afkomst een nare smaak in hun mond. Alsof ze maar voor de helft meetellen, alsof hun niet-witte kant ondergeschikt is aan de witte kant. Ze gebruiken liever eufemistische termen als dubbelbloed of mengelmoes. Ik gebruik het woord halfbloed zelf. Omdat ik ook het liefst half ben, maar dan alleen maar half-Nederlands. Kon ik de andere helft maar wegdoen. Het is per slot van rekening mijn cultuur niet. Mijn vader ziet het duidelijk anders en gaat door met het bevuilen van mijn voorpret.

‘Je tante in Kenitra is heel blij dat je komt.’

‘Tante in Kenitra? Daar heb je niets over gezegd. Iedereen woont toch in…’

‘Wel, heb ik wel gezegd. Dat is de zus van mijn vrouw.’

‘Wacht even, ik ben niet van plan om naar…’

‘Ze vindt het heel bijzonder dat je komt.’

‘Maar ik ga niet naar Kenitra.’

‘Kenitra is heel mooi.’

Ik wil opstaan en de enorme bal opgekropte woede botvieren op de tafel vol thee en mierzoete koekjes. Mijn handen onder het tafelblad plaatsen en in een vloeiende beweging de hele handel door de kamer laten vliegen. Een regen van koekjes op mijn vader terecht laten komen. En daarna wil ik op zijn schoot kruipen en al die koekjes met beide handen grijpen en in zijn mond duwen. Ik stop ’m helemaal vol totdat hij niets meer kan zeggen. Totdat hij stikt.

‘Wanneer kom je aan in Marokko?’

‘Vrijdag.’

‘Dan ga ik mijn broer bellen om te zeggen dat je vrijdag komt.’

‘Maar ik ga niet meteen naar Tanger.’

‘O ja, je gaat eerst naar Kenitra. Dan zeg ik wel dat je zondag komt.’ Hij zit al met zijn laptop op schoot en voert daarna in het Marokkaans een skype-gesprek. Er gebeurt iets raars in de kamer. De hele sfeer verandert. Die broer heeft de gave om mijn vader te laten veranderen in een goedlachse, aardige man. Tijdens het telefoongesprek is zijn toon anders en – ook al versta ik hem niet – het lijkt er verdomd veel op dat hij grapjes aan het maken is. Zodra hij ophangt, is hij weer zichzelf.

Bij ons vertrek loopt hij mee naar buiten om nog iets uit zijn auto te halen. Het blijkt een nieuw pakje sigaretten te zijn. Ik rook inmiddels niet meer en onderdruk de neiging om hem dat triomfantelijk te laten weten. We zijn even alleen: hij, Reyn en ik. Ik weet de frustratie die in me samenklontert om te vormen tot een vraag: ‘Weet je ons eerste gesprek nog? Toen wilde je niet over vroeger praten. Hoe is dat nu, wil je ooit nog met mij over vroeger praten?’

Hij zucht. ‘Je weet alles al. Het was niet simpel, het was moeilijk. Alles was veel moeilijker. Je moeder en ik...we waren te jong. Ik sprak toen heel slecht Nederlands. Niet zoals nu. Alles was anders.’ Hij kijkt weg, naar zijn auto, naar niets.

‘Maar...’ weet ik uit te brengen. Maar wat? Waarom vertrok je? Waarom is deze vraag zo wezenlijk? Ik sta voor de weglopende dader en ik durf die vraag niet te stellen.

‘Het is lang geleden. Ik weet ook niet alles meer. Ik ben oud geworden,’ lacht hij zijn gebrek weg. ‘Ik was jong. Niet trouw aan mijn geloof.’ Hij kijkt me aan en wil het afsluiten: ‘Wat maakt het nu nog uit? We zijn nu hier. De rest is geweest.’

'Ik kan dat niet. Dat wat jij doet. Het negeren, vergeten. Het nu bestaat, om dat wat toen is gebeurd.' Ik maan mijn tranen om binnen te blijven.

'Denk je dat ik er geen verdriet om heb? Dat ik geen pijn heb, omdat ik mijn kind niet zag? Als je dat zegt, weet je niets.'

'Ik weet ook niets. Jij zegt niets en mijn moeder weet het allemaal niet meer, zegt ze.'

'Ik kan er niets aan doen.'

'Je wilt er niets aan doen, dat is iets anders.'

'Je doet te moeilijk.'

'En jij te makkelijk. Je gaat aan zoveel voorbij. Ik wil gewoon wat antwoorden.'

'Tja... Die zijn er niet meer.'

Ik moet het vragen. Nu is het moment. Hij accepteert het gesprek, accepteert mijn toon. 'Waarom ben je weggegaan?'

'Het was moeilijk. Wat wil je weten?'

'Alles! Wat er moeilijk was.'

'Dat zeg ik toch. Heb je het goed gehad bij je moeder? Laat het dan verder rusten. We zien elkaar nu. Is dat niet genoeg voor je?'

'Ja,' zeg ik verslagen, 'we zien elkaar nu.'

Ik glijd weg in een poel van ongeloof en geef me over. Mijn vader en moeder willen het niet weten en ze willen niet dat ik het te weten kom. Niemand mag het weten. Maar het niet-weten maakt me beurs. Hij verlaat me niet opnieuw, geeft me geen trap na, denkt dat hij het goed doet, maar maakt me alleen maar tot wie ik ben: een meisje zonder vader. Groei je op met twee ouders dan krijg je bij je geboorte twee bakken vol liefde over je uitgestort en daar schieten wortels uit. Die wortels groeien en vertakken en hechten zich aan elkaar. Raken verweven met elkaar zoals de bodem van een woud niets anders is dan kluwen wortels. Dat wordt een mens uit een compleet gezin ook. Een kluwen liefdeswortels. Hoe ouder je wordt, hoe meer er bijkomt. Je ouders stoppen er trots, toewijding, trouw, saamhorigheid, begrip en geduld bij. En liefde. Heel veel liefde. Alles in tweevoud, want je krijgt het van beiden. Dat versterkt je wortels en vult de ruimte tussen de wortels, met vruchtbare aarde, er ontstaan bloemknoppen die nu al bij je zijn om later te ontluiken. Mijn tweede bak liefde was er bij mijn geboorte en daarna verdween die lading. Als die liefdeswortels niet worden gevoed, sterven ze af. De eerste bak liefde is niet groot genoeg om de ontbrekende tweede bak te compenseren. Het blijft voor altijd de helft. Een meisje zonder vader is voor altijd onaf.

We zeggen elkaar gedag en Reyn en ik stappen in zijn auto. ‘Viel het mee?’ vraagt hij zodra we de hoek om zijn. Ik kan hem alleen maar aankijken.

‘Het was wel raar, ja,’ vervolgt Reyn zacht zonder mijn antwoord af te wachten, ‘en tegelijkertijd zo normaal. Alsof we daar al jaren over de vloer komen en jullie je vrij voelen om alles tegen elkaar te zeggen.’

‘Het is allemaal nep, dat wat ik daar met die mensen zit te doen… We doen alsof we familie zijn en ik vind er geen hol aan.’

‘Geef het even. Je komt net uit een oververhit gesprek. Morgen…’

Fel breek ik zijn zin af: ‘Morgen is alles nog precies hetzelfde. En dat gelul over dat het is zoals het is, met zijn “Ik weet het niet meer”. Lekker makkelijk om alles op je geheugen en Allahs wil te gooien.’ In stilte rijden we verder.

‘Ik blijf dit voor altijd,’ zeg ik als we de wijk van mijn vader uitrijden.

‘Wat?’

‘Een meisje zonder vader. Ik kan hem wel opzoeken en vadertje-en-dochtertje spelen, maar het blijft niets.’

'Ik moet toegeven dat hij niet echt meewerkt in het zoeken naar een echte connectie. Maar ik denk dat hij dat misschien met geen van zijn dochters heeft.'

'Ik ben gewoon voor altijd vaderloos. Later word ik een vrouw zonder vader en als ik ooit kinderen krijg worden zij kinderen van een vrouw zonder vader en zij kinderen zonder opa. Ik kan zijn naam wel invullen in de stamboom die je altijd ziet staan in zo'n babyalbum, maar het is niet meer dan een holle frase.'

We kijken elkaar aan en delen even mijn smart. Ariane zei dat mijn voorouders op me zitten te wachten en dat mijn vader niet mag helpen met de voorbereidingen. Treffender had ze het niet kunnen omschrijven.

Over drie dagen vliegen we naar Marokko. Op dit moment, veilig met Reyn in zijn auto, kan die hele familie en dat land me gestolen worden.

'Kunnen we onze tickets nog omboeken? Dat we gewoon leuk op vakantie gaan, naar Sardinië of naar Griekenland voor mijn part?' vraag ik. Reyn schiet in de lach. 'Ik maak geen grap, ik vraag me ineens af wat ik daar ga doen.'

'Nad, niet zo gaan denken. Die broer is vast enorm leuk en spraakzaam en die vertelt je dan alles waar je vader over zwijgt. Je merkte het toch net al aan dat telefoongesprek?'

'Of die broer is net als mijn vader: alleen maar leuk tegen anderen en niet tegen mij.'

'We gaan het meemaken.'

'Ik heb nog nooit zo weinig voorpret gehad.'

'Dit is ook geen gewone reis.'

'Ik voel me alsof ik mezelf voor de haaien moet gooien en er rekening mee moet houden dat ik word verscheurd. Dus ben ik eigenlijk een idioot dat ik dat uit vrije wil ga doen.'

'Weet je wat ik denk?'

'Nou?'

'Dat het ergste al achter de rug is. Je vader was de grootste hobbel. Die familie staat verder van je af.'

'Ik help het je hopen. En anders boek ik na een paar dagen mijn ticket om. Of ik pak de boot naar Andalusië.'

'Dat kan natuurlijk altijd.'

'Weet je? Die gedachte maakt me een stuk rustiger. Niets hoeft. Net als die schoonzus van hem bezoeken in Kenitra. Dat gaan we gewoon écht niet doen.'

10

Over acht uur vliegen Reyn en ik naar Marokko; ik heb nog vijfenhalf uur om te slapen. Samen wegdromen over hoe het gaat worden zit er niet in. Ik lig alleen in bed, Reyn is in zijn huis bezig met het overdragen van zijn werk en moet daarna zijn tas nog pakken. Ik haal hem straks op met een taxi om samen naar het vliegveld te gaan. De wekker staat op het tijdstip van de straf. Mijn rugzak staat klaar bij de voordeur. Ik voel me het braafste meisje van de klas dat als eerste haar werk af heeft.

Eigenlijk wilde ik liever niet alleen slapen. Ik moet het hebben van Reyns geur, ik heb een vies overhemd van hem aangetrokken. Het dragen van mannenoverhemden vind ik nu fijn, op de basisschool haatte ik het. Elke keer als ik bij juf Inge van creatieve vorming bij het schilderen zo'n overhemd aan moest ter bescherming van mijn kleren wilde ik de klas uitlopen. Zo'n groot vormloos kledingstuk dat soms ook nog rook naar iemands vader of opa. Opa's roken nog sterker.

Ik doe wat ik als kind deed als ik niet in slaap kon vallen. Misschien werkt het nu ook. Dan ging ik op mijn rug liggen en trok de dekens over mijn hoofd. Mijn dekbed vormde de denkbeeldige muren van mijn gevangenis. Een gevangeniscel zo groot als mijn lijf, de enige bewegingsvrijheid zat 'm in mijn benen. Ik kon mijn benen buigen en strekken, die vrijheid was me gegund.

De afstand tot mijn Marokkaanse familie bedraagt op dit

moment meer dan vijfentwintighonderd kilometer. De hoeveelheid kilometers maakt dat ik mijn gedachten ook op afstand kan houden.

Tijdens de taxirit en het inchecken is Reyn nog volop bezig met het versturen van mails om zijn afwezigheid in goede banen te leiden. Toch eens vragen wat hij eigenlijk doet. Misschien heeft hij wel een enorm belangrijke baan en gaan we op een moment dat het hem helemaal niet uitkomt naar Marokko, maar doet hij dat voor mij. Reyn, de oud-huisgenoot die steeds meer op een verkering begint te lijken, maar toch blijven we allebei zeggen dat het geen relatie is en dat het leuk is zolang het leuk is. Is het nog leuk na zeven maanden? Ja, en het is zelfs zo leuk dat de gedachte aan een leven zonder hem me een misselijkmakend gevoel bezorgt.

Ik laat hem ongestoord typen, met zijn te grote vingers op een klein toetsenbordje. Ik gok dat hij om de twee woorden tekst moet corrigeren, omdat hij dan onbedoeld op de verkeerde letter heeft gedrukt. Tijdens de vliegreis ligt Reyn in coma in zijn vliegtuigstoel en knort zachtjes in zijn slaap, als een tevreden oude man wiens ademhaling soms even lijkt te blijven hangen. Zijn gespierde benen tekenen zich af in zijn grijze trainingsbroek. Zijn lul overigens ook, maar omdat we naast een onbekende zitten, moet ik overal vanaf blijven.

Ik zou maar wat graag met hem meeslapen, maar nu ik goed en wel ben begonnen aan deze reis laat mijn hoofd zich maar moeilijk overgeven aan de moeheid van mijn lichaam. Ik ben alleen met mijn speculaties, mijn zenuwen en mijn angsten. Stiekem moet ik er wel om lachen, omdat het ook het zo onmiskenbare vleugje drama aan de situatie toevoegt. Dit is per slot van rekening mijn reis. In elf dagen een *tour du Maroc* om wat van het land te zien, om nooit eerder bezochte familie te bezoeken en te ontdekken of zij me meer kunnen vertellen over mijn vaders grote verdwijntruc. Dan wil ik ook nog graag ontdekken of ik me hier thuis voel en of ik een connectie kan krijgen met mijn Marokkaanse voorouders. Dat wordt een drukke bedoening daar in Marokko.

Na een overstap met enorme vertraging in Parijs staan we na een soepele landing op het vliegveld van Marrakech. Weer een stapje minder ver verwijderd van mijn familie. Ik sta in de rij voor de achtbaan, de engste, hardste en meest natuurwet tartende achtbaan en mijn plek in de rij is ineens een stuk opgeschoven.

'Leef je nog?' vraag ik aan Reyn terwijl er door de cabine een golf van losklikkende gordels klinkt. Hij wrijft de slaap uit zijn ogen en rekt zich uit voor zover zijn grote lijf in de krappe ruimte past.

'Leef jíj nog?' Hij knipoogt naar me, denk ik, of hij heeft last van een korreltje slaap dat hij net niet uit zijn oog heeft weten te krijgen. Hij mag dan wel hebben liggen slapen, hij kent me door en door. Ik denk weleens dat hij mij beter kent dan ik mezelf. En misschien is dat ook wel de enige manier om jezelf te kennen. Blijkt op je sterfbed dat het helemaal niet haalbaar is om jezelf ooit compleet en alwetend over jezelf te krijgen. Besta je alleen bij de gratie van wat een ander van je vindt en kom je zelf alleen tot het kennen van een ander. En misschien kan dat zelfs niet eens, want hoe leer je ooit iets volledig kennen dat elk moment aan het veranderen is? Mijn cellenklomp verandert elke nanoseconde. Dus ik verander en dat geldt ook voor de ander. Het getuigt niet van stugheid om te beweren dat je bent zoals je bent en dat je niet kunt veranderen, het getuigt van arrogantie. Het is denken dat je de zee stil kunt laten zijn. Geen rimpel in het water, geen enkele onderwaartse stroming. Geen levend wezentje dat beweging onder het wateroppervlak veroorzaakt. Het feit dat je hart klopt is het teken dat je verandert waar je bij zit. Je veroudert onder je eigen ogen. Alles gebeurt waar je bij staat. De kleine dingen, de grote; het hele leven. Je let even niet op en er is weer iets gebeurd.

'Ik houd mezelf met moeite bij elkaar. Geen verschil met het normale leven dus,' lach ik hem zenuwachtig toe.

'Dit gaat goedkomen, geloof me. Misschien niet meteen tijdens deze reis, maar in elk geval achteraf en helemaal als je als tachtigjarig gerimpeld besje op deze reis terugkijkt.'

'Denk je of weet je?'

'Dat weet ik. Cheers en welkom in Marokko,' en hij proost met een denkbeeldig glas. Van Reyns stelligheid wil ik drinken, voor altijd.

Bij het passeren van de douane in Marrakech word ik aangehouden. Voor het eerst van mijn leven. Ze willen weten waar ik precies vandaan kom. Een Nederlands paspoort en er dan zo uitzien? Ondenkbaar, lijkt de beambte te denken. Ik probeer in het Frans uit te leggen dat mijn moeder Nederlandse is en mijn vader Marokkaans.

'Où est votre passeport marocain?' vraagt de jonge douanier mij terwijl hij mijn Nederlandse paspoort in zijn handen heeft. Reyn is al doorgelaten. Een blik op zijn paspoort was genoeg. De Marokkaan kijkt me vanachter het plexiglas streng, bijna misprijzend aan. Zijn ogen zijn zo donkerbruin dat bijna niet is vast te stellen hoe groot zijn irissen zijn. Waar mijn Marokkaanse paspoort is? Ik heb er geen, nooit gehad ook. Het groen van zijn uniform doet denken aan de kleren van een boswachter alleen zijn boswachters, altijd vriendelijk en goedlachs.

Nu zijn douaniers überhaupt onvermurwbaar, stug en correct in welk land je ook komt, maar hier ben ik tegen de reïncarnatie van de Spaanse Inquisitie aangelopen. Om dit beroep uit te kunnen oefenen moet je ook wel uit een bepaald hout zijn gesneden. Je moet dol zijn op regels, orde en overzicht en het dan ook nog eens leuk vinden om andere mensen daar voortdurend op te wijzen. Of is het misschien een beroep waar je juist een tegenovergesteld karakter voor nodig hebt? Net als dat psychologen zelf de grote gekken zijn, huisartsen slecht voor zichzelf zorgen en koks thuis hooguit een ei bakken en als ze zin hebben om uit te pakken er wat bieslook overheen strooien.

'Je n'ai qu'un passeport néerlandais.' Ik lieg niet, ik heb ook écht alleen een Nederlands paspoort. Ik ben ook alleen Nederlandse.

'Pourquoi n'avez-vous pas de passeport marocain?' vraagt hij nog steeds streng en kortaf. Waarom niet? Tja, heb je even? Gelukkig zit hij opgesloten in een plastic kooi. Ik voel mijn hoofd rood worden en mijn oksels opwarmen. De woorden zitten wel in mijn hoofd, maar mijn inmiddels stoffige havo-Frans krijgt het er niet uit. Ik wil zeggen dat je in Nederland je tweede nationaliteit simpelweg kunt laten verdwijnen door een Nederlands paspoort te nemen. Ik ben als kind bijgeschreven in het paspoort van mijn moeder, dus werd ik automatisch Nederlands. Doordat mijn vader daarna van het toneel verdween, was de mogelijkheid van een tweede nationaliteit en het bijbehorende Marokkaanse paspoort daarmee ook van de baan. Bij mijn Frans mondeling examen kon ik in elk geval nog laten weten dat ik de boeken op de literatuurlijst had gelezen door snel in het Nederlands te zeggen waar het verhaal over ging. Zodat mijn juf wist dat ik de moeite van het lezen wel had genomen. Hier voor de balie van de norse Marokkaanse douanier kan dat niet. Reyn is inmiddels ook al door de tweede controlepost heen en staat in het volgende vertrek achter een grote glazen wand blauwogig en blondharig te zijn. Hij kan het gesprek niet verstaan, ziet alleen mijn benauwde blik en mijn hoofd, dat steeds roder wordt. Ik red me eruit door het te gooien op dat ik het niet weet en dat mijn vader dood is. Ik kies weer voor de Judas-aanpak, zeker in nood. De verzon-

nen dood blijkt mijn redding. Ik krijg een stempel en mag doorlopen.

'Wat wilde hij?' vraagt Reyn enigszins bezorgd als ik me bij hem voeg.

'Weten waarom ik geen Marokkaans paspoort heb.'

'Wat heb je gezegd?'

'Dat mijn vader dood is.'

'Echt?' Hij lacht ongelovig.

'Ik wist niet wat ik moest zeggen en toen kwam alleen *il est mort* in me op, in het Frans. Weet ik veel! Ik werd zenuwachtig van die vent.'

'En toen mocht je doorlopen?'

'Ja, dus het was eigenlijk het beste antwoord dat ik had kunnen geven. In zekere zin is hij ook dood, dus in figuurlijke zin lieg ik niet eens.'

'Nou ja, wat werkt dat werkt.'

Mijn paspoort brandt in mijn hand, als een warm pistool dat me net heeft gered. Ik laat dit paspoort nooit meer los.

Deze hele gang van zaken is de bevestiging van het horrorscenario dat in mijn jeugd menigmaal mijn fantasie en mijn dromen kwam verstoren. De angst dat op een dag de jacht op de Marokkanen wordt geopend zoals ooit in nazi-Duitsland de Joden eraan moesten geloven. Zoals honden jagen op vossen.

'Was je daar als kind al mee bezig?' vraagt Reyn verbaasd als ik het hem vertel.

'Ik verslond boeken over Joodse leeftijdsgenoten die moesten onderduiken of naar kampen werden gebracht. En dat betrok ik dan op mezelf.'

'Hoe oud was je toen?'

'Jaartje of tien, elf, twaalf.'

'Mijn god, jij bent nooit normaal geweest of wel?'

Ik denk terug aan hoe ik wakker lag als ik had gelezen over

de invoering van de Jodenster, de razzia's, de deportaties. Maar ook de vernietigingen, de brandstichting, de toe-eigeningen van huizen, het bespuugd en uitgescholden worden. Boeken die ik las, maar waar ik eigenlijk te jong voor was. Of te gevoelig. En later op de middelbare school werd mijn angst verder gevoed, nam het groteske vormen aan toen ik leerde over de Neurenberg-wetten. De nazi-wetten die zo mensonterend anti-Joods waren. Huwelijken en omgang tussen Duitsers en niet-Duitsers werden verboden. Eigenlijk was geen enkele vorm van omgang gewenst tenzij er geschop, gespuug en gekleineer aan te pas kwam. Van andere vormen van contact zouden weleens Joodse halfbloedjes kunnen komen. De gedachte alleen al. Alles om de Duitse bloedlijn des vaderlands zuiver te houden. Joden, zigeuners en nog zo'n stel andersoortigen werden hierin door hun kleur bestempeld als erfelijk ziek. Daar hadden de nazi's uitvoerige schema's voor gemaakt waaruit op te maken viel of je volbloed, halfbloed of kwartbloed was. Je was 'zuiver' Duits als je meer dan vijfenzeventig procent niet-Joods bloed had. Als ik toen had geleefd was ik als halfbloedje 'erfelijk ziek' geweest. Erfelijk ziek. Zo werd er dus tegen mij aangekeken. Zo kon er tegen mij aangekeken worden. Als kind zat er geen onderscheid tussen die twee mogelijkheden, maar werd het waar en werd ik bang. Daar lag ik dan, alleen in bed als halfbloedje met een niet-Europese vader. Bij het binnengaan van Marokko nam mijn angst ineens een realistische vorm aan en spuugde me in mijn gezicht.

Met mijn moeder heb ik het hier nooit echt uitgebreid over kunnen hebben. Ze deed het af als een onnozele kinderangst. Hoe kan ze het ook begrijpen? Zij is blond, heeft groene ogen en heet Marleen.

Als we staan te wachten op de shuttlebus naar Marrakech dringt de gelogen dood van mijn vader pas echt tot me door. 'Als hij echt dood zou zijn, hoefde ik geen verwachtingen meer over hem te hebben. Dan kon ik die niet-bestaande vader-dochterrelatie loslaten, want het zat er dan gewoon niet meer in. Het zou een hoop oplossen.'

Reyn denkt even na over wat ik heb gezegd. 'Ik snap je. Hij kan er dan toch niet zijn, dus het is ook niet raar dat hij er niet is.'

'Precies. Dan heb ik wel een vader, maar een dode vader. Dan hoef ik geen excuses meer te verzinnen voor zijn afwezigheid, want hij heeft een goed excuus.'

Misschien schuilt daarin wel de toekomst van onze relatie. Dat ik doe alsof hij dood is en dat ik in mijn hoofd de gesprekken met hem kan voeren die ik graag had willen hebben. Imaginaire gesprekken waarin hij mij leert hoe ik moet leven. Omdat hij het mij als kind niet heeft geleerd en ik het mezelf grotendeels heb moeten leren, kan ik namelijk wel wat scholing gebruiken. Omdat ik in functioneel opzicht niets aan hem heb gehad en geen flauw benul heb hoe ik hem nu op volwassen leeftijd in mijn leven moet inpassen, is dit misschien wel de beste oplossing. Hij krijgt daarmee eindelijk de heldenstatus die hij nooit heeft gehad en ik kan mezelf vertellen dat ik toch niet zo sneu ben, want ik heb echt wel wat aan mijn vader. En dat ik in die verzonnen gesprekken de confrontatie wel aandurf en ik niet hoef te huilen, maar precies weet wat ik moet zeggen. Hoe mijn woorden dan niet tegen een muur van staal klotsen en druipend hun weg naar beneden vinden, maar hoe ze door de openingen in die stalen muur zijn kale kop doorboren en daar als dumdumkogels fragmenteren en grip vinden in al zijn hersenkwabben en ik daarmee de juiste zenuwen aanstuur en hem dan precies de woorden laat zeggen die ik nodig heb om de kraters die door hem zijn geslagen op te vullen. Veel kinderen hebben imaginaire vrienden, ik neem een imaginaire vader.

Ik heb me nog nooit tussen zoveel Marokkanen begeven.

Hier gaat het vast niet opvallen dat ik structureel te hard praat. Dat ik overdreven dramatisch kan reageren. Dat ik het pas bij zevenentwintig graden Celsius behaaglijk heb. Altijd afwijk met mijn uiterlijk, waar ik ook ben. Dat ik nogal een opgewonden standje kan zijn als iets me niet bevalt, getuige het ex-vriendje met de tafel met de beschadiging ten gevolge van het mes dat ooit, door een uitbarsting van mijn kant, rechtop in de tafel heeft gestaan. En dat mijn trots anderen, maar vooral mezelf in de weg kan zitten. Hier gaat alles samenvallen.

11

De shuttlebus brengt ons naar de medina van Marrakech. Door de stop in Parijs, die veel langer duurde dan de bedoeling was, naderen we de stad terwijl de zon haar mooiste uurtje beleeft. Aan de horizon duikt de imposante rode muur van Marrakech op, een van de bekendste symbolen van Marokko. Toeristische kitsch, hoor ik mijn vader zeggen. Reyn las net voor uit de reisgids dat de negentien kilometer lange muur in 1130 werd gebouwd om de stad te beschermen tegen gespuis van buiten.

We stappen uit en lopen door een van de poorten de medina in. Meteen staan we in de stank en de reuring; het gespuis heeft toch binnen weten te komen. We moeten er wel induiken, want we hebben nog geen plek om te slapen en lopen rond met onze rugzakken.

'Kunnen we niet even stoppen om snel iets te eten?' vraag ik. Ik voel de lange reisdag overal.

'Nee, ik wil eerst een plek hebben voor onze tassen. Nu ziet iedereen dat we hier net zijn aangekomen en weten ze dat we alles van waarde op zak hebben.'

'Niemand ziet die tassen als we aan het eten zijn, die leggen we onder de tafel.'

'Iedereen ziet dan meteen dat we toeristen zijn.'

'Kijk naar ons. Ik denk dat er wel meer uiterlijke kenmerken die suggestie wekken, dus die tassen maken dat verschil niet. Kom, we gaan eerst eten.'

Tijdens het voeren van dit gesprek botst er iemand net iets te hard tegen mij aan en voel ik een ruk aan mijn tas. Alsof Reyn iemand heeft betaald om dat te doen.

'Misschien heb je gelijk. Laten we eerst een plek zoeken en onze spullen dumpen.' Reyn heeft wel vaker een punt.

'Je kunt niet anders, hè? Je genen zijn zo gemuteerd dat je je eerst moet verzetten,' zegt hij terwijl hij zijn ogen lichtjes samenknijpt. Ik zie nu pas dat zijn linkermondhoek wat hoger eindigt dan zijn rechter als hij subtiel glimlacht.

'Ik noem dat gezond kritisch.'

'Ik noem dat je gedragen als een politicus. Je eerst verzetten om je eigen punt te maken om vervolgens mee te bewegen omdat het je toch wel goed uitkomt.'

'Wees blij dat ik daarin niet op mijn vader lijk. Hij zou bij zijn verzet blijven. Zo koppig ben ik niet. Ik ben duidelijk de verbeterde versie.'

'Beter, ja, maar nog steeds koppig.'

Bij het eerste hotel in het middensegment dat de reisgids aanraadt vragen we aan de hotelier of we de kamer eerst mogen zien. Natuurlijk, geen probleem. Hij loopt met ons mee en zodra hij het licht aandoet, stuiven er zeker vijftien kakkerlakken weg. Een paar zo groot als een halve kiwi. De goede man is verbaasd, zelfs enigszins verbolgen, als we aangeven verder te zoeken. Het tweede, derde en vierde hotel hebben geen plek en als de vijfde wel plek blijkt te hebben, maar we allebei er niet heel enthousiast van worden, doen we het om maar onder de pannen te zijn. Op de bonnefooi ergens heen gaan is alleen maar leuk als je meteen een geschikte, betaalbare slaapplek vindt. Ik zou het liefst nu al naar bed gaan, maar mijn hoofd hoort Marrakech als een sirene roepen en mijn maag wil gevuld worden. Ik moet de hectiek weer in. Nu niet met die grote rugzak die verraadt dat we niet van hier zijn. Ik wil opgaan in Marokko, één worden met deze plek. Eens kijken hoe dat aanvoelt. Als ik er nu toch ben, kan ik me er ook maar beter meteen aan overgeven. Of zoals Reyn zei: *the full experience.*

We zitten vlak bij het plein der pleinen, Djema el Fna. Een moet-je-zien volgens de reisboeken, blogs en andersoortige reclameboodschappen. Niet nodig om te bezoeken, want voor toeristen, volgens mijn vader, de Marokkaan. Dus beginnen we daar.

We staan aan de rand van het plein en voor ons kolkt een bruisende mensenmassa. Als in een nachtmerrie waarin ik onder de voet word gelopen door een briesende groep mannen met boze gezichten komt dit plein op me over. Als ik snel rondkijk lijken de gezichten zich te vervormen tot monsters met druipende huiden. 'Het lijkt wel een open inrichting, waar zijn we in hemelsnaam terechtgekomen?'

'Kom,' zegt Reyn en hij pakt mijn hand en trekt me mee de menigte in. 'Er is hier in al die jaren niets veranderd. Dit werkt maar op één manier; je moet erin duiken om het te voelen.'

We worden meegezogen in een wervelwind van openlijk cruisende homoseksuelen in allerlei varianten: van opgeruimde Duits-uitziende fatsoenshomo's in kakibroeken tot vuige nichten met geharste borstkassen en overhemden die tot hun navel openstaan. Van waterverkopers in traditionele kleding tot acrobaten. Na een kwart van het plein te hebben doorkruist kunnen we kwartetten met zwakzinnige bedelaars. De een mist een arm, de ander een deel van zijn gezicht en weer een ander heeft builen gekregen van een ziekte waar wij in Nederland allemaal tegen zijn ingeënt. We lopen langs sjacheraars die dieren kunstjes laten vertonen, wijze mannetjes die de toekomst kunnen voorspellen en verhalenvertellers die het hoogste woord voeren. Bij de verteller met de grootste groep om zich heen blijven we luisteren. De man is een toerist een potje toverpoeder aan het verkopen.

'Versta je alles?' vraagt Reyn.

'Redelijk. Klopt het dat van dit poeder je seksleven beter wordt?'

'Bijna goed. Hiermee kun je je vrouw geil of gehoorzaam laten worden.'

'Het hangt er maar net van af wat je nodig hebt.'

'Precies. Zal ik een potje kopen?'

'Hoezo? Er is toch niets mis met je seksleven? Of weet ik niet alles?'

'Dat deel zit wel goed, maar dat gehoorzame lijkt me wel fijn.'

'Daar gaat toverpoeder je niet bij helpen, hoor.' We schieten allebei in de lach en kuieren verder.

'Heb je die agent gezien,' vraagt Reyn, 'die vent met die immense snor en die bromfiets?'

'Die agent waar iedereen schijt aan heeft? Die vent?'

'Ja, die vent.'

'Wel schattig dat hij brommerjongens blijft corrigeren terwijl ze achter zijn rug meteen weer opstappen. Op een dag luisteren ze, hij weet het zeker, maar alleen... insjallah.'

De agent corrigeert zijn eigen mensen en lacht hartelijk naar de toeristen. Hij is de directeur in de piste van circus Freak Marrakech. De toeristen zijn druk met hun aankopen, met rondkijken en met het van zich af vechten van de locals. Vooral degenen die geen enkele moeite hebben gedaan om hun westerse rijkdom te verhullen. Los van rijkdom speelt uiterlijk ook een rol. Vrouwen die er ook maar een beetje appetijtelijk uitzien hebben het zwaar. Ook al is het ramadan, als er een mooie vrouw langsloopt is het dat even niet. De helft van wat er wordt gezegd is niet te verstaan omdat ze het in hun eigen taal roepen. We zien een Marokkaanse man afkeurend kijken naar twee jongens die net iets hebben geroepen naar twee Amerikaanse vrouwen. Onze blikken kruisen elkaar en hij zegt: *'As-salaam 'alaykum.'*

'Wa 'alaykum as-salaam,' zegt Reyn terug.

De man kijkt me uitvoerig aan, geamuseerd zelfs. *'Arabe ou berbère?'* vraagt hij. Goede vraag. Ik heb geen idee. Als ik zeg dat mijn vader uit het noorden komt, vult de man zelf in dat ik dan wel Berber zal zijn. Hij meent het ook aan me te zien. Als de jongens, die een paar meter bij ons vandaan staan, weer wat roepen naar langslopende vrouwen verontschuldigt de man zich voor zijn mensen. 'Vergeef ze, de jeugd is onstuimig.'

'Wat zeggen ze eigenlijk? Is het aardig of is het grof?' Hier durf ik wel de vragen te stellen die mensen misschien voor het hoofd stoten.

'Het spijt me, jongedame, maar ik kan geen antwoord geven op je vraag. Ik kan en wil die woorden niet herhalen en uitspreken. Ze bevuilen mijn mond. Die mannen zijn een schande voor Marokko.'

Als het ook maar enigszins lijkt op wat er in Zuid-Amerika naar je hoofd geslingerd kan worden, heb ik wel een idee. In Buenos Aires drukte een Argentijnse vriendin mij op het hart om nooit, maar dan ook echt nooit, terug te lachen als er iets naar me werd geroepen. Daar zijn de meest banale opmerkingen volslagen normaal. 'Wil je me pijpen?' 'Een vrouw als jij zou ik een uur willen likken.' Dat is andere koek dan het gehis en gesis dat ik altijd naar mijn hoofd krijg. Of het eeuwige 'Hé schatje, mag ik voor altijd met je mee?' en als je dan niet reageert heb je 'kapsones' of ben je een 'kankerhoer'. Je mag zelf kiezen, dat dan weer wel.

We lopen verder en zodra we het hele plein hebben gehad, ben ik er wel klaar mee. Ik moet ook echt even schakelen. Ik had verwacht een verlengstuk van Spanje aan te treffen. Op de kaart is het dat per slot van rekening ook, maar hier is het vies. De mensen, de kraampjes, het eten. Alles lijkt voorzien van een laagje vettigheid. En het stinkt. Niet naar maaltijden, maar naar menselijkheid. Reyn is in zijn element. Hij is de vakantie die hij hier ooit heeft meegemaakt aan het herbeleven. 'Zullen we een stalletje uitkiezen om wat te eten?'

'Laten we naar een restaurant gaan. Ik voel er niet veel voor om op de eerste dag al diarree op te lopen.'

'Kom op, je lijkt wel een bejaarde toerist die bang is voor alles wat ze niet kent. Neem gewoon een cola erbij en mocht er wat verrots tussen zitten dan maakt de cola het wel dood.'

'Dan wel iets dat compleet is doodgebakken.'

'Die ziet er lekker uit, en die ook! En die balletjes nam ik toen heel vaak,' roept hij uitgelaten terwijl hij de vitrine van de eetkraam aan het afspeuren is, zijn avondmaaltijd bij elkaar sprokkelend.

Ik kijk naar de kok die naast het kraampje staat te koken. Aan door de overheid opgelegde hygiëneregels doen ze hier niet. Laat ik niet de zeurpiet uithangen en vertrouwen op mijn gestel. Ik laat Reyn voor de zekerheid twee blikjes cola bestellen. Als je er verroeste schroeven mee los kunt krijgen, gaat het ook wel een voedselvergiftiging tegen.

Na het eten lopen we nog een kort rondje door de medina, maar als we allebei steeds langzamer beginnen te lopen en minder zeggen, besluiten we naar het hotel te koersen.

'Ik hoef hier niet per se nog een dag door te brengen,' zegt Reyn terwijl hij in bed de reisgids aan het lezen is.

Ik ga naast hem liggen en nestel me in zijn oksel. 'Ik heb precies hetzelfde idee. Wat een volk. Dit is te veel stad. Te veel mensen. Ik wil groen. Ik wil tussen de bergmensen zitten, niet tussen de neurotisch-agressieve stadsmensen. Die heb ik thuis al genoeg om me heen.'

'Laten we morgen een trip naar het Atlasgebergte regelen. Of naar de Ouzoudwatervallen.'

'Liever naar de bergen.'

'De watervallen zijn wel echt heel mooi.'

'Dat weet je omdat je daar al bent geweest?'

'Ja, maar ik weet er niet veel meer van.'

'Ik ga toch liever de bergen in.'

'Gaan we wandelen of een trekking doen met een overnachting in een hut?'

'Ja! Laten we dat doen.' Alles om het bezoek aan mijn familie nog even uit te stellen.

'En, is het een groot feest van herkenning?' Verwachtingsvol kijkt hij me aan.

'Dat kan ik nog niet zeggen. Het is in elk geval geen liefde op het eerste gezicht. De optie om naar Spanje te gaan spookte net wel even door mijn hoofd.'

'Je moet gewoon even wennen. Wat had je dan gedacht? Dat alle puzzelstukken al op de eerste dag in elkaar zouden vallen?'

'Ja, eigenlijk wel. Net als liefde op het eerste gezicht. Dat je meteen weet dat het goed zit.'

'Liefde op het eerste gezicht is niet moeilijk. Dat overkomt iedereen die op een geil moment een leuk iemand tegenkomt. Dit is andere koek, Nad.'

'Ik haat koek.'

'Dat weet ik, maar je moet en zal deze koek vreten,' en hij duwt twee vingers in mijn mond. Ik lik ze af. We hebben allebei de behoefte om deze dag van ons af te neuken. Terwijl we stinken, vies zijn van de reis en de stank van de stad. Van alles wat vettig was en dat we hebben aangeraakt. Er kan nog wel wat viezigheid bij. Met zijn vingers nog in mijn mond trek ik snel mijn slipje uit en sjor zijn boxer naar beneden, tot aan zijn knieën. Ik ga boven op hem zitten. Reyn huivert, ik ook. Ik berijd hem en zie hem kijken, elke keer weer, alsof ik hem het mooiste cadeau geef dat ik hem maar kan geven. Ik voer het tempo op. Steeds sneller en harder.

'Ik neuk je dood,' zeg ik gretig. Wat zeg ik? We kijken elkaar aan en schieten allebei in de lach. Ik klap voorover van het lachen. Stoppen gaat niet, alleen nog harder lachen. We maken nu veel meer geluid dan het gekreun dat we hiervoor samen produceerden.

'Wat zeg jij nou?' weet hij proestend uit te brengen.

'Ik wilde zeggen "Ik neuk je leeg",' en opnieuw komt er een lading gelach. 'Het komt door mijn vader. Ik moest denken aan dat ik had gezegd dat hij dood is en daardoor zat het woord dood ineens in mijn hoofd.'

'Dus terwijl je op me zit denk jij aan je vader? Dat is ziek!'

'Nee! Ja! Maar niet zoals je denkt. Het was een rare flard.' Ik schiet opnieuw in de lach, maar richt me weer op om af te maken waar ik mee bezig was. Reyn houdt me tegen. 'Ik wil niet meer, straks neuk je me echt dood.'

'Wees niet bang. Dan heb ik toch niets meer aan je? Ik neuk je pas dood als je op een dag bij me aan komt kloppen als weduwnaar, omdat je nette vrouw is overleden en jij met een ernstige hartkwaal kampt en niet meer verder wilt leven. Dan neuk ik je met alle liefde dood.'

'En wat nu als ik weduwnaar ben geworden omdat jij dood bent?'

Ik hoor zijn laatste opmerking wel, maar ik registreer de betekenis niet. Ik heb mijn lievelingsritme alweer te pakken. Als we daarna zwetend op elkaar liggen, zegt hij: 'Morgen dus bergje beklimmen?'

'Morgen bergje beklimmen.'

'Wat fijn dat we het daarover eens zijn. Het gaat best goed, zo met z'n tweeën,' zegt hij en hij laat zich uit bed glijden om te gaan douchen. Het grote raam in de badkamer kan niet afgedekt worden. Buiten is het zo donker dat ik niet kan zien wie er naar binnen kan kijken, dus ook hier laat ik het douchen achterwege.

Ja, het gaat best goed.

12

'Jalla, jalla, Nadia,' spoort gids Ibrahim me aan. Schiet op, schiet op. Ik weet niet voor de hoeveelste keer ik dit nu hoor. Geen idee hoe laat het is. Mijn besef van tijd is verdwenen. Ibrahim laat wijselijk in het midden hoe lang we al hebben gelopen en hoe lang we nog moeten en dat zegt mij dan weer genoeg.

We lopen tegen de 4167 meter hoge berg Toubkal op. De hoogste berg van het Atlasgebergte, van Noord-Afrika. Reyn en Ibrahim lopen vijftien meter voor me. Ibrahim in echte outbackkleren, in ingetogen natuurkleuren met heel veel zakken en lusjes. Als hij nu wegrent en zich verstopt, vinden we hem nooit meer terug. Mijn afgetrapte Adidasjes en rode spijkerbroek verraden dat ik geen volleerd bergsporter ben met bijbehorende kleding van fleece en Gore-Tex of wat al die mensen ook allemaal aantrekken tijdens hun wandelingen.

Reyn gaat niet op in de omgeving door de trui die we vanmorgen in alle haast hebben gekocht, zodat hij in ieder geval iets warms zou hebben voor op de berg. De onnatuurlijk felle aquamarijn-kleur steekt schril af tegen de omgeving. De trui schreeuwt zijn nepheid uit al zijn polyester vezels. Dat er Huugo Bos opstaat zegt genoeg. De aankoop had wat voeten in de aarde. We moesten er zelfs ruzie over maken met vijf Marokkaanse jochies. Dat kon niet anders. Je moet hier bij alles en zelfs om het meest lullige bedrag onderhandelen, want niet hard optreden tegen handelaren, sjacheraars, klantenlokkers en artiesten wordt gezien als een teken van zwakte. Alleen tegen een bedelaar dien je aardig te zijn.

'Jalla, jalla, Nadia,' roept Reyn nu ook naar me. Ze lachen. Ik loop dapper door en geef geen antwoord. Ik denk aan mijn voorouders. Ariane zei dat die blije, lieve, donkere mensen zich verheugen op mijn komst. Ga ik ze hier voelen? Ik weet bijna zeker dat het berggeiten moeten zijn geweest. Geen enkele watersport trekt mij. Ver zwemmen in zee doe ik niet. Varen op een bootje? Vreselijk. Ik moet groen zien en steen onder mijn voeten voelen. Keiharde stenen. Ik mag niet wegzakken.

Ik loop hier tussen het groen en de stenen. Vol ontzag, vol trots. Wat is het hier godvergeten mooi. Ik kan met recht zeggen dat ik hierbij hoor. Ik mag hier tegenaan schurken en dan geeft het een deel van haar magie aan mij. Dat heeft het al gedaan, de helft van mijn wortels liggen hier.

Het is een compleet nieuw gevoel om zo sterk de behoefte te voelen om bij Marokko te willen horen. Om hier te willen zijn. Ik had hier niets te zoeken, wilde allesbehalve Marokkaans zijn en nu voel ik hoe ik opga in het geheel. In woord, in gevoel, in beeld. Ibrahim bevestigt mijn vereenzelviging als hij de sjaal, die ik heb gekocht om op gepaste plekken als hoofddoek te gebruiken, om mijn hoofd bindt. Geknoopt op de traditionele berbermanier om me te beschermen tegen de zon.

Een hoofddoek als noodzaak. Het is even geen religieus symbool dat staat voor vrouwenonderdrukking, voor minderheid, zwakte, weggemoffelde kracht, onaangepaste kerels die niet zijn opgewassen tegen de grootsheid en schoonheid van de vrouw. Ik geef me over aan de functionaliteit en die is er als je met dertig graden een berg aan het beklimmen bent.

Als hij klaar is met knopen kijkt hij me stralend aan en zegt: 'Zo dragen de berbervrouwen hun sjaal. Vanaf nu noemen we je Fatima.'

'Ik heb al een Arabische naam.'

Hij lacht om zijn eigen vergeetachtigheid. 'Nadia, alleen maar beter. Mooier dan Fatima. Mijn nicht heet ook Nadia.'

In een land waar de namenpoel om uit te kiezen veel kleiner is dan in Nederland heeft iedereen wel een nicht die Nadia heet. En een tante die Fatima heet en een oom die Mohamed heet, maar ik lach met hem mee. De doek doet weinig. Ik ben te laat, mijn hoofd is al bloedheet geworden.

Jalla, jalla is verworden tot mijn mantra in de uren dat we hier nu al lopen. Bij elke lettergreep een stap. *Jal. La. Jal. La.* Doorgaan. Net als de vogel die ooit voor me uitvloog in een tunnel. Ik reed tussen vele automobilisten en die vogel vloog voor mijn auto. Hij vocht zich een weg naar het einde van de tunnel. Hij moest doorvliegen en heeft vast tegen zichzelf gezegd: 'Ga door, blijf vliegen, als ik nu stop word ik te pletter gereden.' Ik zie nu in dat die vogel dat tegen mij zei. Hij vloog daar om mij wakker te schudden en om me te tonen dat doorgaan de enige manier is. Net als de kraai die in Amsterdam rakelings langs mijn hoofd vloog. Ik moet in beweging gaan komen. Figuurlijk. En letterlijk, anders raken Ibrahim en Reyn te ver voorop. Ze kijken af en toe om, maar lopen ondertussen door.

We hebben zes uur gelopen wanneer de trekkershut als een houten oase in de verte opdoemt. Geen slechte tijd volgens Ibrahim, zeker niet voor ongetrainde lopers. Het komt vaker voor dat hij pas na het avondeten de trekkershut bereikt. In de hut komen alle mensen die vandaag met hun gids deze berg aan het beklimmen zijn samen.

De hut is simpel. Geen kamers, alleen slaapzalen. Reyn en ik kiezen twee matrassen uit. Ik probeer de minst vieze te vinden, maar de keuze is zeer beperkt. Gedachten over mijten, vlooien en schilfers geef ik een plek door te denken dat alle mensen even smerig zijn. De ruimte tussen mij en degene die naast mij ligt bedraagt nog geen halve meter. Laat het vannacht buiten maar koud worden, hier binnen houden we elkaar wel warm.

Beneden in de zaal die door moet gaan voor woonkamer ploft iedereen neer. De gidsen verdwijnen naar de keuken om ons eten te bereiden. De hut voelt aan als de wachtkamer van een psychotherapeut. Er is de stilzwijgende afspraak dat we niet vragen naar elkaars gekte, maar we weten allemaal dat de ander er zit omdat er in de kop het nodige niet goed gaat. Ik meen hier eenzelfde sfeer te ontwaren, omdat iedereen zo stil is, maar als ik eenmaal zit en de vermoeidheid, zwellingen, hoofdpijn en andersoortig ongemak komen opzetten, weet ik dat iedereen hier gewoon compleet uitgeteld is. We hangen allemaal op de banken, tegen en over elkaar. Morfische vermoeidheid. Iemand trekt zijn schoenen en sokken uit om zijn blaren te bekijken. Ik zie ze ook en een siddering trekt door mijn lijf.

Ik maak me lichtelijk zorgen over mijn tintelende benen, mijn opgezette handen, mijn kloppende voeten en mijn hoofd dat uit elkaar dreigt te knallen als ik het niet met mijn handen bij elkaar houd. Volgens Ibrahim, die even komt polsen hoe het met ons gaat, zijn het geen tekenen van hoogteziekte, maar moet mijn lijf gewoon wennen aan de hoogte. Ook maak ik me zorgen over de staat van mijn kut. De neukbeurt van gisteren heeft in al zijn viezigheid en het niet douchen daarna voor een lichte irritatie gezorgd. Ik heb nog niet de behoefte om als een schurftige hond de hele tijd aan mijn kruis te krabben, maar ik zet wel al veelvuldig het jeukloopje in. Dat is op zo'n manier lopen dat de beweging van mijn benen mijn broek zodanig laat bewegen dat de stof langs de jeukende plek gaat. Geen idee of het er raar uitziet. Als ik nu niet snel een schimmelblokker erop smeer, zet dit ongemak zeker door. Ik zit op een berg en kan nergens een tube antischimmelcrème vandaan halen. Of ik moet het hier in de groep gooien, maar ik gok dat geen enkele klimmer het in zijn eerstehulpkit heeft zitten.

Na twee uur met alle klimmers lethargisch op de bank te hebben gelegen, geeft mijn lijf weer enigszins normale signalen af. En net op dat moment komt Ibrahim ons zeggen dat ons eten klaar is. Het lijkt wel een schoolreisje.

Een expeditie is een tijdlang verblijven in een bubbel. In die bubbel heb je met de groep een gezamenlijk doel en help je elkaar om dat doel te bereiken. Een expeditie is hoe het leven zou moeten zijn. De magie van deze ervaring wordt versterkt door het gezelschap. De hut is vergeven van mensen uit alle hoeken en gaten van de wereld, in allerlei gedaantes, kleuren en types. Ik ben anders; ik ben namelijk van hier. Misplaatste arrogantie maakt dat ik denk dat de berg die zij proberen te trotseren, het land waarin zij rondreizen en vol enthousiasme over spreken van mij is. Vol trots laat ik weten dat ik half-Marokkaans ben. Nota bene aan een tafel met twee Spaanse mannen. Daar waar ik eerder niets liever had gewild dan hun identiteit overnemen, vertel ik eerlijk over mijn ware aard. Een overwinning.

'Is dit echt je eerste bezoek aan Marokko?' wil Javi weten.

'Ja, mijn vader heeft me niet opgevoed. Hij woonde ook niet bij ons.'

'En je zag hem ook niet?'

'Nee, nooit. Ik heb hem een aantal maanden geleden voor het eerst ontmoet.' Dan draai ik de rest van mijn verhaal af. Vader nooit gekend en eigenlijk nog steeds grote onbekende, want vijfentwintig jaar afwezigheid valt niet zomaar in te halen. Hier om familie te bezoeken en te proberen om de waarheid over mijn vaders verleden te achterhalen.

Dit verhaal is voor mij de normaalste zaak van de wereld. Een opsomming van feiten. De parameters van mijn leven. Dat is wat ik zeker weet. Zoals vreemde ogen dwingen tot correct gedrag, zo dwingen vreemde oren uitleg af. Als ik alleen de feiten op tafel leg, klopt dit verhaal natuurlijk van geen kant. Dan ontbreekt er te veel. Mijn geschiedenis lijkt afkomstig te zijn van een demente vrouw. Een dement mens krijgt gaten. Delen verdwijnen voorgoed. Er ontstaan gaten in de herinneringen. Daar komt weinig voor in de plaats, omdat een dement hoofd in een verzorgingstehuis meer herinneringen verliest dan het bijmaakt. Die gaten maken dat de chronologie van het leven eraan gaat. Alleen verlies ik niets, omdat ik niets heb om te verliezen. Mijn verhaal is altijd vergeven geweest van de gaten. Ik kan het grootste gedeelte vertellen op de automatische non-emo-piloot. Totdat ik zie dat Javi volschiet. En zo zitten een Spanjaard en een Marokkaans halfbloedje met levenslittekens op 3300 kilometer hoogte in een trekkershut samen te huilen. Reyn wrijft over mijn rug. Ik durf hem niet aan te kijken. De vriend van Javi kijkt niet op van onze tranen en slaat zijn arm om zijn huilende vriend heen.

Als Javi weer in staat is zijn woorden vorm te geven zonder erdoorheen te snikken, is het zijn beurt om zijn bijdrage te leveren aan onze emotionele transactie. We voeden elkaar onze brokstukken. 'De relatie met mijn vader is altijd moeilijk geweest. Hij was alleen maar een goede, aanwezige vader als hij er zin in had, als het hem uitkwam. En het kwam hem vaker niet uit dan wel.'

'Dus hij hield zich niet aan de bezoekregeling?'

'Nee, niet. En hij hield mijn moeder gegijzeld in een relatie die geen relatie was. Hij verdween soms gewoon voor een paar weken om ergens geld te verdienen of om bij een andere vrouw te leven, wie zal het zeggen. En dan kwam hij weer poeslief doen en mijn moeder trapte er steeds weer in. Nog steeds.'

'Wat mensen elkaar toch aandoen...'

'Ik ben tien maanden geleden vader geworden. Ik heb een dochter gekregen met de beste vrouw van de wereld.'

Karmische rechtvaardigheid. Hier zit een man die niet in

de voetsporen van zijn vader gaat treden, maar zo heeft geleden onder het gedrag van zijn vader dat hij dat nooit een ander aan zal doen. Meer mensen zeggen dat ze het totaal anders gaan doen zodra ze kinderen krijgen, maar deze man geloof ik. 'Dat moet gek zijn, om vader te worden zonder goed voorbeeld.'

'Valt best mee. Het is vooral fijn omdat het mij de kans geeft om het goed te maken. Voor mezelf. Mijn vaderschap heelt mij.'

'En je vader?'

'Ik zie hem niet meer. Niet omdat hij weer eens is verdwenen, maar omdat ik het contact definitief heb verbroken. Ik moest wel.'

'Is er iets gebeurd?' vraag ik. Ik begeef me op emotioneel ijs. De verkeerde vraag, of misschien daarom juist wel de goede vraag, kan me door het ijs laten zakken. Of Javi. Of ons allebei.

'Toen mijn vrouw lag bij te komen van de bevalling kwam mijn vader langs. Ik vermoed dat mijn moeder hem had gedwongen. Hij zei zonder spoor van ironie dat zijn rol er nu op zat en dat het nu aan mij was om het er als vader maar goed van af te brengen. Ik brak. Letterlijk: ik voelde iets breken in mijn hoofd.'

'En toen?'

'Ik werd boos, zo onvoorstelbaar boos. Op mijn moeder die daar maar stond te doen alsof alles goed was en maar riep hoe mooi haar kleinkind wel niet was. En op mijn vader die ernaast stond te doen alsof hij de ideale vader was. Ik keek naar mijn dochter, werd kalm en zei tegen mijn vader: "Ik wil dat je weggaat en ik hoef je nooit meer te zien." Toen is hij weggegaan en dat is nu tien maanden geleden.'

'Opgelucht of niet?'

'Heel erg. Als de bron van je pijn maar in je leven blijft, ben je altijd alert. De pijn kan je namelijk elk moment aan worden gedaan. Als je die bron verwijdert, dan is die mogelijkheid ook weg. Ik had dit jaren eerder moeten doen. Ik weet zeker dat ik niets meer van hem kan verwachten en kan dus ook niet meer teleurgesteld raken.' Nu is het mijn beurt om zijn woorden me te laten raken. Onze transactie vol begrip en verdriet duurt maar voort. Javi staat op. 'Ik ga proberen om mijn vrouw te bellen. Ik moet haar even spreken.' Hij verlaat terneergeslagen de eetzaal, ik eet stilletjes door.

'Gaat het, Nad?' vraagt Reyn zachtjes. Zijn hand wrijft nog steeds over mijn rug.

Heel even wil ik zijn hand niet, zijn aanwezigheid niet. Ook ik sta op en loop weg. Naar buiten, de hut uit, weg van dit alles, van deze mensen. Ik zit natuurlijk weer aan de tafel met het gedoe, met degenen die het stempel beschadigde lading zou krijgen als we artikelen in een overvol pakhuis waren geweest. De rest van de eetzaal zit vol lachende mensen die blij hun ervaringen delen. Ik wil ook daarbij horen, maar ik moet het doen met de huiltafel.

Buiten is het inmiddels donker, maar de maan is net niet vol meer, dus er is genoeg licht. Ik zoek een grote steen op en ga zitten. Ik kan wel janken, janken naar de maan.

'Nadia,' roept Reyn vanuit de deuropening van de hut. Ik hoor hem dichterbij komen. Ik wil niets liever dan dat hij naar me toe komt, maar ik laat het niet merken. 'Gaat het, Nad?' vraagt hij nogmaals.

'Ja en nee.'

'Wil je erover praten?'

'Ja en nee.'

'Zullen we dan voor nee gaan en gaan slapen? En dan doen we morgen wel ja.' Hij biedt me een uitweg, maakt het me makkelijk. Deze jongen geeft mij wat ik mezelf zou moeten geven.

'Dat is goed.' Ik sta op en loop voor hem uit naar de hut.

Vlak voor de deur stop ik, draai me om en druk me tegen hem aan. Hij slaat zijn grote, stevige armen om me heen.

'Och meisje toch,' zegt hij en het lege gevoel dat die woorden bij me oproept maakt me bijna bang. Terwijl hij me stevig blijft vasthouden gaan we naar binnen en zoeken onze plek in de slaapzaal op. Het is koud, dus we ritsen onze slaapzakken aan elkaar.

Iedereen in de zaal heeft een eigen starttijd om te voorkomen dat we allemaal tegelijk aan de beklimming naar de top beginnen. Onze wekker gaat om vier uur; wij mogen als eersten vertrekken. 'Ik ga niet mee,' fluister ik tegen Reyn als hij onze wekker uitzet en zijn deel van de slaapzak begint open te ritsen.

'Nad, doe niet zo raar. Ga gewoon mee.'

'Gisteren hield ik jullie alleen maar op. Dat gaat nu alleen maar erger zijn, want ik ben zo onvoorstelbaar moe en stijf.'

'Die stijfheid raak je vanzelf kwijt zodra je warm wordt. Gewoon gaan lopen.'

'De stijfheid wel, maar de moeheid niet. Ga nou maar gewoon, ik slaap nog een paar uur. Zet 'm op, hè.' Ik merk niet eens dat Reyn uit de slaapzak klimt.

Ik heb nooit aan iemand hoeven te bewijzen dat ik iets kon. 'Papa, kijk dan' heb ik nooit uitgesproken, dus ik heb er ook nooit naar geleefd. Ik hoef aan niemand te laten zien dat ik iets kan, alleen aan mezelf. Wat de rest ervan vindt, doet er niet toe. Het doel van deze exercitie was voor mij al bereikt zonder bij de top te zijn geweest: ik was één aan het zijn met Marokko.

Ik word wakker gekust. Hoeveel later? Geen idee. Ik moet úren geslapen hebben terwijl Reyn met Ibrahim zichzelf overwon. Hij begint te vertellen, als een uitgelaten jonge hond. Hij heeft wel vaak gevraagd om bevestiging door 'Papa, kijk dan' te roepen en hij kreeg die bevestiging. 'Misschien maar goed dat je niet bent meegegaan, het was echt afzien. Veel steiler en kouder dan wat we gisteren hebben gelopen. De zon was nog niet op en de wind flink snijdend.'

'Hoe lang ben je bezig geweest?'

'Geen idee, paar uur? Naar beneden was trouwens heel tof. We zijn gaan rennen over allemaal kleine, losliggende stenen. Het leek wel skiën.'

'En nu?'

'Nu uurtje tukken en dan gaan we terug naar het dal. Ibrahim komt ons halen zodra we vertrekken. Kom eens tegen me aan liggen.'

Ik kruip tegen hem aan. De hele slaapzaal is leeg. Iedereen is bezig met zijn toppoging, zijn eigen overwinning. Op zichzelf. Op anderen. Ze zijn allemaal hun eigen angsten aan het aankijken. Ik heb mijn angst in de ogen gekeken en hij keek weg. Of keek ik weg?

Reyn valt direct in slaap. Ik ben klaarwakker en heb zin om te masturberen, maar dat gaat de jeuk van mijn schimmelinfectie alleen maar kort wegnemen en het later erger maken. Jammer, ik had wel zin om me onoverwinnelijk te voelen na Reyns eigen overwinning. Masturberen maakt mijn hoofd rustig en zorgt dat ik me ijzersterk voel. Ik laat mijn eigen kut kloppen en hard terugduwen. Het aantal kloppen hangt samen met de grootte van mijn pupillen achteraf. Hoe meer duwtjes, hoe meer ik eruitzie alsof ik een pil heb genomen. Ik wil ze tellen, maar ik vergeet het. Geilheid maakt me dement. Ik wil er wel aan denken, maar het sijpelt uit mijn kop voordat ik eraan toe ben gekomen. Ik loop leeg. Kon dat maar echt. Dan zou ik alle vuiligheid en al het verdriet uit mijn kop laten lopen. Een omgekeerd gootsteenputje. De vuiligheid blijft niet achter in het putje, maar loopt juist weg en alleen de reinheid blijft achter.

Dan maar mijn hoofd in. De denkbeeldige gesprekken die ik voer met mijn vader blijken goed te werken. Alleen in deze gesprekken krijg ik het woord papa gevormd. In mijn hoofd dan, hardop uitspreken lukt niet. Ik krijg het mijn strot niet uit. Vader lukt wel, papa niet. De lettercombinatie laat zich niet vormen in mijn mond. En het levert me een viezig mondgevoel op. Zoals een hap nemen uit een appel en precies in de zachte, rotte plek terechtkomen met mijn voortanden. Papa hoort niet uit mijn mond te komen. Het woord wrijft zijn afwezigheid in. Ik heb het ook nooit uitgesproken. Hooguit een keer tijdens het klassikaal voorlezen van een bladzijde. Dat het mijn beurt was en het in het verhaal stond en ik er niet aan ontkwam.

De gesprekken die ik in mijn hoofd met mijn vader voer zijn als drugservaringen. Ik weet dat het niet echt is en toch doe ik het omdat het zo lekker is. Reyn weet niets van die gesprekken. Hij hoeft niet alles te weten. Wat in mijn hoofd zit, is van mij. Het is daar een vertrouwde, smerige puinbak. Net als bij iedereen. Drek zit in ons allen. We durven er alleen niet allemaal naartoe te gaan. De vuiligheid borrelt in alle cellen. Het wil eruit en het komt eruit. Het komt eruit in de vorm van de zwavelachtige smaak die zich bij het wakker worden manifesteert achter in je keel. Het laat zich niet wegslikken, wegpoetsen. Soms laat het zich wegeten, maar met een beetje pech stink je na een schaaltje yoghurt met muesli nog steeds alsof er achter in je keel een verwaarloosd abces ligt te rotten. Het komt uit je oksels. Die na het sporten je binnenste vuiligheid verraden. De doeft laat zich niet wegwassen. Of je nu schrobt met zeep of dure douchegel. Die drek is wie je echt bent. Wat ik in mijn hoofd tegen hem zeg, is wie ik echt ben, alleen laten deze gesprekken zich nooit in het echt voeren.

'Papa, als je er wel was geweest, wat had je mij dan geleerd?'
'Dat je trouw moet blijven aan jezelf. Altijd.'
'Ook als je daarmee anderen pijn doet?'
'Dat kan niet anders. Je bent een mens, geen amorfe massa die zich aan elk moment, aan elke wens en gril van elk mens kan aanpassen.'
'Ook als je daarmee je kind pijn doet?'
'Een kind... Een kind is nu eenmaal altijd het slachtoffer. Als ouder doe je je best om die pijn te beperken, maar je bent een ouder en jij zit ook maar op het pad dat voor je ligt.'
'Ik wilde mee, op jouw pad.'
'Op dat pad is maar plek voor één persoon.'
'Dan kan een kind dus nooit mee op het pad van zijn ouders?'
'Als het pad van het kind pal naast dat van mij ligt wel. Dat was bij ons niet zo. En weet je wat ik je ook zou leren? Dat het is zoals het is, dat het gebeurt zoals het gebeurt.'
'En als je het daar als kind niet mee eens bent, omdat je dan aan het kortste eind trekt?'
'Toch zou ik je dat leren. En ik zou je leren om minder vragen te stellen.'

Reyn en ik verlaten de bergbubbel en gaan terug naar het leven zoals het is, naar de hectiek van Marrakech. Naar een riad waar het leven én de bedden goed zijn. Hij wil graag slapen op de plek waar hij jaren eerder met zijn tante heeft geslapen. Reyn, de sentimentele.

De volgende dag word ik wakker en wil ik uit bed stappen om te plassen, maar ik kan niet overeind komen. Mijn lijf voelt alsof ze het slachtoffer is geworden van een slechte grap. De grap waarbij aan al mijn ledematen volle sinaasappelkistjes zijn bevestigd. Dan word ik écht wakker en realiseer ik me dat ik nu de prijs aan het betalen ben voor mijn overmoedige actie om ongetraind een berg te beklimmen. Zo moet vierentachtig jaar oud zijn aanvoelen. Reyn is er niet veel beter aan toe. Het lijkt alleen maar zo, omdat hij minder zucht. Als twee stramme oudjes bereiken we het dakterras waar het ontbijt wordt geserveerd. Als het lunchtijd is, zitten we er nog.

'Nad, dit is volgens mij de eerste keer dat we meer dan twee nachten samen slapen en niet met elkaar naar bed zijn geweest.'

'Het is geen onwil, hoor. Als ik niet zo'n jeuk zou hebben gehad, had ik je in die hut gewoon genomen, lekker knus in onze slaapzak met dertig klimmers om ons heen.'

'Hoe lang gaat dit duren, zo'n infectie?'

'Hangt ervan af. Ik moet mezelf eigenlijk naar een apotheek toe slepen om een zalfje te halen en met een beetje geluk is het dan na een dag of vijf weg.'

'Dus eigenlijk kunnen we de hele vakantie geen seks hebben?'

'Nee, eigenlijk niet.'

'Dan moeten we wel met elkaar praten, we kunnen niets anders.' Hij lacht geamuseerd. Kijk hem hier eens van smullen. Stiekem moet ik hier ook wel om lachen, dus ik ga mee in het spelletje.

'Jeetje, dan gaan we elkaar na zes maanden eindelijk leren kennen? Hoe heet je eigenlijk?' vraag ik en ik schiet in de lach om mijn eigen grap. Allah straft meteen, want in de lach schieten terwijl mijn lijf een brok spierpijn is, is helemaal niet om te lachen.

'Reynaerd Lodewijk Eduard Voorthuizen. En jij?'

'Nadia Smits.'

'Nog een vraag,' roept hij enthousiast. 'Nu ik. En wat voor vakantieganger ben jij eigenlijk? Past dit tripje een beetje bij je?'

'Wat leuk dat je dat vraagt, Reynaerd, want eigenlijk ben ik iets aan het doen dat volledig tegen mijn natuur ingaat. Ik ben namelijk een blijver; het liefst ga ik ergens heen en dan blijf ik daar. Ik hoef niet de onontdekte plekjes op aarde te bezoeken om daarmee mijn imago als avontuurlijk, wereld mens te onderstrepen. Ik hoef mijn kleinkinderen later niet te kunnen laten zien dat ik olifanten heb gewassen en bereden. Op vakantie gaan is ons aangepraat door de toeristische industrie. Een vlieg-, overnachtings-, eet- en recreatie-industrie die enorm veel geld verdient aan al die mensen die zich aan hebben laten praten dat vakantie leuk en noodzakelijk is. Ik ben daar niet ingetrapt. Ik zet liever mijn schildersezel ergens neer om tien dagen achter elkaar naar verschillende uitvoeringen van hetzelfde landschap te kijken.'

'Aha, mevrouw is een kunstenares en heeft een mening.'

'En jij dan? Jij hebt veel gereisd, toch? Ben jij er zo eentje die op de eerste vakantiedag een grote Duracell-batterij in zijn reet propt om vervolgens als een bezetene alles te willen zien?'

'Zo kun je het ook zeggen, ja. Kleine vuilbek.' Hij kijkt me vol vertedering aan. 'Maar nee, ik ben niet van de Duracell. Zet mij gerust ergens zes weken neer. Als ik maar elke dag naar een bakkertje kan lopen en op een terras een kop koffie kan drinken en in de namiddag een biertje.'

'Waarom zijn we dit dan eigenlijk aan het doen?'

'Omdat dit het land van je vader is. Daar moet je wel iets van gezien hebben.'

'Daar denkt hij heel anders over, weet je nog? Volgende onderwerp of wil je iets gaan doen?'

'Nee hoor, ik zit hier prima. Ik bestel zo nog een stapel baghrir. Wist je al dat ze die dingen duizend-gatenpannenkoeken noemen?'

'Ja, dat wist ik. Of honingraatpannenkoeken. Ik lees ook weleens wat en ik heb nogal veel verstand van koken. En wist jij dat ze nog lekkerder zijn als je er gehakte pistachenootjes overheen strooit?'

'Dat weet jij dan weer. Volgende onderwerp...' gaat Reyn verder, 'en hoe bevalt het je om hier te zijn?' Daar gaat de luchtigheid.

'Kunnen we dit onderwerp even overslaan?'

'Voor nu of voor altijd?'

'Voor nu. Mag ik er eentje kiezen?'

'Kies maar. Mij mag je wel alles vragen.'

'Wat vind je het leukst aan jezelf?'

'Die vraag is te makkelijk!' roept hij zelfverzekerd uit.

'Geef dan antwoord als het zo'n makkie is.'

'Mijn lichtheid natuurlijk. Ik heb het geluk dat ik de gave heb om alles wat tegenzit om te buigen tot iets positiefs.'

'Weet je zeker dat je niet autistisch bent?'

'Nee joh, ik was zelfs niet verdrietig toen mijn oma overleed, omdat ik zag dat ze dood beter af was dan levend. Ik was blij voor haar.'

'Weet je dat een van de symptomen van psychopaten is dat ze geen empathie voelen?'

'Nad, ik ben zo empathisch als maar kan. Ik voel nu bijvoorbeeld dat jij heel graag hier op dit dakterras mijn broek open zou willen maken en mijn pik in je mond nemen, omdat we niet kunnen neuken.'

'O ja, *mister empathy*?'

'Ja, en ik ben zo empathisch dat ik je in die behoefte maar wat graag tegemoet kom. Zo'n aardige jongen ben ik.'

We zitten in de uiterste hoek van het dakterras. Verscholen tussen wegzakbanken vol grote kussens en de rieten afrastering, die het zicht op de naastgelegen terrassen wegneemt. Samen beginnen we zijn broek open te maken. Hij de knoop, ik de rits, hij verschuift zijn boxer, ik pak zijn stijve lul. Met moeite manoeuvreer ik me in de juiste positie. Pijpen met spierpijn is bijna niet te doen, maar de zin is te groot. Ik wil hem tot was in mijn handen maken zodat hij stopt met het stellen van moeilijke vragen. Door de twee dagen onthouding is de klus heel snel geklaard. Ik slik al het bewijsmateriaal door.

'Goed, ik ben weer aan de beurt,' gaat hij verder. 'Hoe bevalt het je hier?' Reyn gooit de vraag er gewoon nog een keer in. Hij laat zich niet omvormen tot was. Ik wel, want zijn sperma werkt als een waarheidsserum en ik moet de vraag wel eerlijk beantwoorden.

'Ik moet eraan wennen dat ik het fijn vind om hier te zijn. Dat ik me op een gekke manier thuis voel.'

'Waarom is dat gek?'

'Omdat ik als kind niets met mijn Marokkaanse afkomst te maken wilde hebben. Sterker nog, ik wilde het helemaal niet zijn!'

'Huh? Waarom niet?'

'Omdat in mijn jeugd in Amsterdam-West niet echt heel hartelijk over Marokkanen werd gesproken. Negatieve geluiden krijg je er gratis bij als je opgroeit in dat deel van de stad. Ik wilde niet bij die groep horen, bij die Marokkanen waar zo over werd gepraat. Dus deed ik alsof ik er niet bij hoorde. Dat was lastig, aangezien alles aan mij me weggaf. De kleur en de stugheid van mijn haar op mijn hoofd en op mijn armen, mijn ogen, mijn huid en de combinatie van mijn voor- en achternaam. Nadia Smits. In een witte samenleving is deze naam een contradictie in terminus. Nederlandser dan Smits wordt het niet en Marokkaanser dan Nadia bestaat niet. Nou ja, op Fatima en Saida na dan.'

Ik verweet mijn moeder dat ze mij een buitenlandse naam had gegeven. Waarom niet Sarah, of Barbara of Wendy desnoods. Allesbehalve Nadia. En als het dan zo nodig een Marokkaanse naam moest zijn, waarom dan niet Loubna of Samira? Dan had ik me Lou of Sam kunnen laten noemen. Of desnoods Esra, er bestaan namelijk Marokkaanse meisjes die zo heten. Dan hadden mensen gedacht dat ik Joods was. Alles beter dan Marokkaans.

'Wie zeiden dat dan? En wat zeiden ze dan?'

'De welbekende racistische teksten als "Ze pikken onze banen in", "Ze moeten zich wel aanpassen" of "Ze moeten oprotten naar hun eigen land". Bij een van mijn vriendinnen werden Marokkanen steevast aangeduid als "Ali-Ben-ras-geil", omdat ze volgens de vader van die vriendin "geilen op ons ras". En dat hoorde ik dan op verjaardagen van vrienden waar we met het hele gezelschap in een kring zaten op witte Hartman-tuinstoelen.'

'Met wat voor volk ging jij om, joh? Niet echt mensen die goed bij je pasten, zo te horen.'

'Met gewone witte Amsterdamse mensen. De doorsneebewoner.'

'En waarom zeiden ze dat?'

'Omdat al die mensen waren weggetrokken uit de binnenstad en waren verhuisd naar nieuwbouwpukkels met groenvoorziening buiten de stadsring om de gettovorming te ontvluchten. Maar ook in die wijken nam het aantal buitenlanders toe. Waar eerst portiekflats vol mensen woonden die elkaar kenden, werd het ieder voor zich door de taalbarrière. Alsof er kampen ontstonden. Delen van Amsterdam werden als Babel. En niet alle achterblijvers bleven gewenst achter. Geldgebrek dwong ze ertoe en dan worden mensen boos en zuur als ze hun omgeving zien verpauperen en er niets aan wordt gedaan. Dat is van alle tijden.'

'En die teksten werden uitgesproken waar jij bij zat?'

'Nou ja... Je moet weten dat zij niet wisten dat ik half-Marokkaans was. Ik heb tot mijn negentiende stug volgehouden dat ik niet half-Marokkaans was, maar half-Spaans.'

Reyn kijkt me aan alsof hij me voor het eerst ziet. Nauwkeurig zie ik zijn ogen mijn gezicht afspeuren. 'Je had inderdaad ook half-Spaans kunnen zijn.'

Hij vindt dat het had gekund. Ik geloofde het in mijn jeugd zelf nauwelijks, maar bleef volhardend liegen. Mijn moeder wist ervan en was het er niet mee eens. Ze zei altijd: 'Ik ga niet voor je liegen, als je dat maar weet.' Dus nam ik alleen vrienden mee naar huis als ze niet thuis was en dat was, zeker toen ze begon met werkbezoeken naar het buitenland, best vaak. Alles om te voorkomen dat mijn moeder het M-woord zou uitspreken.

Mijn verzonnen identiteit vergde nogal wat volharding in een kleurrijke wijk in de Amsterdamse tuinsteden. Iedereen, met name de mensen die zelf niet van 'hier' waren, wilde weten waar ik precies vandaan kwam, want ze wilden me wel graag bij een groep kunnen indelen. Hoor je bij ons of hoor je bij die anderen?

Ik wilde het niet alleen niet zijn, ik wilde er het liefst niet zo uitzien. Ik had een afkeer van mijn volle bos donkerbruin haar. Paardenhaar. Dik, stug en zwaar; het hing maar. Als ik een blik in de spiegel wierp, keek ik mijn bruine ogen groen, mijn huid witter. Ik leefde met een beeld van mezelf dat ik niet was. Liever had ik goudblond, glanzend haar, net als mijn moeder. 's Zomers smeerde ik citroensap in mijn haar om het te laten oplichten, maar dat haalt bij donkerbruin haar niets uit. Ook besteedde ik mijn zuur verkregen zakgeld aan oplichtende shampoos, die alleen werken bij haar dat van nature al licht is.

'Wanneer ben je daarmee begonnen, met liegen over je afkomst?'

'Al zolang ik me kan herinneren. Ik zal een jaar of tien, elf zijn geweest toen ze op school aan me begonnen te vragen waar ik vandaan kwam. In het begin dacht ik me er nog snel vanaf te maken door kordaat te antwoorden "Ik ben een halfbloedje". Dat deed mijn Indische klasgenootje namelijk ook, alleen werd er daarna bij haar niet doorgevraagd. Bij mij wel en dan liep ik gewoon weg.'

'En waarom half-Spaans?'

'Die zomervakantie gingen mijn moeder en ik naar Asturië, op groepsreis. Daar werd veelvuldig aan mijn moeder gevraagd uit welke regio mijn vader afkomstig was. Zowel door Nederlandse groepsreisgenoten als door de Spanjaarden. Er ging bij mij een lichtje branden en door dat lichtje werd ik een ander; ik was niet langer de dochter van een gastarbeider die hier zijn geluk was komen beproeven en ervandoor was gegaan, ik was de dochter van een Spanjaard. Als iemand na de vakantie weer begon over mijn afkomst, zou ik dat zeggen. En ik zou zeggen dat mijn moeder tijdens een vakantie was bezwangerd en dat ze hem daarna nooit meer had gezien.'

Ik denk terug aan de eerste keer dat ik hardop zei dat mijn vader Spaans was. Mijn onderbuik protesteerde door zichzelf in een knoop te leggen, maar ik ging gretig op in mijn eigen leugen. Ik wilde het zo graag, want over Spaanse mensen werd namelijk nooit gezegd dat ze stonken. Ook werden er geen grapjes gemaakt over de Sahara, het slachten van geiten en schapen, opgroeien met kamelenmelk, vrouwen met snorren, knoflookluchten, outfits bestaande uit een jurk en een broek, hoofddoeken en Volkswagen-busjes. Ook werd de manier waarop ze praten nooit nagedaan met overdreven harde keelklanken. Over Spanjaarden werd hooguit gezegd dat het klinkt alsof ze voortdurend ruzie met elkaar aan het maken zijn en dat ze nooit meteen doen wat je vraagt, maar altijd de dag erna. Spanjaarden, dat waren leuke mensen. De Amsterdamse families die ik kende gingen zelfs naar dat land op vakantie. Niemand ging naar Marokko, niemand wilde naar Marokko, en zoals er veelvuldig werd gezegd: 'Hier in Amsterdam is het al alsof je in Marokko bent.'

'En iedereen geloofde je?'

'Mwah, niet iedereen. Op school bleef ik door irritante gasten Turk worden genoemd. Toen ik op mijn negentiende besloot om uit de kast te komen als halve Marokkaan bleek pas hoe raar het was geweest dat ik mijn vrienden jarenlang had voorgelogen. De ene helft zei: "Dat maakt mij toch niets uit? Je bent voor mij gewoon Nadia" en de andere helft zei: "Ach joh, dat dacht ik allang, maar ik durfde je er nooit echt mee te confronteren, omdat ik wel merkte dat je er heel ongemakkelijk van werd".'

'Daar stond je dan, met al je gelieg.'

'Ja, daar stond ik dan. Maar het moest, ik was klaar met liegen, klaar om te accepteren dat mijn vader uit Marokko kwam, klaar om mezelf te worden.'

Ik voelde me een sukkel en betrapt. Door mijn aanpak heb ik me altijd een bedrieger gevoeld, een charlatan. Alsof mijn sociale interactie niet écht meetelde, omdat ik mijn ware ik aan niemand liet zien. Ik raakte gelukkig geen oude vrienden kwijt en nieuwe vrienden namen direct na onze ontmoeting ter kennisgeving aan dat ik half-Marokkaans was. Iedereen blij, zij hadden ineens een compleet aangepaste excuus-Marokkaan in hun vriendenkring waar ze op allerhande feestjes goede sier mee konden maken. En ze hadden ineens een Marokkaan in hun omgeving waar ze de draak mee konden steken, getuige de Bløf-cd die ik ooit kreeg waarop stond geschreven 'Voor de enige Marokkaan die van Bløf houdt'.

De hoteleigenaresse komt het terras oplopen en vraagt of we nog iets willen hebben. Haar gedrongen fysiek verklaart haar kortademigheid; er is geen lift en het dakterras ligt op de vijfde verdieping. Reyn raakt met haar in gesprek over de pannenkoeken en over het Marrakech van tien jaar geleden. Hij vertelt dat hij hier toen ook heeft gelogeerd. En zij vertelt dat hij haar vader en moeder toen moet hebben gezien, omdat zij de tent toen draaiende hielden. En dat zij als klein meisje al hielp met het klaarmaken van de kamers.

Terwijl zij herinneringen ophalen, zie ik mezelf terug als bokkige, antisociale puber. Heel hard niet Marokkaans willen zijn en ook niet willen dat anderen het weleens zouden kunnen denken. Als ik een lege plek naast me had in de tram en er stapte een man of vrouw van Marokkaanse afkomst in, ging ik expres breeduit zitten en boos kijken om te voorkomen dat ze het stoeltje naast mij zouden kiezen. Omdat er misschien bij de volgende halte iemand van school zou kunnen instappen en zou kunnen denken dat het mijn vader of moeder was.

Ik ging het ontmoeten van nieuwe mensen het liefst uit de weg. Nieuwe mensen betekende mijn naam moeten zeggen en dat leidde altijd tot vragen over mijn naam en mijn afkomst. Dan zou ik weer moeten liegen en de leugen uit mijn mond horen komen. Op school at ik opzichtig mijn boterhammen op. Gewone, bruine boterhammen. Zodat iedereen kon zien dat ik Nederlands brood bij me had. Mijn Marokkaanse klasgenoten hadden namelijk Marokkaans brood bij zich, soms met niets erop, en werden daarom uitgelachen. Mijn moeder had ik ten strengste verboden om knoflook in gerechten te verwerken. Ik wilde mensen niet voorzien van munitie in de vorm van een knoflookwalm.

Reyn krijgt zijn tweede portie pannenkoeken en probeert alle duizend gaten te vullen met honing. Hij is net een jongetje dat met stroop zijn initialen op een pannenkoek wil schrijven.

'Zullen we zo maar eens wat gaan doen? Ik moet antischimmelcrème halen om te beperken wat ik kan beperken.'

'Ik wil ook wel even lopen. De hele dag hier blijven zitten gaat mijn spierpijn er niet minder op maken.'

'We kunnen los van elkaar gaan en elkaar later weer treffen?'

'Ben je me zat? Nad, dat kun je ook gewoon eerlijk zeggen, hè?'

'Nee, ik ben je niet zat, maar ik wil even zien hoe ik word bekeken zonder jou als context.'

'Ik sta je volledige inburgering in de weg?'

'Dat wil ik dus uitzoeken. Zullen we elkaar over een paar uur weer hier treffen?'

'Uurtje of zeven? Aisha heeft me net een restaurant aangeraden. Zal ik haar vragen om voor ons te reserveren en zullen we elkaar daar dan treffen?'

'Dan is het net een date. Na maanden het bed te hebben gedeeld hebben we onze eerste date. Spannend, hoor. Moet ik mijn goede goed aan?'

'Als we hier toch aan het doen zijn alsof we een echt stel zijn is een date ook wel gepast. En ja, trek jij je goede goed maar aan, want dat reiskloffie van je is wel aan een verschoning toe.'

'Dan ga ik vast, ik wil niet langer wachten met smeren.'

'Als je hulp nodig hebt, dan hoor ik het wel.'

Ik begin met opstaan, maar de bank is zo laag en mijn spierpijn zo erg, dat ik niet gewoon kan opstaan. Zittend draai ik me om en laat mijn knieën op de grond zakken. Vanuit die positie lukt het me om op te staan. Zodra ik weer in Nederland ben ga ik écht weer drie keer per week naar yoga. Gelukkig gaat trap af een stuk soepeler dan trap op. We spreken het niet uit, maar ik merk dat we allebei moeten wennen aan deze nieuwe omgang. Eigenlijk gaan we nu pas echt met elkaar om.

Ik ben een paar uur later als eerste op de afgesproken plek en krijg een tafeltje met zicht op de deur toegewezen. De ruimte omsluit me als een boudoir. Alle muren zijn bedekt met gedrapeerde, dikke satijnen gordijnen, alle banken en stoelen zijn bekleed met donkerkleurig paars velours en de vloer ligt vol kleden waar ik me tijdens het lopen in voelde wegzakken. Mijn kleren detoneren, maar ik heb op reis nu eenmaal niet veel meer bij me dan spijkerbroeken, gympen en truien. Ik haal mijn schetsboekje tevoorschijn en begin de mooiste serveerster stiekem te tekenen. Haar kleren schets ik er niet bij.

Dan voel ik dat ik naar de deur moet kijken en op dat moment komt Reyn binnen. Hij ziet mij al zitten, maar wacht tot de gastvrouw hem naar zijn plek leidt. De uren van afwezigheid hebben hem veranderd. Blij komt hij op me aflopen. Een baken van emotionele stabiliteit en positivisme. Zijn stevige tred past bij hem. Sommige mensen hebben een tred die niet bij hun uiterlijk of karakter past.

Even stel ik me voor dat hij echt mijn vriend is en ik voel een scheut van trots door mijn lijf gaan. Ik ben niet in de val getrapt; ik heb niet gekozen voor een man als mijn vader. De meeste vrouwen doen dat wel, zij kiezen voor een man die lijkt op hun vader. En als je vader dus een enorme oetlul was, zit jij ook opgescheept met een ontzettende oetlul. Of als je vader een alcoholistische mepper was, zit jij ermee. Je kiest waar je mee thuis komt te zitten. Je kiest je eigen pijn. Ik heb dat zelfgemaakte pad naar mijn ondergang op tijd verlaten. Ik heb onbewust diepgewortelde menselijke patronen niet gevolgd. Ik koos niet voor de weglopende mannen, maar voor Reyn. Hij is het ultieme bewijs dat ik ondanks een afwezig voorbeeld als vader toch een idiotenradar heb die feilloos werkt. Maar ik mag niet verliefd op hem worden. Hij verdient een ongehavend iemand. Iemand die net zo onbezorgd in het leven staat als hij. Ik laat een spoor van verwoesting na, omdat ik iedereen verlaat. Ik laat me niet verlaten. Dit mag niet serieus worden, zodat ik hem ook geen pijn kan doen. Daar is hij te goed, te lief voor.

'Wat zit jij me wazig aan te staren? Zit je weer aan vieze dingen te denken?' Zijn stem haalt me uit mijn gedachten. Ook die klinkt anders.

'Ik denk aan de vernedering van vanmiddag. Toen ik in een

keurige apotheek aan een vast heel zedige, getrouwde, behoofddoekte jonge vrouw om een middel tegen een schimmelinfectie moest vragen. En toen ik *infection fongique* had gezegd, vroeg zij: "*Pour votre vagin?*" Die vrouw heeft waarschijnlijk nog nooit van haar keurige leven een schimmelinfectie gehad en dan heeft ze nu ook nog ramadan en wordt ze geconfronteerd met een beschimmelde westerling.' Ik sla mijn handpalmen voor mijn ogen en krimp in elkaar. Reyn begint onbedaarlijk te lachen. 'Ik weet nu zeker dat Allah bestaat,' zeg ik, 'en dat hij heeft gedacht: ziedaar, jij losbandige slet, ik zal je straffen met een ziekte aan je tempel vol zonde.'

'Nad, je bent gek.' Hij komt naast me zitten op de muurbank in plaats van tegenover me aan tafel. Dat doet bijna iedereen, omdat de banken er comfortabeler uitzien dan de stoelen.

'Wat heb jij gedaan?' vraag ik hem.

'Ik ben een stuk om de muur van de medina gelopen, samen met een oude man met wie ik in gesprek raakte. En toen ben ik met een enorme omweg hiernaartoe gelopen. En jij?'

'Ik liep langs een patio die al volop in bloei stond en ik ben daar naar binnen gelopen en gaan schetsen.' Ik laat hem zien wat ik heb gemaakt. Hij bladert een paar bladzijden terug.

'Je maakt zulke mooie dingen. Je hebt helemaal geen opleiding nodig.' Als hij de omgeslagen pagina's terugslaat ziet hij de schets van de serveerster. 'Net gemaakt?'

'Ja, ze loopt zo langs, dan zie je meteen wie het is.'

'Ik wist wel dat je ergens mee bezig was toen ik binnenkwam. Ik zie het meteen aan dat gezicht van je.'

Ik schiet in de lach. Om zijn woorden en om zijn blik. Vooral om zijn blik. De taal die zijn ogen spreken bezorgt me een diepgewortelde rilling. Hij laat me daarmee lachen zoals hij me laat komen; plotsklaps en met een ongebreidelde natuurkracht. De lach spat in mijn onderbuik uiteen. Precies zoals het eruit moet zien als je de lucht uit een knallende ballon zou kunnen zien vrijkomen.

'Lekker toch? Niet alleen mannen denken om de acht minuten aan seks. Of was het vier minuten? En verder kwam uit mijn antropologisch onderzoek naar voren dat de hoeveelheid aanspraak als ik alleen rondloop vele malen groter is. Er is wel vijf keer aan me gevraagd of ik Arabisch of Berber ben. En dan zeg ik eerlijk dat ik dat niet weet, omdat ik niet bij mijn vader ben opgegroeid en daarom geen Marokkaans praat. En dan vragen zij of ik moslim ben en zeg ik nee en dan beginnen ze te steigeren. Want als mijn vader moslim is, ben ik het ook.'

'Wat ben jij ineens openhartig.'

'Je hebt gelijk, niets voor mij. Ik moet weer terug naar standje niet-te-veel-delen. En als ik nog een keer iemand "allemachtig alle tachtig prachtig" hoor zeggen nadat ik heb gezegd dat ik uit Nederland kom, ga ik zeggen dat ik uit Polen kom. Ik word de hele tijd aangesproken op iets dat ik niet ben.'

'Ik durf trouwens wel met bijna honderd procent zekerheid te beweren dat je Berber bent,' zegt hij en ik zie aan zijn gezicht dat hij al voor het uitspreken vooringenomen is over wat hij zo gaat zeggen.

'Nou, zeg het maar?'

'Ik had het met dat oude mannetje over de strijd tussen de Berbers en de Arabieren. Het Berbervolk ziet zichzelf als de oorspronkelijke bewoners van Marokko, als de vrije mensen. Zij zijn een nogal koppig volkje. Werkelijk overal hebben ze zich tegen verzet: tegen de komst van de Arabieren met hun islam, de komst van de Spanjaarden, de Fransen, de nieuwe koning. Dat zie ik wel terug, in jou en in je vader. We vragen het wel aan je familie als we daar zijn.'

Familie. Het woord blijft de rest van de avond om me heen

hangen, als een onderhuidse pukkel die niemand ziet, maar alleen ik voel steken. Ik probeer de gedachte van me af te werpen door mezelf voor te houden dat Tanger heel dicht bij Spanje ligt en ik dus met gemak de oversteek kan maken als ik er niets aan vind.

13

In de bus van Marrakech naar Casablanca leest Reyn de reisgids. Hij gaat voor diepgang, ik altijd voor oppervlakkig genot, dus lees ik alleen de tien hoogtepunten. Iedereen om ons heen zit serieus naar buiten te staren. Ik niet, en moet heimelijk lachen om mijn eigen transitie. Ik ben vooral aan het teren op dit gevoel, dit thuisgevoel. Komt het door het landschap, is het trots of is het dat vermaledijde hoofd van mij dat me een gevoel aan het opleggen is? Achter het busraam trekt vegetatie aan me voorbij die ik niet ken, met kleuren waar ik de namen niet van kan noemen.

Als we straks in Casablanca aankomen ben ik ietsje dichter bij mijn familie gekomen. Ver genoeg om er nog niet heel onrustig van te worden. Het stemmetje in mijn hoofd dat zegt dat ik mijn oom moet bellen om hem te laten weten dat we onderweg zijn, negeer ik nog even. Ik ben steengoed in het negeren van stemmen.

In Casablanca gaat het feest van trots verder. Het feest van herkenning is er ook. Twee feesten. Maar het feest van herkenning blijkt een andersoortig feest te zijn. Niet dat waar ik op zit te wachten en op aan het hopen ben. Ik herken me namelijk vooral in de rondlopende toeristen. Maar daar wil ik helemaal niet bij horen. Jonge stelletjes op weekendtrip, gezinnen met jonge kinderen, echtparen van middelbare leeftijd met buideltasjes. Amerikanen. Heel. Veel. Amerikanen. Bermuda dragende, pizza Hawaii etende mensen. Na meer dan zes uur in de bus te hebben doorgebracht, is dit wat Marokko ons brengt.

Zodra Reyn een slaapplaats heeft onderhandeld stiefelen we loom naar een strandtent. Ik wil net van het uitzicht gaan genieten, als er een koude rilling langs mijn ruggengraat trekt. Ik weet meteen wat het is. Het is dat wat zich buiten mijn energieveld aan het voltrekken is, namelijk de schoonzus die met mijn vader belt en vertelt dat ze al drie dagen op mijn komst zit te wachten. Haar boze, verbolgen aardstralen hebben mij vanuit Kenitra in Casablanca weten te bereiken en het is de irritatie van mijn vader vanuit Nederland. Ze proberen me kosmisch iets duidelijk te maken. Ik ga dit op mijn bord krijgen. Ik weet alleen nog niet wanneer. Mijn telefoon heb ik uitstaan, al sinds ik hier ben aangekomen, en daar ga ik zeker geen verandering in brengen.

Naast ons zitten twee modieuze homo's. De een probeert in het Frans met een Amerikaans accent dat pijn doet aan mijn oren een ijskoffie te bestellen. *Ice latte?* Het zegt de ober niets, hij kijkt alleen maar glazig en zegt dat ze dat niet hebben.

'Café avec de la glace,' licht de een toe. Koffie met ijs, ook dat hebben ze hier niet. *'Café froid,'* probeert de ander nog in de hoop zijn felbegeerde dagelijkse shotje binnen te krijgen. Ik zie de ober denken dat hij vanavond thuis iets hilarisch heeft te vertellen. Twee homo's uit Amerika die in zeer slecht Frans koude koffie wilden hebben. Hij vraagt ze of ze niet liever Marokkaanse thee willen hebben en als de twee nee zeggen, opstaan en vertrekken, loopt de ober hoofdschuddend naar binnen. Zij zijn gek, niet hij.

Hier in Casablanca is de sfeer heel anders dan in Marrakech, het is wereldser. Toch lijken we meer te merken van de ramadan. Hier is een ander soort levendigheid aan de gang. De jaarlijkse rites van een volk dat gedurende een korte periode extra verbroedert. Vergelijk het met carnaval, Koningsdag of een kampioenschap. Ineens vallen rangen en standen weg en vormen mensen een eenheid. Als buitenstaander kun je wel proberen erin mee te gaan, en er een beetje goedlachs bij te hangen, maar van een echte connectie en wederzijdse vreugde is geen sprake.

De hoeveelheid mannen op straat is enorm. Alsof Marokko veertig jaar geleden de Chinese eenkindpolitiek heeft ingevoerd en al die veertigjarige mannen nu op straat lopen. Reyn en ik zoeken naar een houding, maar we weten niet goed waar we die moeten vinden. We vallen nu eenmaal enorm op als stelletje met als gevolg dat we door werkelijk iedereen worden aangestaard. We zijn op weg naar een hip restaurant.

'Gaat dit nu om mij of om jou, omdat jij zo opvalt als withoofd?' vraag ik.

'Ze kijken naar jou. Iedereen kijkt altijd naar jou.'

'Dat is helemaal niet waar. Hier ben jij de langste en de lekkerste, dus hoezo zouden ze naar mij kijken?'

'Ze kijken naar jou vanwege mij. Als je hier met ene Said had gelopen, dan was je volledig in de menigte opgegaan.'

De blikken maken me enorm zelfbewust. Ik bezwijk bijna. Al die ogen drukken op me als de zwaarte van een mannenlijf dat zich na het klaarkomen niet meteen van me af laat rollen.

Het restaurant dat Abdul aanraadde heet *L'école de cuisine* en is gevestigd in een oud schoolgebouw. De ramen zijn hoog en de tafels en stoelen zien eruit als ouderwetse schoolbanken, maar dan niet in kinderformaat. Voor grote gezelschappen zijn er daadwerkelijk tafeltjes in groepsformatie geplaatst. Reyn en ik krijgen twee tafels die tegenover elkaar zijn gezet. Ik ga met mijn hand maar niet langs de onderkant van de tafel uit angst een maanlandschap van opgedroogde kauwgom aan te treffen.

Aan de muur hangen vergeelde landkaarten met omgekrulde randjes. Hier en daar hangt een roedeachtige stok. Daar werden ongehoorzame schoolkinderen vroeger vast mee geslagen. Op weg naar onze plek liepen we tussen allerlei jonge, kunstzinnige, knappe Marokkanen door. Hier zit de culturele happy few. Er zitten vast een hoop bekende Marokkanen tussen, maar die herkennen wij niet. Dit zijn de mensen tussen wie ik me in Nederland het meest op mijn gemak voel. De afwijkers. De aliens. Hier zat ik op te wachten, op te hopen. Alleen voel ik me net zomin tussen deze mensen passen als tussen de niet-kunstzinnige Marokkanen die we de afgelopen dagen zijn tegengekomen. Zij zijn veel Marokkaanser dan dat ik ben. Zij zijn volbloedjes, echte Marokkanen.

Natuurlijk had ik gehoopt dat ik eindelijk eens zou ervaren hoe het voelt om volledig ergens bij te horen. En niet op te vallen vanwege mijn voornaam, de combinatie van mijn voor- en achternaam, mijn temperament, mijn trots, maar vooral mijn uiterlijk. Ik wilde nu ook weleens weten hoe het voelt om net als hockeymeisjes het evenbeeld te zijn van al je vriendinnen. Maar ik ben te wit. Lang niet zo wit als mijn moeder, maar toch te wit voor hier. Ik wist het eigenlijk bij aankomst al, maar ik wilde zo graag geloven dat een paar dagen zon daar verandering in zou brengen. Dat ik meer op kleur zou komen en op zou gaan in de omgeving. Ik ben op kleur gekomen, maar op miraculeuze wijze blijkt mijn enigszins getinte huid er toch gewoon uit te zien als een witte huid die te lang op het strand heeft liggen bakken en niet als die van een geheimzinnige Marokkaanse schone. Die zweem olijfkleur die er normaal gesproken in zit, is verdwenen om plaats te maken voor ordinair zongebruind bruin.

Precies dit is wat altijd terugkomt. De tragiek van het halfbloedje: te licht voor het een en te donker voor het ander. De halfbloedjes zouden de bruggenbouwers tussen cultuurkloven moeten zijn, maar ik vrees dat ik vooral radeloos rondjes in de kloof aan het lopen ben. De mix maakt dat ik me nooit werkelijk ergens helemaal thuis voel. Dus hoor ik niet bij de hordes toeristen die door Casablanca slenteren en hoor ik niet bij de locals. Om daarachter te komen, had ik niet helemaal naar Marokko hoeven vliegen. Dit is al jaren de status quo in mijn leven als het om mijn gemengde afkomst gaat. Ik ben de nep-buitenlander, maar ook geen échte Nederlander. Waar ik ook ben, ik voer altijd mijn precaire balanceer-act uit. Ik weet hoe Nederlanders over Marokkanen praten en hoe Marokkanen over Nederlanders praten. Ik ben de spion, maar dan eentje die in beide werelden undercover is. Ik wil niets liever dan bij die gewone, witte wereld horen, maar mijn verhaal laat zich daar niet goed inpassen. Ik ben nu eenmaal de dochter van een migrant die in de jaren tachtig hiernaartoe is gekomen, een vrouw heeft bezwangerd en daarna een nieuw gezin heeft gesticht. En dat ik hem vervolgens vijfentwintig jaar niet heb gezien, is ook niet echt gewoon te noemen. Mensen met twee autochtone ouders die nog bij elkaar zijn en een solide jeugdseriejeugd hebben gehad met wat gedoe achter de voordeur: dat is gewoon. Ik heb geen verborgen oppervlakkigheden en tegelijkertijd zou ik niets liever willen dan zo'n doorsneeverhaal hebben.

'Het is maar goed dat ik niet jaloers ben aangelegd,' zegt Reyn als we onze granaatappels aan het leegpeuteren zijn. Onze handen zien eruit alsof we net mee hebben gewerkt aan een rituele slachting van een schaap. 'Dat gestaar is niet normaal.'

'Ik dacht dat ik wel wat gewend was. Ik vind het maar ongemakkelijk. Het is namelijk niet de gewone geile mannenblik die ik wel gewend ben. Ik vrees elke keer dat er een dikke klodder snot uit mijn neus hangt.'

'Ik vind het wel leuk. Goed voor mijn ego.'

'Goed voor mijn ego, bedoel je?'

'Nee, voor mij. Ik verdien nu automatisch aanzien en respect, omdat zij denken dat ik je heb weten te strikken.'

'Ik ben eigenlijk je *trophy wife*?'

'Ja, eigenlijk wel. Ik kan wel wennen aan dit spelletje, doen alsof we een setje zijn.'

'En als jij op een dag verliefd wordt op een keurig hockeymeisje?'

'Dat gaat niet gebeuren, maar als het gebeurt, dan ben je mijn *trophy* ex, voor altijd.'

'Een ex om trots op te zijn?'

'Ik heb je dan niet meer, maar dan kan ik nog wel zeggen dat ik je heb gehad. En dat levert me dan bewonderende klappen op mijn schouder en knipogen vol betekenis op. En ja, vast ook medelijden. Welke sukkel laat haar nou gaan? Je zal jou maar hebben gehad en kwijt zijn geraakt.'

Je had mij maar als dochter kunnen hebben. Wat voor sukkel ben je dan als je die kans laat lopen? 'Want al die vrienden van je denken dat?'

'Fredje zei laatst geen nee, weet je nog? Het was zelfs zijn idee.'

'Ik moet mezelf dus zien als de vrouw die je maar zal hebben gehad?'

'Precies! En dat nette meisje waar jij steeds over begint...'

Zijn stem klinkt minder plagerig. Hij wacht even met verder praten. Is hij verliefd geworden? Was hij die laatste avond voor ons vertrek helemaal niet tot vier uur 's nachts zijn werk aan het overdragen, maar zat hij in de kroeg en heeft hij vlak voor vertrek de vrouw van zijn leven ontmoet? Het meisje met het gouden haar, de veelbelovende carrière als juriste en de onbezorgde jeugd. Met een Nederlandse vader en moeder, dus niet iemand die – zoals de nazi's dat zo subtiel zeiden – erfelijk ziek is. Ineens weet ik niet of ik wil horen wat hij te zeggen heeft.

'Hoe kom je erbij dat ik een net meisje wil?'

'Dat heb ik ingevuld.'

‘Op basis van wat?’

‘Op basis van die paar vriendinnen van je vrienden die ik heb ontmoet. En door die keer dat ik je ouders heb gesproken, toen ze de piano kwamen brengen.’

Hij schiet in de lach. ‘Dat hoofd van jou... Wat gebeurt daar allemaal?’

‘Nogal een hoop.’

‘Luister Nad, mijn vrienden vallen bijna allemaal op vrouwen aan wie ik het liefst zou willen vragen wanneer ze die stok eens uit hun kont halen en mijn ouders... Denk je dat ik me laat leiden door hun mening? Je kent me inmiddels toch wel een beetje?’

‘Weet ik niet,’ breng ik zachtjes uit. Ik ben opgelucht. Onvoorstelbaar opgelucht.

‘Mijn vader heeft altijd tegen me gezegd dat ik een grappige, mooie vrouw moet zoeken, want als je er je leven lang mee samen blijft, dan moet je er ook je leven lang naar kijken en mee kunnen lachen. Mijn moeder was vroeger ballerina en is daarna gaan studeren om zich vervolgens in te zetten voor het opzetten van een vakbond voor dansers. In haar vrije tijd maakt ze kostuums voor toneelverenigingen en doet ze aan amateurtoneel. Denk je dat zij willen dat ik met een kantoortutje thuiskom? Ik weet zeker dat ze je geweldig vinden als ze je beter leren kennen. Ze vonden je in elk geval allebei enorm knap.’

Knap. Het is een compliment dat ik nu in ontvangst kan nemen. Jaren eerder kwam zo’n opmerking niet binnen. Daarvoor heb ik me te lang lelijk gevoeld. Ik vond dat mijn Marokkaanse deel me lelijk maakte. Ik pleegde mentale zelfmoord. Inmiddels heb ik een haatliefdeverhouding met mijn uiterlijk. Reyn zegt dat ik de kamer oplicht als ik binnenkom, dat er iets gebeurt, er hangt ineens een belofte in de lucht. Ik zeg dan dat hij dat doet, omdat ik niet kan geloven dat ik dat doe. Ik ben er niet uit of dat uiterlijk een vloek of een zegen is. Het gaat namelijk nergens anders over en het zegt niets over mij.

Ook hier in Marokko loop ik ertegenaan, maar alles in het nette. De stand van overlast na vier dagen Marokko: drie mannen die vlak langs me lopen en hijgerig *'Bonjour'* tegen me zeggen. Een dertienjarig jongetje dat opzettelijk tegen me aan loopt. Waarschijnlijk na een weddenschap met vriendjes, die twee meter verderop schaapachtig staan te lachen. *'Nice legs'* uit de mond van een man met één been, dus wellicht kwam zijn opmerking meer voort uit projectie dan dat-ie seksueel getint was. Reyn heeft een nogal genereus bod gekregen: *'Change lady for thirty camels?'* Op die laatste aanbieding ben ik enorm trots. Ik begrijp dat er vrouwen zijn waar maar vier kamelen voor wordt geboden. Dat er nog geen onvertogen hand richting mijn billen is gegaan om eens te knijpen, is niet omdat ik een hondenkop heb, maar omdat – en hier spreekt de hoop – ik word gezien als een van hen. Eigen vrouwen worden nu eenmaal met respect behandeld. Europese vrouwen niet. Daar mag in geknepen worden. Naar vrouwen die wel voor Marokkaans door zouden kunnen gaan, maar zich niet gemakkelijk laten plaatsen omdat ze naast een witte man lopen, wordt vooral gekeken. En gekeken. En gekeken.

Ik wil Reyn antwoorden, maar uit het niets voel ik ineens een enorme druk op mijn anus. Zonder iets te zeggen sta ik op en begeef me razendsnel naar de wc. Godzijdank zijn het dichte hokjes en is de hipheid niet doorgevoerd in de wc met afgebladderde louvredeurtjes die niet de hele deuropening beslaan. Zodra mijn billen de wc-bril raken blijkt mijn hele darminhoud zich te hebben getransformeerd tot soep. Ik blijf zolang mogelijk zitten om mezelf zo veel mogelijk te legen. Als ik terugkom bij onze tafel kijkt Reyn me geamuseerd aan. 'Ben je even naar het hotel gelopen om een dutje te doen?'

'Nee, ik heb nu naast mijn schimmel ook een serieus gevalletje van broekhoest.' Ik geloof in het maar meteen zeggen, want als dit doorzet, is verbergen niet mogelijk.

'Welke gradatie?'

'De ergste. Hiermee durf ik morgen de bus niet in te stappen. Het is vier uur rijden naar Chefchaouen, toch?'

'Dan eet je gewoon vier bananen voordat we de bus instappen.' Mannen, altijd een oplossing. 'Of je stopt je onderbroek vol met maandverband.'

'Je bedoelt dat ik een luier om moet doen?' Het beeld laat ons allebei in de lach schieten. Misschien toch maar een dag langer hier blijven. Hoe eerder ik naar het noorden ga, hoe eerder ik bij mijn familie ben. Hopelijk is het gewoon zenuwlijers-broekhoest.

'Laten we morgen wel gewoon gaan,' zegt Reyn. 'Ik zie het weer niet ineens omslaan, dus strand zit er niet in en alles wat er hier valt te zien, hebben we wel gezien.'

'Die lange, warme lentedagen met dagelijkse zweterige seks-siësta's die ik voor ogen had, zitten er ook niet in. Helaasj,' zeg ik als een slecht Nederlands sprekende Marokkaan.

's Avonds in bed voer ik weer een goed gesprek met mijn vader. Ik begin uit te kijken naar deze gesprekken. Dus dan zullen ze wel goed werken. Of een kinderhand is snel gevuld. Dat kan ook.

'Papa, wat wilde jij later worden toen je klein was?'
'Vrolijk. Ik wilde vrolijk worden.'
'Ik bedoel als vak. Wat voor werk wilde je doen?'
'Daar dacht ik niet aan. Ik wilde alleen maar vrolijk worden en niet zo'n zuur gezicht krijgen als de meeste volwassenen.'
'Is dat gelukt?'
'Ja, mij is dat gelukt. Nu jou nog.'

'Maar papa, hoe kan ik vrolijk zijn als ik overal tegen opzie?'
'Dan moet je maar niet overal tegen opzien. Dingen zijn alleen maar zwaar als je ze zelf zwaar maakt.'
'Wat moet ik dan doen?'
'Je kijkt alleen maar naar wat er niet is geweest. Naar de schaamte, naar de leegte. Er was toch ook veel wel?'
'Natuurlijk, maar die pijnlijke dingen blijven me bij. Die vormen mij. En ik heb het nodig om de vormende dingen te onthouden, omdat ik anders niet weet wie ik ben. Het verschaft mij een identiteit. Zonder dat ben ik niets, heb ik niets. Ik ben niets van mezelf. Al die ellendige dingen, daar kan ik me achter verschuilen. Dat is mijn harnas. Mijn eenpersoonsbunker. Er kan niemand bij. Nooit. Dat is van mij.'
'Als je nooit iemand binnenlaat, nooit de deur opendoet, stik je uiteindelijk in het zuurstoftekort dat je zelf hebt gecreëerd. Je laat jezelf van alles tekortkomen.'
'Niet! Buiten zijn de tekorten, binnen is het veilig.'
'Binnen zit niets, alleen kale muren, kale vloeren.'
'Maar papa, ik ben ook niets. Leeg, hard, koud.'
'Kleed je kamertje aan met de mooie dingen die er wel zijn geweest. Laat mensen binnen en ga zelf naar buiten.'
'Ik weet niet hoe.'
'Dat weet je wel.'

14

Bij een fruitkraampje voor het busstation slaan we een voorraad bananen in. Ik heb voor de zekerheid mijn bikini onder mijn broek aangetrokken. Mocht het misgaan, dan houdt de dikke stof hopelijk wat tegen. Voordat ik instap, prop ik snel twee bananen naar binnen.

Ons reistempo begint me nu al tegen te staan. We hebben nog geen nacht op dezelfde plek geslapen. Ik wil eigenlijk het liefst mijn kleren in een vreemde kast leggen om niet elke keer me het ongans te hoeven zoeken in mijn rugzak. En dan dat op pad gaan en in sneltreinvaart de nieuwe plek doorgronden, wat heeft het voor zin? Voor je het weet ben je weer vertrokken. Op deze manier is alles een momentopname en momentopnames zeggen me niets. Ik dweep ook wat minder met het nu dan de meeste mensen doen. Misschien zou ik dat juist wel wat meer moeten doen.

Als we straks in Chefchaouen zijn aangekomen ben ik nog maar honderdtwaalf kilometer bij mijn familie vandaan. We kruipen onheilspellend dichterbij, we besluipen ze en zij weten het niet, want ik heb nog steeds niet durven bellen.

Chefchaouen is het ideale voorportaal van mijn naderende hemel of hel. Ik weet nog niet in welke van de twee categorieën een bezoek aan mijn familie gaat vallen. Chefchaouen moet in elk geval hemels zijn als we de reisgids moeten geloven. Reyn leest voor dat het dorp midden in het Rifgebergte ligt, wat in de volksmond *kif-country* wordt genoemd. Kif is hasj, dat in

Marokko grootschalig wordt verbouwd, maar waar niet over wordt gepraat.

'Door de ligging is Chefchaouen nogal sprookjesachtig, het is omgeven door meerdere nationale parken met bergtoppen en vergeven van de hippies en handwerklieden. De vrouwen wassen hun kleren nog met de hand in de rivier en het dorp ademt de sfeer van Spanje, want het is gebouwd door moslimvluchtelingen uit Spanje,' leest hij verder voor. 'Dit ga jij leuk vinden... Denk aan kronkelstraatjes vol witte huizen met blauwe deuren en patio's bomvol inheemse planten. Bijna alle gebouwen in de kronkelige steegjes zijn blauwgemaakt met kalk. Het blauw zou goed vliegen weghouden.'

'Dit klinkt als de perfecte plek om maar eens te gaan bellen.'

Ik kijk hem aan en trek een gezicht alsof iemand me een rotte haring voorhoudt.

'Ik houd je hand wel vast,' zegt Reyn. Het zou me moeten geruststellen.

Reyn blijft de rest van de rit passages voorlezen uit de gids. Wonderlijke feitjes over Marokko. Dat dronken mensen worden opgesloten. Dat je bedelende kinderen niets mag geven. Door ze niets te geven stimuleer je ze om een diploma te halen. Dat de zandduinen in de woestijn wandelen; het zand verplaatst zich elke dag waardoor de duinen er steeds anders bij liggen. Ik luister vooral naar zijn stem en een beetje naar wat hij zegt.

Normaal gesproken wil Reyn bij aankomst eerst een hotel zoeken, maar omdat mijn nood aan een wc zeer hoog is, gaan we de eerste de beste horecagelegenheid in. De bananen lijken gewerkt te hebben, totdat ik ga zitten en mezelf ontlaad. Bij het dichtdoen van mijn broek moet ik mijn riem een gaatje verder plaatsen. Het eerste hotel dat we binnenlopen ziet er schoon uit en heeft plek. Ik wil de kamer meteen nemen, ik moet alweer naar de wc. Als ik de badkamer uitkom, ligt Reyn op bed met de hoorn van de hoteltelefoon in zijn hand. 'Kom jij maar eens even hier. Ik heb wat voor je.'

'Fuck.'

'Doe het snel, dan is het pijnloos.'

'Dat zegt men altijd, maar dat is niet waar. Kom maar hier met die hoorn, ik zal wel moeten. Wat zal ik zeggen? Over twee dagen daar? Zodat we eerst hier nog kunnen ontspannen?'

'Lijkt mij goed. Ik wil ook graag een dagje de bergen in.'

Ik ga in mijn tas op zoek naar het briefje van mijn vader met het nummer van mijn oom. Het blijkt tussen mijn vieze sokken terecht te zijn gekomen.

Ik toets het nummer van mijn oom in en na drie keer overgaan wordt er opgenomen. Een meneer, duidelijk mijn oom, want zijn stem lijkt op die van mijn vader, zegt iets in het Marokkaans. Ik begin in het Frans en zodra hij mijn naam hoort, krijg ik een stortvloed van onverstaanbare woorden over me heen. Ik probeer er tussen te komen met het kleine beetje Spaans dat ik ken aangezien mijn vader zei dat zijn familie ook Spaans spreekt. Ik hoor mijn oom overgaan op een andere taal, maar ik word er niet wijs uit. Ik duw de hoorn in Reyns handen. Hij heeft een half jaar in Spanje gestudeerd en hij beschikt over minder schaamte. Nu zal zich wel een vloeiende conversatie voordoen, maar ook dit gesprek verloopt moeizaam.

Wat we weten na het verbreken van de verbinding: Reyn denkt dat hij heeft afgesproken dat we overmorgen welkom zijn op het adres dat we hebben gekregen van mijn vader. Dat is het huis van mijn oom in Tanger. Tijdstip en details kon hij niet opmaken uit het gesprek. Dit komt vast doordat we allemaal zenuwachtig zijn. Als we elkaar in de ogen kunnen kijken, gaat het vast makkelijker. Dan kunnen we ook nog onze handen en voeten gebruiken.

'Had je vader nou echt gezegd dat je oom Spaans spreekt? vraagt Reyn. 'Ik weet niet precies wat dit was, maar goed Spaans spreken was het zeker niet.'

'Ik kon mijn lach bijna niet inhouden, zo knullig klonk het. Alsof je een gesprek met je dove, demente oma aan het voeren was en dan ook nog in een vreemde taal.'

We lopen maar een rondje door het dorp en eten wat. Als het reisschema zo strak is dat er eigenlijk geen tijd is voor uitgebreide dagtripjes blijf je maar een beetje rondhangen op de plaats van bestemming om op gezette tijden te eten. Eigenlijk moet ik zeggen dat Reyn gaat eten en dat ik een paar muizenhapjes neem. Een volwaardige maaltijd bestellen voor mij heeft nog geen zin, binnen tien minuten sproei ik alles er weer uit.

We slapen uit, ontbijten in het hotel en ik lijk zowaar mijn eten binnen te houden. Mijn riem heb ik weer een gaatje verder moeten plaatsen.

'Laten we één van de omliggende bergen beklimmen. Dat kan prima binnen een paar uur en dan hebben we ook nog tijd om nog wat rond te banjeren. Morgen koersen we richting je familie.'

'Kunnen we nu eerst nog wat aardigheidjes kopen? Ik kan niet met lege handen bij mijn familie aankomen en als we lang willen wandelen, hebben we straks misschien geen gelegenheid meer.'

'Wat wil je kopen?'

'Wat geef je mensen in een land waar wij onder de indruk zijn van de spulletjes maar waar zij waarschijnlijk niet op zitten te wachten?'

'Het is inderdaad alsof je stroopwafels en drop meeneemt naar je tante in Limburg.'

'Misschien wat flessen olie?' Ik moet niet vergeten dat ze

hier op een lagere verdieping van de piramide van Maslow leven. Hier zijn ze allang blij met een dak boven hun hoofd of een doos mandarijnen. Drie keer per jaar op vakantie of elke maand een nieuw kledingstuk is niet iets waar deze mensen mee bezig zijn.

Als we het hotel uitlopen, staat er een lachend, klein, gedrongen mannetje voor de deur. Hij komt me vaag bekend voor. Zijn kleine pretogen blijven me aankijken en door de vreemde stand van de haren van zijn snor, ze groeien niet naar beneden, maar meer naar voren, en zijn opvallende voortanden doet hij me denken aan een muis. Een goedlachse muis met een dikke buik, waar een strakgespannen hemd omheen zit. Dan wordt mijn naam op vragende toon uitgesproken. Daarom herken ik die buik!

Mijn oom wilde niet wachten op onze komst en is meteen de dag na ons telefoongesprek naar ons toe komen rijden om ons de reis te besparen. Of de afspraak die Reyn dacht te hebben gemaakt met mijn oom bleek toch wat anders in elkaar te steken met dank aan de communicatie-uitdaging.

Voor me staat een Marokkaanse man van middelbare leeftijd te vechten tegen zijn tranen. Ik heb nog nooit tegenover een huilende man gestaan. Wat moet ik hiermee? Ik ben te zeer geprogrammeerd met allerlei voor mannen beperkende condities. Ze moeten stoer zijn. Niet huilen. Mannen willen maar één ding. Gaan bij je weg of gaan vreemd. Ze komen niet voor je op. Plukken je kaal. Praten niet over hun gevoelens.

Dan verliest mijn oom het gevecht tegen de tranen. Hij huilt niet een verdwaald traantje, maar staat inmiddels hartverscheurend te wenen. Zoals een ontredderde peuter kan huilen als zijn ijsbolletje van zijn hoorntje is gevallen. Als vanzelf word ik overvallen door een oerkracht. Of ik nu wil of niet. Dikke, vette glibbertranen biggelen over mijn wangen.

Hij doet een stap naar voren en valt me in de armen. Wat

volgt is een zeer warme omhelzing. Ik geef me over aan deze man en zo sta ik te huilen met mijn oom in mijn armen. We blijven een tijdje staan. Als mijn ergste verdriet zich weer langzaam terug laat stoppen, word ik me ervan bewust dat zijn hoofd zich precies ter hoogte van mijn borsten bevindt.

Hier in deze omhelzing voel ik mij de sterkste, de grootste. Ik ben in het voordeel, want ik heb geen enkele verwachting meer. Ik had niets, dus als ik met lege handen hiervandaan loop, ben ik gewoon weer terug bij af. Hij maakt zich los, kijkt me aan en er komt een woordenstroom op gang waar ik geen herkenbare taal uit kan opmaken. Dan wendt hij zich tot Reyn en omhelst hem alsof hij de zoon is die hij in geen vijfentwintig jaar heeft gezien. Gelukkig weet ik dat hij Hassan heet. Uit wat hij zegt had ik het niet op kunnen maken.

We leggen onze tassen tussen de troep in de achterbak van Hassans oude Opel Kadett en zetten koers naar Tanger. Mijn oom wil ons laten zien hoe ontzettend mooi het gebied is. Hij straalt en kijkt voortdurend naar mij. Ik heb liever dat hij zijn ogen op de weg gericht houdt aangezien we door het Rifgebergte rijden op wegen die van de automobilist verlangen dat hij zijn ogen op de weg gericht houdt.

Bij elke grote BMW met getint glas die ons tegemoet rijdt denk ik aan het dwingende advies uit onze reisgids: ga als toerist niet alleen door het Rifgebergte rijden. Zorg ervoor dat je auto het goed doet en er genoeg benzine inzit, zodat je niet stil komt te staan. Laat je ramen dicht, de deuren op slot en stop niet voor Marokkanen met autopech. Voor je het weet word je door criminelen gedwongen drugs te kopen. Ik heb niets te vrezen: ik ben van hier en zit naast een échte Marokkaan in een auto die nooit kan worden aangezien voor een huurauto van een rijke Europeaan. Aan mijn kant ontbreekt zelfs de zijspiegel.

Hassan praat aan één stuk door. Reyn knikt vriendelijk,

stelt vragen en begint dan niet, zoals meestal in een tolk-situatie, aan mij te vertellen in onze taal wat mijn oom zojuist heeft gezegd.

'Wat zegt hij allemaal?'

'Volgens mij vertelde hij net iets over een mooi strandje, maar het kost mij ook heel veel moeite om hem te begrijpen.'

'Maar hij zegt zoveel! Je verstaat toch wel de helft?'

'Ik denk een kwart. Zijn steenkolen-Spaans is in combinatie met zijn uitspraak niet te doen. Hij denkt zelf dat hij het goed spreekt, omdat hij in Ceuta werkt. Denk ik.'

Ceuta is een stuk Spaans grondgebied in Marokko. Het is altijd Spaans gebleven na de onafhankelijkheid van Marokko. De Spanjaarden in Ceuta spreken Spaans. De Marokkanen die er werken spreken een mengelmoes van Marokkaans en Spaans, wat door moet gaan voor Spaans. Of mijn oom is gewoon niet goed in talen. Dat kan natuurlijk ook. Zelf ben ik ook geen talenwonder, dus wie weet zit ik hier zomaar naast degene aan wie ik dat mankement te danken heb.

We rijden langs een ontzettend groene kust met zicht op stranden die niet onderdoen voor de meest gefotografeerde plekken op Mallorca en Sardinië. Na een halfuur in de auto heb ik wel door dat een verbetering van mijn Spaans het verschil niet gaat maken. Ik heb me erbij neer te leggen dat de conversatie op een bepaald niveau zal blijven steken. Zicht op verbetering is er niet, want de rest van de familie praat geen Spaans en geen Frans. Dat denken we tenminste op te maken uit wat hij zegt.

'Volgens mij rijden we eerst langs een oom van je om gedag te zeggen,' zegt Reyn als we Tanger inrijden. Inderdaad. We stoppen voor de deur van oom Hameed. Tenminste, ik meen te horen dat hij zo heet. Na drie keer vragen maak ik er zelf maar wat van, het nog drie keer vragen gaat Hassans uitspraak niet verbeteren.

Hassan laat de motor draaien en toetert een paar keer. Hameeds hoofd verschijnt voor het raam. Zijn smalle gezicht is veel lichter dan dat van mijn vader en Hassan. Hij is eigenlijk net zo licht als ik was voordat ik naar Marokko vertrok. Zijn haar verschilt ook van dat van zijn broers; het heeft nergens een spoortje grijs en is veel stugger en krulleriger. Hij lacht en zwaait. Dan valt het gordijn weer terug voor het raam. Voor Hameed is mijn komst de gewoonste zaak van de wereld. Die nicht uit Nederland die voor het eerst van haar leven op bezoek komt? Leuk hoor, maar ik ga gewoon even verder met waar ik mee bezig ben, want na al die tijd maakt een extra etmaal ook niet meer uit. Ik zie haar morgenavond wel als we allemaal samen eten, na het ondergaan van de zon.

We rijden door naar Hassans huis waar op ons wordt gewacht door zijn vrouw, zijn twee zoons en door een neef en zijn vrouw. Die neef is dan weer de zoon van mijn tante. Denken we.

Hassans vrouw is een gedrongen vrouwtje met een bril die te groot is voor haar gezicht. Haar hoofddoek zit loeistrak om haar hoofd en trekt haar gezicht strak. Een soort natuurlijke facelift.

Ze wonen in een portiekflat zoals ik die ken uit de wijken waar ik ben opgegroeid. Met acht gezinnen delen ze een trap. Ons huis keek uit op zulke flats, en omdat wij aan de andere kant van het grachtje woonden, vielen wij onder het rijke deel. Het idyllische beeld van het witte huisje in de weelderige tuin vol sinaasappel- en citroenbomen en een grazende geit op het grasveld dat ik me van tevoren had ingebeeld, kan zo de vuilnisbak in.

Hassans vrouw, mijn tante, zegt geen woord, maar houdt me lang en stevig vast. De omhelzing houdt het midden tussen een moederlijke omhelzing en een poging een levend standbeeld te vormen. Ze laat me los en doet vervolgens exact hetzelfde bij Reyn. Zij is één meter vierenvijftig, hij is één meter zesennegentig. Ik moet daar als enige om lachen omdat het komisch is. De rest lacht van vertedering.

Als ze Reyn loslaat, pakt ze mijn bovenarm en knijpt erin alsof ze de boer is die moet bepalen of de desbetreffende koe klaar is voor de slacht. Ze zegt iets in het Marokkaans, begint te lachen, de rest lacht ook en ze loopt weg. Daarna begint iedereen ons te omhelzen. Mijn oudere neef blijkt een beetje Frans te praten. Door hem kom ik erachter dat de vrouw van Hassan Imane heet. Mijn tante Imane.

Imane komt terug de kamer in en gebaart ons om plaats te nemen op de bank. Ze houdt me een bord vol koekjes voor. Als ik er eentje afsla, omdat ik nogal selectief ben in mijn inname aangezien alles er nog steeds in vloeibare vorm uitkomt, duwt ze het koekje bijna in mijn mond. Braaf eet ik het op. Ook Reyn moet eraan geloven. Verder krijgt niemand in de kamer iets, zij doen allemaal aan ramadan.

Mijn neef weet in het Frans duidelijk te maken dat mijn tante vindt dat ik veel te dun ben. Ik kan haar geen ongelijk geven. In twee dagen tijd heeft mijn diarree behoorlijk wat sporen nagelaten. Al mijn kleren hangen een beetje om me heen. Als ik mijn mond leeg heb gegeten, reikt ze me nog een koekje aan. Zij is de heks, ik ben haar Grietje.

Ook het tweede koekje krijg ik met moeite weg. Hoe krijg je het voor elkaar om koekjes vies te krijgen? Ze zijn zo droog dat ze meteen in mijn mond uit elkaar vallen en zich daarna als een hap cacaopoeder verstuiven. Daarnaast is de situatie nogal ongemakkelijk omdat Reyn en ik als enigen aan het eten zijn. Zij zitten allemaal om ons heen, te kijken naar hoe wij tegen wil en dank nog een koekje naar binnen werken. Ik voel me een slavendrijver die zijn slachtoffers vernedert door voor hun neus te eten terwijl zij twee dagen moeten wachten totdat ze mogen eten en drinken.

Mijn neef is drieëntwintig jaar, getrouwd en heeft een baby van negen maanden. Zijn leven staat dus nogal ver af van ons leven dat nog niet is vastgeklonken door een auto, ambities, een hypotheek en een gezamenlijke rekening. Reyn en ik hebben niet eens officieel verkering. Mijn neef blijkt een vaderlijk, beschermend type te zijn. De ultieme familieman. Hij wendt zich tot Reyn en zegt bloedserieus dat hij mij goed moet behandelen, want anders krijgt hij met hem te maken. Reyn weet niet wat hij daarop moet zeggen en lacht vriendelijk. Maar dat kan ook te maken hebben met het feit dat zijn mond vol droge koekbrokken zit. Praten vergroot het risico op koekspray.

Er wordt gevraagd waarom ik niet op de bruiloft van mijn nichtje was. Als blijkt dat Reyn en ik de film hebben gezien, telt het en waren we erbij.

De familieroutine verdringt onze nieuwigheid. En praten met ons is ook gewoon een hoop gedoe door die moeizame vertaalslag die bij elke zin moet worden gemaakt. Met als gevolg dat mijn familieleden volop Marokkaans met elkaar aan het praten zijn en Reyn en ik erbij zitten. Ik weet eigenlijk niet of je dan gewoon stilzwijgend en netjes wacht tot je weer bij het gesprek wordt betrokken of dat Reyn en ik in onze eigen taal een gesprek mogen voeren. Er ligt te veel op het puntje van mijn tong. Bij hem ook. Ik zie het aan de onderdrukte lach in zijn ogen.

'Zullen we zo maar eens aangeven dat we nog een hotel moeten zoeken?' Ik zeg het zachtjes in de hoop dat het ons gesprek blijft.

'Denk je niet dat we hier mogen slapen?'

'Wil je dat dan? En waar dan? Of denk je dat ze hier in deze wijk dubbele benedenhuizen hebben?'

'Ik wil hier best slapen. Is toch leuk, Nad?'

'Ik kan me heel goed voorstellen dat ik vanavond wel toe ben aan wat minder mensen om me heen.'

Mijn oom wil weten waar we het over hebben. Reyn brengt

de overnachtingsvraag in. Mijn neef helpt met vertalen. Natuurlijk slapen we daar. Er is een speciale kamer waar wij prima kunnen slapen. Mijn oom heeft het met mijn vader besproken en dat was geen probleem. Van een hotel kan toch echt geen sprake zijn. Als je na vijfentwintig jaar komt aanlopen, blijf je bij je familie slapen. Bovendien is een hotel veel te duur en is het eten er niet goed, is de consensus.

Na elk kort gesprekje is het afwachten wat er vervolgens gaat gebeuren of wat wij geacht worden te doen. Dan klinkt de skype-beltoon op de computer in een van de aangrenzend kamers. Stemmen verheffen zich, mensen sporen elkaar aan. Wat een drukte. Alsof de koning in hoogsteigen persoon verbinding met dit huishouden probeert te krijgen. Het blijkt mijn vader te zijn. Hassan trekt me aan mijn arm omhoog en duwt me gehaast de kamer in. Het is de slaapkamer van mijn twee neven, blijkt uit het stapelbed en de posters van Marokkaanse voetballers.

'Hallo.'

'Waarom ben je er nu pas?'

Jij ook hallo. 'Ik ging eerst wat rondreizen. Dat wist je toch? Heb je dat niet doorgegeven aan iedereen?'

'Waarom? Je had toch meteen kunnen gaan?'

Ik geef braaf antwoord op zijn vragen hoewel het raar voelt om een gesprek te voeren dat begint met verwijtende vragen. Ik amuseer me nog te zeer om ruimte te hebben voor frustratie of irritatie. De ervaring had me moeten leren dat er tussen een goed humeur en een rukhumeur een heel dun lijntje ligt. Ik kies er even voor om het te vergeten, omdat er anders een kans bestaat dat het lijntje per direct verdwijnt omdat de conversatie een wonderlijke wending dreigt te nemen. Gelukkig is de verbinding verschrikkelijk slecht. We spreken af om later terug te bellen. Ik schuif langzaam achter de computer vandaan. Terug in de woonkamer krijg ik van mijn tante en mijn neef een schouderklopje. Je hoeft klaarblijkelijk niet dezelfde taal te spreken om een ongemakkelijk telefoongesprek te herkennen.

Na het bord met koekjes volgen de gebakken sardines en nog meer koekjes. De pot mierzoete Marokkaanse thee wordt voortdurend aangevuld. Iedereen is overgegaan tot de orde van de dag of vertrokken, op mijn oom na. Hij blijft bij ons zitten, de televisie is inmiddels aangezet. Als we niet aan het praten zijn, kijkt hij naar een Marokkaanse komedie. Komedie is een rekbaar begrip en zeer cultureel bepaald, blijkt maar weer. De acteurs acteren alsof ze jeugdtheater nadoen in een satirisch programma. Hassan vindt het echt om te lachen en zijn buik schudt vaak en driftig op en neer. Die buik werkt meer op onze lachspieren dan de tv-serie.

Als Reyn aangeeft dat we graag de medina van Tanger willen zien, kijkt mijn oom ineens ernstig. Dan zegt hij zonder spoor van ironie dat de medina nu te druk is en we er morgen wel naartoe gaan. Wat we wel kunnen doen is even naar het graf van mijn oma lopen, stelt hij voor. Blij met de mogelijkheid om van die warme, harde bank af te komen, staan Reyn en ik al bij de deur voordat Hassan zich uit zijn stoel heeft kunnen hijsen.

De weg naar de begraafplaats leidt over een groot stuk braakliggend terrein waar veel bewoners hun afval menen te kunnen dumpen. Het waait licht en de enorme hoeveelheid plastic zakjes, die onheilspellend wapperen, maakt de plek extra dreigend. Zou mijn oma een van die voorouders zijn die Ariane heeft zien staan? Ik probeer signalen uit een andere dimensie op te vangen, maar ik word te onrustig van de wind.

Als we een tijdje rondlopen op de begraafplaats blijkt dat als er wordt gesproken over 'het graf van mijn oma' het gaat over het gehele terrein. De exacte plek waar mijn oma begraven ligt weet namelijk niemand meer en aangezien uit geldgebrek maar weinig stenen zijn voorzien van een gravure is de juiste plek terugvinden na verloop van tijd niet meer mogelijk. Ze vinden het graf op een dag echt wel weer: insjallah. Voor nu doen ze het met een rijtje stenen waarvan ze menen te weten dat oma er ergens onder ligt. Het is raar stilstaan bij een oma die ik nooit heb gekend bij een rijtje stenen waar ze misschien niet eens onder ligt. Ik had dolgraag nog wat rondjes gelopen over de begraafplaats, maar we moeten van Hassan om onduidelijke redenen weer naar huis.

Thuis op de bank wisselen Reyn en ik van plek. We moeten het hier zelf maar een beetje spannend zien te maken aangezien de televisie weer voor ons wordt aangezet. Mijn oom en tante gaan samen de de keuken in en zetten snel weer een bord koekjes voor ons neer. De keukendeur gaat daarna dicht, maar het dunne paneeldeurtje houdt hun oververhitte gesprek niet verborgen. Een van de twee is ook nog onhandig of passief-agressief extra luid pannen aan het neerzetten en kastjes dicht aan het gooien.

Om half acht 's avonds klinkt vanuit de moskee de oproep tot gebed, die het einde van het vasten aankondigt. Tijd voor iftar, de eerste maaltijd van de dag na zonsondergang. We beginnen met een grote kom harira, de traditionele ramadansoep met tomaten, linzen, kikkererwten en selderij. Ik kijk naar de soep en moet denken aan mijn moeder.

Mijn moeder is geen begenadigd kokkin. Dat weet ze zelf ook en daarom gaat ze het maken van ingewikkelde recepten uit de weg. Een gevulde kalkoen, soufflés, zelfgemaakte patat, soep met bloem als bindmiddel; ze maakt het niet klaar. Dat laatste heeft ze ontdekt door schade en schande. De uiensoep die ze ooit maakte met bloem werd een bruine massa met daarin kleine wolkjes samengeklonterde bloem. Ik kan het me nog herinneren, ik was tien of elf jaar. Ik beet namelijk op zo'n hompje bloem en het mondgevoel kan ik niet exact terughalen, maar de walging wel. Mijn moeder zette soep met bloem als bindmiddel sinds dat recept in de categorie onmogelijk. Had Imane dat ook maar gedaan. Ik probeer om de klontjes heen te eten, maar het zijn er zoveel.

Om de conversatie op gang te houden laat ik Reyn vragen stellen waarop ik het antwoord al min of meer weet. Ik weet namelijk niet wat ik anders zou moeten vragen. Of eigenlijk weet ik dat wel, maar ook hier durf ik dat niet. Nog niet.

Als ik met moeite de eerste hap weg heb weten te krijgen, galmt de skype-beltoon opnieuw door het huis. Ik zou willen zeggen dat het mijn redding is, maar die beltoon kondigt eerder de weg naar het schavot aan.

'Hallo.'

'Ja, met mij. Waarom ben je niet naar je tante in Kenitra gegaan? Ze zat op je te wachten.'

Jij ook hallo. De verbinding is deze keer helaas kraakhelder. 'We hebben een berg beklommen in de Atlas en dat duurde langer dan we dachten.'

'Dan had je toch daarna kunnen gaan?'

'De planning liep anders en ik wilde ook op tijd in Tanger zijn.' Moeiteloos vliegen de leugens mijn mond uit. Ik voel me er niet eens schuldig over.

'Wanneer vlieg je terug?'

'Zaterdag.'

'Vanuit welke stad?'

'Marrakech.'

'Je moet dus terug naar het zuiden? Dan kun je op de terugweg langs Kenitra.'

'Ik weet het nog niet. Als ik het weet, ben je de eerste die het hoort. Was er verder nog iets? We zitten namelijk te eten.'

Hij neemt geïrriteerd afscheid. Ik wil de hoorn erop gooien, maar moet het doen met de muis, waar ik dan maar heel hard op druk. Voor extra effect til ik 'm op en laat 'm met een klap neerkomen.

Na jaren afwezigheid zeggen we voor het eerst tegen elkaar wat ons dwarszit, alleen verhullen we de conversatie onder een ruzie over een reisplanning. De echte woorden zitten muurvast onder een dikke laag verdriet en onvermogen. En die laag is zo dik dat geen van ons tweeën weet hoe we onze gesprekken daarvan kunnen ontdoen. Het is als honing aan een vinger. Of eigenlijk pek, want het is zwart en zwaar. De ongewenste tranen weten zich naar buiten te persen. Ik huil zoals ik kreun als ik weet dat ik gehoord kan worden. Vlak voordat mijn tranen gedroogd zijn, steekt Hassan zijn hoofd om de deur om te kijken of alles goed gaat.

In de keuken gaan we verder met eten en mijn vader zit als een onvervalste roze olifant bij ons. Sterker nog, hij zit boven op de tafel. Op dat moment voegt mijn Franssprekende neef zich bij ons om de rest van de maaltijd met ons te nuttigen. Mijn tante praat in het Marokkaans met hem. Ik vermoed dat ze hem even bijpraat over de ongewenste gast aan deze tafel. We kunnen er niet omheen. Ook Hassan niet en hij begint te vertellen. Hoe moeilijk hij het vond om mij nog nooit in het echt te hebben gezien. Ik ben het eerste kleinkind van zijn moeder, hét nichtje waardoor hij voor het eerst oom werd. Hij heeft mijn vader gesmeekt en daarna gesommeerd om ervoor te zorgen dat ik naar Marokko zou komen. Hij is heel lang boos geweest op mijn vader, zijn vrouw en de rest van de familie vanwege de manier waarop ze alles hebben aangepakt. Hoe ze het hebben aangepakt vertelt hij er niet bij.

Mijn neef tolkt braaf zoals een echte tolk dat doet; na elke zin praat hij Reyn en mij bij. Imane mengt zich meerdere keren in het gesprek, maar na alles wat zij zegt, voeren mijn oom en neef eerst een kort gesprek voordat mijn neef begint met vertalen. Ik maak weer mee, zoals eerder bij mijn vader thuis, dat er buiten de mondelinge conversatie een compleet ander gesprek wordt gevoerd met de ogen. Als ik bij Reyn erop aandring om door te vragen, sluit mijn oom zijn ogen en perst hij zijn tranen naar binnen. Stilzwijgend gaat hij van tafel.

Zodra Hassan zich heeft hersteld, stelt hij voor om er even op uit te gaan. Als we allemaal – met uitzondering van Imane, die thuisblijft, en mijn neef, die teruggaat naar zijn vrouw en zijn kind – in de auto zitten, blijkt dat het uitje te zijn: een ritje in de auto. Hassan rijdt door de buurt en stopt om ons de gelegenheid te geven om foto's te maken door de voorruit. Omdat ze hier niet aan straatverlichting doen en we niet uitstappen vanwege de regen is door de natte ruit en het gebrek aan licht dat wat hij aanwijst niet te onderscheiden van de omgeving. Reyn meent uit zijn woorden op te maken dat het om een overheidsgebouw gaat. Het gemeentehuis? Het politiebureau? Mijn vaders oude school? De school van zijn kinderen? Ik besluit op dat moment om te stoppen met vragen stellen.

Hassans huis heeft twee zitkamers. Een gewone kamer en een pronkkamer. Tot nu toe zijn Reyn en ik nog niet in de mooie kamer geweest. Zo bijzonder is mijn komst dus ook weer niet. Bij thuiskomst blijken we in die kamer te mogen slapen. Reyn aan de ene kant van de bebankte muur en ik aan de andere kant. In de ruimte tussen onze hoofden worden kussen neergelegd zodat we niet naar elkaar kunnen kijken als we liggen. Om ervoor te zorgen dat we ons écht niets in ons hoofd halen, krijgen we allebei een levensgroot condoom aangereikt in de vorm van een djellaba. De kamer grenst aan de gewone zitkamer. Als extra seksbeperkende maatregel slaapt mijn oom op de bank in de aangrenzende kamer, zie ik als ik het licht uitdoe.

'Ik durf je niet eens een kus te geven,' fluister ik.

'Hoezo niet? Kom hier jij.'

'Nee!' fluister ik hard zonder mijn stem te verheffen. 'Hij ligt daar op de bank, hè?'

‘Echt?’ proest Reyn uit. Hij kan deze vorm van anticonceptie ook maar moeilijk geloven.

‘Yep, hij ligt daar als een waakhond, om de eer van zijn ongetrouwde nichtje te beschermen.’

‘Nou, dan kan hij net zo goed naar zijn eigen bed gaan, van die eer van dat nichtje heb ik de afgelopen maanden weinig overgelaten,’ lacht hij. Ik herken de toon in zijn stem. Ik zou ook wel willen, maar de omstandigheden werken niet in ons voordeel.

‘Kan ik het maken om morgen al weg te gaan?’ Ik voel tranen prikken. De binnenkant van de enorme mouw van mijn djellaba blijkt een goed afveegdoekje te zijn.

‘Morgen is te vroeg. Dit is de overweldiging van de eerste dag. Ga maar slapen, Nad. Morgen weer een dag.’

‘Zeg dat wel, ja. Juist omdat er morgen weer zo’n dag komt,’ zucht ik half vermoeid, half huilend.

‘Niet te snel weglopen. Je wilde wat ontdekken, ontdek het dan ook. En als die ontdekking niet leuk blijkt te zijn, dan is dat je ontdekking. Maar trek die conclusie niet te snel.’

‘Ja, ja…’

Ik hoor mijn oom snurken. Zou dit zijn idee zijn of zit mijn vader hierachter? Maakt niet uit. Ik zoek naar iets positiefs om mee in slaap te vallen en bedenk dat het van mijn familie wel heel modern is dat ze ons samen laten slapen. Ik had ook bij Imane in bed gestopt kunnen worden.

‘Je hebt dit nodig, let maar op,’ vult Reyn nog aan. Ik hoor dat hij zich omdraait. Zijn gezicht is van me afgekeerd, zijn ademhaling klinkt zachter, en verder weg. Ik wil niet aan morgen denken, maar morgen laat zich niet wegslapen. Of ik haar nu wel of niet nu de ruimte geef, ze is er toch.

Ik hoor gescharrel in huis, maar houd me slapend. Deze dag mag nog niet beginnen. Het is te vroeg en te veel gevraagd om weer te moeten opzitten en praten zonder connectie. Ik durf niet over de stapel kussens te kijken om te zien of Reyn al wakker is. Bang dat net op dat moment iemand langs de deuropening loopt en ziet dat ik me opricht. Ik veins slaap. Ik val ook weer in slaap, maar dat merk ik pas zodra ik weer wakker word.

Reyn zit naar me te kijken. 'Met die jurk aan zou je hier kunnen blijven. Het klopt wel. Qua uiterlijk dan. Verder pas je hier niet.'

'Dat is mijn lot: nergens passen. Dat heb ik maar te dragen. Ik weet ook niet hoe. En waar ga ik heen als er oorlog uitbreekt?'

'Dan pakken we gewoon een bootje. Beetje zeilen, beetje krikken, beetje vissen. Tot we de plek vinden waar we allebei welkom zijn. Het withoofd en de mokka.' Ik lach en baad in zijn blik. Dit is niet de blik die ik altijd krijg. De blik die ik ken is de manier waarop hij kijkt tijdens het neuken. In de uithoeken van de intimiteit kom je een hoop verrassingen tegen, want die blik kent twee varianten: bewondering of overheersing. Dit is een nieuwe blik, alsof hij me voor het eerst ziet. Hij lijkt op een bruidegom die voor het eerst zijn bruid ziet en zeker weet dat hij de juiste keuze maakt. Dit is de blik waar ik altijd naar op zoek ben. Vol trots, adoratie, liefde. Dit moet de blik zijn waarmee ouders voor het eerst naar hun kind kijken. Nou ja, de ouders die niet daarna weglopen.

Voordat ik antwoord kan geven, gaat de gong naar mijn ondergang weer af. Het skype-geluid dat door gisteren al zijn leukheid heeft verloren. Voorheen gaf het me altijd een blij gevoel. Alleen een oud-studiegenote die terug naar Argentinië is gegaan belt me op die manier. Het getingel betekende afleiding, zoals ooit het roken van een sigaret op een werkdag me een excuus gaf om te kunnen lummelen. Die positieve lading is door mijn vader in één dag weggenomen. Bij andere huisgenoten heerst er nog het gevoel dat ik tot gisteren nog had. Zij zijn wel verrukt. Hassan roept me. Ik sleep me van mijn bedbank af. Op weg naar het volgende nekschot in de vorm van een nimmer aflatende stroom kritiek en betweterigheid.

'Kom je nu pas je bed uit?' Mijn vader moet getipt zijn. Dit is geen telefoongesprek, dit is een wake-upcall.

'Ja, ik ben kapot. De reis was zwaar en het is…'

'Dan moet je ook maar niet reizen en gewoon meteen naar je familie gaan,' is zijn voorspelbare antwoord. Zijn alle vaders zo voorspelbaar?

'Ja, had ik dat maar gedaan.' Ik val, beweeg mee. Louter meebewegen. Kijken wat er dan gebeurt. 'Het is nogal vermoeiend, omdat we elkaar moeilijk verstaan.'

'Jij wilt maar praten. Waar wil je over praten?'

'Elkaar leren kennen. Het is familie en ik heb geen idee wie deze mensen zijn.'

'Je bent er, daar gaat het om.'

'Dan ben ik er. Ik ben er zolang ik er ben.'

'Hoe lang ben je er? Tot zaterdag toch?' Het gesprek van gisteren is hij klaarblijkelijk alweer vergeten.

'Ik vlieg over zes dagen, maar we willen ook nog naar Fez en de woestijn in,' vertel ik vol enthousiasme.

'Hoezo? Wat wil je daar doen dan? Ik heb al gezegd dat al die plekken alleen voor toeristen zijn. Laat het toch.' Hij smakt mijn opwinding met een keiharde klap zo terug mijn strot in.

'Maar ik wil het zien. Ik ben hier nu.'

'Het heeft geen zin.'

'Voor mij wel. Ik ben hier niet om alleen familie te zien. Ik wil ook het land zien.'

Hij lacht schamper. 'Je bent toch in het land? Wil je achter elk hoekje kijken? Doe je dat in Nederland ook? Het is overal hetzelfde. Je gaat naar Marokko voor familiebezoek, niet om de bomen te bekijken.' Ik hoor aan zijn toon hoe zelfingenomen hij is over zijn eigen opmerking. Daarom is zijn pens zo dik. Daar zit zijn enorme ego zich veelvuldig te verkneukelen over zijn eigen geestigheid en met elke geslaagde grap laat hij zijn ego groter worden.

Ik zie zijn hoofd op het kleine schermpje onderin. Hij ziet mij. Ik kan dus alleen semi-neutraal naar Reyn kijken. Reyn zit naast me, op het onderste bed van het stapelbed. Dubbelgevouwen, omdat hij te lang is om rechtop te zitten. Allebei zitten we in een oncomfortabele positie. Hij kan eruit wanneer hij wil, ik zit hier voor altijd aan vast. Het toonbeeld van wat vaderschap niet moet zijn. Afwezig en bij aanwezigheid autoritair. Ga dan maar weg, ik had toch al niets aan je.

'Voor mij is het niet overal hetzelfde, dus ik ga.'

'Goed,' bromt hij. 'Maar wanneer ben je dan in Kenitra?'

'Ik kom alleen nog in Fez en Marrakech als we terugvliegen.' Verkeerd antwoord. Verkeerde gedachtegang. De stilte vlak na het afgaan van de atoombom wordt door mijn vader verbroken: 'Dat kan niet. Je moet naar Kenitra; je tante verwacht je.'

'Dat is de zus van je vrouw, toch?'

'Ja, je tante,' bevestigt hij op zijn manier mijn vraag.

'Daar kom ik dus niet meer. Helaas.'

'Maar het is familie,' zegt hij boos en vermoeid. Ik herken de toon, die ook voortdurend in mijn stem zit. We klinken als een echtpaar dat op elkaar is uitgekeken.

Het mooie aan de Marokkaanse cultuur is dat iedereen die middels een huwelijk aan elkaar verbonden raakt direct wordt gezien als familie. In essentie een heel mooi gegeven. Dat achterlijke gedoe zoals wij dat kennen met termen als de koude kant en de bijbehorende schoonmoedergrappen heb ik nooit begrepen. Maar goed, ik kom uit een zeer kleine familie, dus ik heb sowieso weinig kaas gegeten van familiebetrekkingen. Dat mijn vader dus verlangt dat ik bij de zus van zijn vrouw langsga is niet gek vanuit zijn perspectief. Die zus van zijn vrouw is zijn zus geworden. Maar ik leef vanuit mijn perspectief. 'Je moet mensen geen beloftes doen namens mij als je niet zeker weet of ik ze ga nakomen.'

'Dan reis je gewoon om. Dat kan makkelijk.'

'Ik ga er wel even over nadenken,' zeg ik om van zijn gezeur af te zijn. Ik zeg dat ik moet ophangen, omdat ik me moet douchen. Wat er ook gebeurt; ik ga hier morgen weg.

Als ik klaar ben met douchen en Reyn fris en goedlachs bij me op de bank komt zitten na zijn douchebeurt, kan ik hem eindelijk weer gebruiken om enigszins met mijn oom te communiceren. Misschien is de taalbarrière ook wel een voordeel, dan valt het niet zo op dat we elkaar niet zoveel te vertellen hebben.

'Ik heb hem net laten weten dat we graag de medina in willen, maar hij wil niet dat we alleen gaan. Een van je neefjes moet mee.'

'We mogen alleen met een chaperonne van zestien jaar met wie we niet kunnen praten? Dat kan er ook nog wel bij,' zeg ik zonder mijn chagrijn te opzichtig te laten doorklinken.

'Als ik hem moet geloven is Tanger de meest criminele stad van Marokko en overleeft geen toerist een bezoek. Iedereen raakt hier zijn tas, zonnebril, telefoon, nieuwe schoenen en zijn vertrouwen in de goedheid van de mens kwijt.'

We accepteren het, gaan niet in discussie en dus lopen we een halfuur later door Tanger met mijn puberneefje als gevangenisbewaarder. Mijn bewaker spreekt geen Frans, Spaans of Engels. Stilzwijgend naast elkaar lopen is dan niet ongemakkelijk, maar een noodzakelijk kwaad. Hij probeert ons richting de winkels te mennen. Ik wil naar het busstation om een ticket voor morgen te kopen. Mij bekruipt het gevoel dat mijn neef instructies heeft gekregen om te voorkomen dat we de felbegeerde buskaarten bemachtigen.

Neef Hamsa is de belichaming van het Zwaan kleef aansprookje. Hij blijft steeds op maximaal twee meter afstand om me heen cirkelen als een storende bij, die zich niet weg laat meppen. Ik lijk zijn gijzelaar. Het enige moment dat hij even buiten mijn intieme zone verkeert, is als hij aan het loket op het busstation, waar ik al ben weggelopen, iets vraagt. Zou hij navragen voor welke dag ik buskaartjes heb gekocht? Of ben ik inmiddels paranoïde aan het worden? Hopelijk vraagt hij het voor zichzelf, omdat hij een ontsnapping aan het voorbereiden is. Als ik hem was, zou ik hier ook weg willen.

Hamsa is er trouwens niet minder aardig om. De jongen doet ook alleen maar wat hem is opgedragen en het deert hem waarschijnlijk totaal niet wat die volwassen nicht uit Nederland allemaal wel of niet doet om aan de familieverwachtingen te voldoen. Met handen en voeten lijkt hij ons duidelijk te willen maken dat we ergens heen gaan lopen. Nu ik mijn tickets in mijn bezit heb, vind ik zijn initiatief prima. Alles beter dan weer uren op een bank voor de Marokkaanse televisie doorbrengen en het geblaf van mijn vader aan te moeten horen.

Het blijkt een bezoek aan een buurthuis te zijn waar kunstwerken te zien zijn. Ik moet het maar zien als een lief gebaar: ze weten vast van mijn vader waar mijn interesses liggen. Het begrip 'kunstwerken' is hier erg rekbaar. Mij wordt niet duidelijk door wie de kunstwerken zijn gemaakt, maar ik vermoed dat we hier de resultaten van de knutselmiddag van de lokale mongolen aan het bekijken zijn. Ik wil het liefst huilen van het lachen, maar de tranen die zich uit mijn ogen weten te persen nemen verdriet mee naar buiten. Wat is dit nu voor familiereünie? Ik loop met een neef met wie ik geen woord kan wisselen een obligate tour door een stad af te leggen, waar ik niet eens alleen doorheen mag lopen. Ik kan met niemand communiceren. Mijn oom heeft gisteravond een tipje van de sluier die mijn vaders verleden maskeert opgelicht, maar maakte met het weglopen duidelijk dat het gesprek daarmee was afgerond. Mijn vader en ik verkeren in een permanente staat van ruzie. Wat zou ik het graag op een lopen zetten. Gewoon wegrennen van alles wat me niet aanstaat. Als we weer buiten lopen, koopt mijn neef een pakje papieren zakdoeken en geeft het aan mij. Hij lacht subtiel, maar beschaamd. Ik wil graag geloven dat hij het familiejuk herkent.

Ik kan jaloers worden als ik Reyn hoor praten over zijn familie. De liefde, het wederzijds respect, de waardering en het begrip doorspekken alle woorden. Zijn gezin is gebouwd met kwaliteitsstenen en die stenen zijn met het juiste cement met elkaar verbonden. Onder dat bouwwerk is een solide fundering van een normale club mensen geplaatst. Geen trauma's die er in drie generaties langzaam uitgefaseerd moeten worden. Een geslacht van leuke, ongecompliceerde, knappe en intelligente mensen. Mijn familiebanden daarentegen zijn mijn aangeboren afwijkingen waar ik de rest van mijn leven aan vastzit.

'Papa, ga ik ooit jouw dochter worden?'
'Je bent mijn dochter al.'
'Dat ben ik niet. En ik ben bang dat ik het ook nooit ga worden. Hoe hard ik ook mijn best doe. Ik zal nooit jouw dochter worden en jij nooit mijn vader.'
'Doe jij je best dan?'
'Ik doe wat ik kan. Papa, doe jij je best?'
'Ik vind van wel.'
'Papa, denk je weleens: was ik er maar vanaf het begin bij geweest?'
'Jij denkt dat ik alleen maar je vader kan zijn door er te zijn.'
'Er is toch geen andere manier?'
'Ik heb vijfentwintig jaar elke dag aan je gedacht.'
'Maar dat maakt je niet tot mijn vader. Je hebt waar-

schijnlijk ook vijfentwintig jaar naar mijn babyfoto's gestaard, ook daar heb ik niets aan gehad.'

'In onze cultuur zien we dat anders. Zet je Nederlandse bril eens af. Je bent een Marokkaanse.'

'Ik ben Nederlandse.'

'Dat ben je ook.'

'Dat deel ben ik meer. Jij gaat voorbij aan het deel dat mij het meest heeft gevormd. Je claimt een deel dat er helemaal niet is. Ik ben in Nederland compleet Nederlands opgevoed. Op mijn achttiende at ik voor het eerst couscous!'

'Dat maakt niet uit. Marokkaan ben je in je hart, dat zit in je genen.'

'Ik ben Nederlandser dan jij denkt.'

'Welnee, dat zie je verkeerd.'

'Papa, jij ziet wat je wilt zien.'

'Jij ook.'

Vanavond eten we met de hele familie bij mijn oom Abu. Daar zijn dan ook mijn tante en nog twee ooms. Wie wie is en hoe iedereen heet duizelt me. Alles slokt me op, ook het logeren. Het niet in mijn eigen huis zijn, maar me constant moeten aanpassen aan de regels van anderen. Het is te veel aanwezigheid, te veel aandacht, te veel op mijn tenen lopen, opzitten en lachen en koekjes krijgen als beloning. Overdreven beleefdheden maken dat alle ontspanning die er mogelijk zou kunnen zijn op slag verdwijnt. En laat ik nu ook nog een broertje dood hebben aan overdreven beleefdheden. Logeren doet me inzien hoe onaangepast ik werkelijk ben. Niet dat ik ruftend en boerend door het huis loop in mijn oudste kleren terwijl er altijd wel ergens een deel van mijn beha zichtbaar is. Maar tijdens het logeren wordt pas duidelijk hoe weinig vrij ik ben in andermans huis als het bezoek langer duurt dan een sociaal geaccepteerd aantal uren.

Als het uur wachten op de bank erop zit, lopen we naar het huis van mijn tante. Of zij nu de zus van mijn vader is of haar man de broer van mijn vader vraag ik niet eens meer. Het maakt hier allemaal niets uit.

Het huis heeft mijn tante zelf laten bouwen. Nou ja, bouwen… Er zijn vier prefab betonwanden op een fundering geplaatst en daartussen is een maas van wandjes gezet. De aannemer is duidelijk nog niet klaar getuige de onafgewerkte muren, loshangende stopcontacten en ontbrekende deurposten en deuren. Toch eten we vanavond hier, want mijn tante is de enige met een huis waar veel mensen tegelijk in kunnen.

In de woonkamer hangen de stopcontacten nog uit de muren en ligt er nog geen vloer, maar de bank is al neergezet. De kamer is inderdaad enorm. Nadat ik uitvoerig ben bekeken, beknepen en omhelst neemt iedereen plaats. Reyn en ik komen naast een aangetrouwde oom te zitten.

Ik vond hem qua uiterlijk al afwijken van de rest en zodra we met hem in gesprek raken, snap ik waarom; mijn Marokkaanse tante is getrouwd met een Spaanse man. In deze familie mag er dus wel buiten de eigen soort worden getrouwd. Mijn vaders vertrek kan dus niets te maken hebben gehad met de nationaliteit van mijn moeder. Als niemand me iets vertelt, moet ik de puzzel zelf maar zien op te lossen.

Mijn oom heet Olegario. Zijn huid is wit, zijn haar zwart en zijn handen zijn zo onvoorstelbaar groot dat hij daarmee mijn hele gezicht zou kunnen fijnknijpen. Hij ligt in zijn djellaba languit naast ons. Hij sluit de rij, er is niemand naast hem gaan zitten. Zijn Spaans is zoals het moet zijn en dus kan Reyn na dagen van onmogelijk vertaalwerk eindelijk op een fatsoenlijke manier een gesprek voeren. Kan hij überhaupt weer een gesprek voeren. Wij proberen namelijk in het bijzijn van familieleden zo min mogelijk te praten. Anders mengt iemand zich weer in het gesprek en raken we weer verzeild in een moeizame vertaalsessie waarbij meer dan de helft van wat gezegd wordt toch niet doorkomt.

Mijn oom blijkt een nogal uitgesproken type te zijn. Hij is een bekeerde moslim. Ik heb weleens gehoord dat mensen die zich vrijwillig tot een geloof bekeren vele malen fanatieker zijn dan mensen die ermee zijn opgegroeid. Of het nu katholieken, joden, gereformeerden of moslims zijn; vrijwillige bekering op latere leeftijd gaat gepaard met een ander soort overtuiging. Vast een raar soort bewijsdrang, omdat je meent een achterstand in te moeten halen.

'Eigenlijk horen we meer bij Europa. We zijn veel witter en beschaafder dan al die mensen aan de andere kant van de Sahara. Die natuurlijke scheiding is er niet voor niets,' zegt hij bloedserieus.

'Ik las inderdaad dat de Berberbevolking veel lichter is, en dat ze zelfs oorspronkelijk uit Spanje en misschien zelfs wel Italië komen,' gaat Reyn mee in het verhaal van mijn oom terwijl hij vertaalt wat mijn oom zegt.

'Dat klopt, jongen,' zegt Olegario tevreden lachend en hij geeft Reyn een harde klap op zijn schouder. 'De Berbers wilden eigenlijk helemaal niet Arabisch worden, wist je dat? Ze hebben zich heel lang verzet, gevochten als wilde dieren. Maar ja…'

'Maar ja wat?'

'Ze moesten het wel toelaten. Ze werden gedwongen. Anders zouden ze worden uitgemoord. Afgeschoten als rondrennend wild. En nu is er geen weg meer terug en zijn we erin meegegaan en nu behoren we tot de groep die de wereld gaat overnemen.'

'Denk je dat?'

'Lees je geen kranten in Nederland? Je ziet het toch gebeuren. Wees maar blij dat je vrouw een moslim is, dan zit je goed.

Ben jij al moslim geworden?'

'Nee, nog niet.'

'Daar zou ik niet te lang mee wachten. Hoe lang zijn jullie nog hier? Misschien kan het hier al in de moskee van Hassan. Het hoeft trouwens niet eens in de moskee, bedenk ik me net. Je hoeft alleen maar met overtuiging je geloof in Allah uit te spreken. Geloof je in Allah?'

'Daar heb ik nog niet over nagedacht, maar dat gaat me niet meer lukken voor ons vertrek. We gaan namelijk morgen weer op pad.'

'Morgen? Maar jullie zijn er net!'

'We willen ook nog rondreizen voor we terugvliegen?'

'Wanneer vliegen jullie dan terug?'

'Zaterdag,' zegt Reyn in al zijn eerlijkheid.

'Nou, dan hoef je vrijdag pas weg. Kun je nog langer bij je familie blijven en de laatste dag rondjes rijden.'

Als Reyn aan mij het laatste deel van de conversatie vertaalt, richt mijn oom zich op en roept in het Marokkaans iets door de kamer. Eerst valt iedereen stil om zich vervolgens over te geven aan een geluidsuitbarsting die extra hard klinkt doordat de akoestiek in de onafgewerkte kamer verschrikkelijk is. Het geluid is schel en kaatst van muur tot muur tot plafond terug tot de vloer om te eindigen als getetter in mijn oor. Iets zegt me dat ik heel blij moet zijn dat ik het niet kan verstaan. Ik kijk Reyn aan: 'Sorry, ik vrees dat de pleuris zojuist is uitgebroken en ik vind het echt heel rot voor je dat jij ons hieruit moet redden.'

'Laat mij dit maar oplossen,' zegt hij zelfverzekerd. 'Niets te verliezen, weet je nog?'

Ja, ik weet het nog. Als het verschrikkelijk zou zijn, zou ik gewoon de boot naar Andalusië pakken en als het allemaal op een grote teleurstelling zou uitlopen, dan had ik het in elk geval uitgezocht. Ik had niets, dus heb ik ook niets te verliezen.

Reyn mengt zich in het groepsgesprek dat vervolgens ontstaat. En met behulp van mijn Spaanse oom en Franse neef lijkt het zowaar een echt gesprek te worden.

Ook al verwachten zij dat ik blijf tot het tijd is om terug naar huis te vliegen, ik moet dit doorzetten. Ik kan niet langer blijven zitten, gevangen in hun verwachtingen. Het uitleggen gaat niet en heeft geen zin. De taalkloof is onoverbrugbaar, maar er is meer dat echt contact in de weg staat. Ook hier wordt niet gepraat. Word ik niet geacht een mening te hebben, om mijn eigen koers te varen.

Ze moesten eens weten... Mijn nichtjes mogen niet werken, ik werk al jaren en ben eigen baas. Baas over alles wat met mij te maken heeft. Ik ben ongetrouwd. Ik loop alleen over straat, overdag en 's nachts. Nuchter of in laveloze toestand. Ik ben grof in de mond. Ik richt mijn leven in zoals ik dat wil, wars van de verwachtingen van anderen. Ik vraag me af en toe zelfs af of mijn Nederlandse familie dat begrijpt, dus laat staan deze traditionele groep mensen. Ik doe wat ik wil omdat ik dat wil. Binnen deze familie doet iedereen wat-ie wil omdat de familie dat wil. Ik ben te eigengereid, te vrij, te kritisch, te uitgelaten. Hier ben je in eerste instantie een lid van de familie, dan een vrouw en pas als laatst een individu. Maar ik ben Nadia, daarna een vrouw en als laatste een lid van een familie.

Zo buitenlands als ik me altijd heb gevoeld, zo Nederlands voel ik me nu. Ik was niet buitenlands, ik was gewoon anders. Altijd en overal, maar vooral hier. Vrouw gaat naar Marokko om haar Marokkaanse wortels te vinden en komt erachter dat die wortels er nooit zijn geweest.

De sfeer in de kamer blijft de rest van de avond gespannen. Ik zit te wachten op het moment dat mijn vader belt, maar hij blijft weg.

Als we 's avonds teruglopen naar huis zijn Hassan en Imane druk in gesprek. Ik zie verhitte gezichten, dit is duidelijk een echtelijke ruzie. Mijn oom laat het beslissende woord vallen, want Imane is ineens stil. Ze kijkt me aan en ik zie dezelfde geslagen-hondblik als ik een paar maanden geleden bij mijn vader zag. Mijn oom loopt in stilte verder. Het is geen drukkende stilte, er gaat berusting van uit.

Reyn en ik zitten de dag erna met onze spullen in de auto van Hassan. Hij gaat ons naar het busstation brengen. Imane komt naar de auto toe gelopen. Ze stond al buiten, maar was weer naar binnen gegaan om een tas te pakken. Indringend kijkt ze me aan. Ik meen trots in haar ogen te lezen. Trots dat ik hiervoor kies. Tegen de wil van iedereen in. Dat ik de keuze maak die zij maar wat graag zou willen maken, maar nooit zal kunnen maken. Zij snapt dat ik langzaam stik. Haar blik is mijn bevestiging.

Haar hoofddoek zit zoals alle dagen loeistrak en zonder een enkel plooitje om haar hoofd. Die ene flits waarin ik haar even zonder doek zag, blijft me doen afvragen hoe ze eruit zou zien zonder die lap om haar hoofd. Laat zij zich die doek opleggen of wil ze het zelf? Ik ging hierheen met zoveel vragen en heb nauwelijks antwoorden gevonden. Alleen maar meer vragen. Reyn zei gisteravond dat ik de verkeerde vragen heb gesteld. Dat ik überhaupt niet met vragen had moeten komen. Dat vragen verwachtingen scheppen en daar heb je dan alleen jezelf mee.

In haar handen draagt Imane een plastic tasje vol eten. Ik weet dat het eten is, omdat de pakketjes net zo zijn ingepakt als bij de toko. Met een paar ferme passen is ze bij de auto. Ze gebaart mij het raam omlaag te draaien en duwt daarna het voedselpakket in mijn handen. Het is nog warm. Ze legt haar mollige handen op mijn wangen en spreekt een korte zin uit. Haar ogen hebben mijn blik nog geen moment losgelaten. Ze wijst naar het pakketje op mijn schoot en knikt naar mij. Dan lacht ze naar Reyn en wijst opnieuw naar het voedselpakket.

Ze gaat bij de rest van de familie staan om ons uit te zwaaien. Mijn wonderlijke tante. Al die dagen zei ze niets en nu probeert ze met haar ogen en gebaren iets te zeggen, maar ook dat begrijp ik niet.

'Dag allemaal, wie weet tot ooit, wie weet tot nooit,' roep ik mijn familie toe. We zwaaien tot ze uit het zicht zijn. Ik zou graag opgelucht adem willen halen, maar mijn oom mag niet merken dat ik blij ben.

'Dit is het dus,' zeg ik tegen Reyn.

'Laten we het hierover hebben als we in de bus zitten.'

'Hij verstaat het toch niet.'

'Nee, maar hij mengt zich de godganse tijd in het gesprek en als wij niet praten, houdt hij hopelijk zijn klep dicht.'

Oom huilt weer. Het is vast omdat het voorbij is. Ik kan ook wel janken. Ik speel dat ik met pijn in mijn hart afscheid neem. Eindelijk is de gemankeerde communicatie in mijn voordeel.

Bij aankomst bij onze bus ratelt Hassan er weer lustig op los. Het verdriet is voorbij of weggestopt. Hij debiteert vast allemaal goedigheden in de trant van altijd welkom, mijn hart loopt over, heel snel weer, een stuk van mijn hart weer teruggeplaatst. Reyn worstelt zich er omhelzend doorheen. Ik ook. Om mezelf iets om handen te geven houd ik Imanes voedselpakket nog steeds vast. Hopelijk zitten er duizend-gatenpannenkoeken in. Die van haar waren de beste die we tot nu toe hebben geproefd. Het enige dat ze lekker kon klaarmaken. Een laatste omhelzing, een laatste zwaai.

'Goed, waar was ik: dit was het dus?' zeg ik zodra we in de bus een plekje hebben gekozen.

'Ja,' zegt hij kordaat en hij pakt mijn hand vast. 'Meer zat er niet in. En hoeveel het misschien had kunnen zijn, blijft voor altijd hier. Verloren gegaan door mijn belabberde vertaalkunsten.'

'Troost je, daar kun je gerust het niet durven stellen van alle vragen bij optellen.' Ik zwaai nog een laatste keer naar oom. Hij blijft wachten tot de bus het busstation uit is gereden. 'Wat is dat, dat je mensen heel veel wilt vragen, maar de omstandigheden je ervan weerhouden?'

'Omdat je weet dat je eigenlijk te veel vraagt. En het zit 'm niet in die vragen. Ook zonder de vragen en antwoorden kun je verder, ook al denk je nu van niet.'

'Wat lul je? Wat weet jij? Met je ideale ouders,' zeg ik onbedoeld bits.

'Nad, het is niet mijn schuld.' Hij knijpt harder in mijn hand, maar ik trek 'm terug. Ik moet iets te doen hebben. Kijken wat Imane ons mee heeft gegeven. Ik schuif wat met de pakketjes en zie dat er een dubbelgevouwen vel papier in het tasje zit. Een oud briefje dat nog in het zakje zat? De napret van het lenen van een tas, het spoor van een ander. Dit is geen spoor van een ander. Het briefje is te nieuw, te ongekreukt. Ik haal het eruit.

'Zat dat erin? Het is er zo te zien net pas ingedaan. Wat staat er?'

'Zal ik het even voorlezen in vloeiend Arabisch? Grappenmaker.'

De bus naar Fez hobbelt voort. Geen stank deze keer, wel de alom aanwezige vettigheid die maakt dat ik zo min mogelijk aanraak. In de zak blijken inderdaad Imanes pannenkoeken te zitten, en haar vieze koekjes. Heel veel vieze koekjes.

Het liefst maak ik een rondje door de bus om te vragen of iemand mijn brief kan vertalen. Mag niet van Reyn. Hij zei dat ik me moest bedenken dat er wellicht bekenden van mijn familie in de bus zitten en we geen idee hebben wat er in die brief staat en dat iedereen hier iedereen kent. Hij heeft een punt. Het is namelijk best een lang verhaal. Geen kattenbelletje waarin Imane laat weten dat ze het zo gezellig vond om samen een paar dagen tegen elkaar te zwijgen. Of dat ik snel weer terug moet komen.

'In Fez zijn in de jaren zeventig veel Europeanen neergestreken en blijven hangen. Daar vinden we echt wel iemand die kan vertalen.'

'Misschien wil ze me alleen maar de les lezen. Dat ik te kort bij de familie ben geweest. Te weinig van haar eten heb gegeten.'

'Ja, en dat je een slechte moslim bent,' gaat Reyn verder. 'Omdat je niet meedoet aan de ramadan en je met je ongetrouwde vriendje ligt te pompen. Nad, stop met invullen. Die mensen waren alleen maar blij dat je er was.'

Hij eet het laatste stuk van Imanes pannenkoek op en veegt zijn handen schoon aan zijn broek. We zijn vrij van publiek en worden direct weer ons onaangepaste zelf.

Als ik uit het raam kijk, zie ik dat er een kraai naast ons vliegt. Op dezelfde koers als onze bus, mee met mij. Ik wijs Reyn op het beest. Lachend kijkt hij de kraai na, die op dat moment de route van de bus laat voor wat het is en uit het zicht verdwijnt.

'Je doet het hartstikke goed, Nad, met je kraaiennestje in je hart. Je komt er wel. Ik zweer het op de kraai.' Hij sluit zijn ogen en lacht door zijn gesloten oogleden heen naar mij. Zijn teken om me tot stilte te manen.

Ik leg mijn hoofd op zijn schouder en zeg tegen mezelf dat hij gelijk heeft. Ik doe het best goed, ik kom er wel. Hij is er al. Die schouder is mijn troost. Wat er ook tussen ons gebeurt, als die schouder maar blijft. Vaderloos meisje zoekt schouder, vindt schouder en zou dan klaar moeten zijn. Maar ik ben nog niet klaar.

Vlak voor we in Fez zijn, begint Reyn weer voor te lezen uit de gids. Hij vindt waarschijnlijk dat ik het moet weten, dat ik de kennis over mijn land tot mij moet nemen. 'Fez is een van de koningssteden van Marokko en heeft een bewogen geschiedenis vol ruziënde Arabieren en architectonische hoogstandjes.'

'Staat dat er echt?'

'Nee, dat zijn mijn woorden.'

'Treffend. De stad is dus eigenlijk de belichaming van de relatie tussen mij en mijn vader.'

15

De brief van Imane brandt een gat in mijn zak terwijl we door Fez lopen, op zoek naar een plek om te slapen. Ik zou het liefst iedereen aanklampen om te vragen wie het kan vertalen. Reyn merkt terecht op dat we op zoek moeten naar een buitenlander die Arabisch spreekt en die niet bang is om gevoeligheden eerlijk te vertalen. Mijn onderbuik roert zich veelvuldig. Ze vertelt me dat dit niet zomaar een brief is. Maar hoe weet zij dat nou? Is zij objectief of laat zij zich van alles influisteren door mijn hoofd? De wensen in mijn hoofd. Zijn die zo sterk dat ze mijn onderbuik kunnen aansturen? De waarheid niet kunnen achterhalen doet iets raars met je. Je hebt niets, maar de wens om van het niets iets te maken, om duidelijkheid te krijgen, is irrationeel sterk. Het laat me niet los. Ik stel me voor dat een kinderwens zo sterk is. Of om het dichter bij huis te houden: de behoefte aan neukverdoving. Hij laat zich niet verklaren, maar hij is er en maakt dat ik aan niets anders meer kan denken. Het maakt me een onbetrouwbare, ongeïnteresseerde gesprekspartner. De helft van de informatie gaat aan me voorbij.

En waar blijven die voorouders met hun tekenen? Als ik zo welkom ben waarom sturen ze me dan niet ietsje meer een bepaalde kant op. Of zitten zij hierachter? Hebben zij Imane in haar slaap een boodschap ingefluisterd en heeft zij dat de volgende dag voor mij op een papiertje geschreven? Is dit precies wat er moet gebeuren om mij aan de waarheid te helpen?

Na die twee bezoeken aan Ariane vind ik niets meer ongeloofwaardig.

'Doen we een of twee nachten?' Reyns eerste zorg bij aankomst is altijd de slaapplek. Die van mij eten, maar ik ben gaan inzien dat hij gelijk heeft.

'Laten we beginnen met eentje. Straks heeft mijn vader gelijk en is het hier echt een enorme toeristenhel.'

'Doen we. En gaan we daarna een beetje rondvragen op straat of er hier buitenlanders wonen die ons kunnen helpen met vertalen en tussendoor wat eten. Ik heb echt zin in muntthee met koekjes en couscous,' merkt hij, ogenschijnlijk zonder spoor van ironie, op.

Reyns aanpak is precies wat ik me voorstelde van een vader. De man die zorgt dat de vrouwen in het gezin niet in penibele situaties terechtkomen. Ik heb in Reyn de vader gevonden die ik had willen hebben, zonder dat ik daarvoor een relatie moest beginnen met een oude vent met een hangzak. Ik zie dit in terwijl ik hier lig, op mijn bed in de door Reyn zojuist geboekte kamer. De bedden zijn goed, de kamer is schoon. Onze bagage is veilig, hij zit op de wc, we gaan zo eten. Zijn Frans is veel beter, dus hij voert voortdurend het woord en hij heeft veel meer reiservaring. Ik heb me aan hem overgegeven. Hij heeft geen last van al die emoties die de boel compliceren. Hij is gewoon in Marokko aan het zijn, als mens. Zonder banden, zonder krachten.

Ik mag deze man nooit kwijtraken. Hij is de afgelopen maanden mijn wortels gaan versterken, de wortels die mijn vader had moeten versterken. Reyn heeft voor elkaar gekregen wat mijn vader eigenlijk had moeten doen, maar nooit heeft gedaan. Als hij ooit bij me weggaat, ben ik bang dat hij die groei weer meeneemt. Dan ben ik het kwijt. Ineens huil ik, alles komt eruit. Alle opgebouwde ingehouden frustratie over het volslagen rare bezoek aan mijn familie. Hun rol, mijn rol.

De onmogelijkheid van mijn vader. Reyn schrikt als hij uit de badkamer komt en me als een gewond dier op bed ziet liggen. Snel komt hij naast me liggen en pakt me stevig vast.

'Soms lijk je wel het enige dat goed is in mijn leven. Het enige dat me redelijk makkelijk afgaat, omdat ik bij jou kan afkijken,' snotter ik tegen zijn borst.

'Ik heb toch vanaf de eerste dag gezegd dat je mij moest hebben als voorbeeld.'

'Heb je dat gezegd? Dat heb ik dan niet gehoord. Maar als je nooit iets goeds hebt gehad en je vindt het dan ineens, dan herken je het niet.'

En als je het eindelijk herkent, duikt er een grote angst op. Gratis en voor niets: de angst dat het goede ook weer verdwijnt, want goede dingen blijven nooit lang.

'Ik wist wel waar ik aan begon,' fluistert hij in mijn oor.

'Hoe kun je dat nou zeggen?' fluister ik terug, in zijn nek. We praten allebei zacht. Niemand mag dit horen. 'Hoe kun je dat nu zeggen terwijl je nog niet eens de helft weet? Je weet nog niet half hoe verrot ik ben.'

'Je maakt het te groot. Er is zoveel dat er niet toe doet,' zegt hij terwijl hij kalmerend over mijn rug wrijft. Ik ben zijn baby die troost moet hebben, wier huidhonger moet worden gestild. Mijn ontwikkelingsachterstand is niet in te halen. Ik ben zijn lelijkheid. Ik maak hem lelijk en hij ziet het niet en ik balanceer tussen die twee waarheden. Als ik hem de echte waarheid laat zien, ben ik hem kwijt. We blijven zeker een halfuur in elkaars armen liggen. Hij zwijgend, ik eerst nog snotterend, later rustig. Totdat de brief weer in mijn hoofd opduikt.

'Zullen we gaan? Ik word ineens heel ongeduldig en wil iemand vinden voor de brief.'

'We gaan,' zegt Reyn terwijl hij opstaat en meteen naar de deur loopt. *'Jalla, jalla, Nadia.'*

We hoeven niet ver te lopen, want ons hotel blijkt dicht bij veel restaurantjes te zitten. Als we er drie op een rij aan een klein pleintje vinden, laat Reyn mij de keuze. Ik kies de middelste. Niet te druk, niet te rustig en de stoelen zien er het comfortabelst uit. Tijdens de busrit heb ik lang genoeg op doorgezakte stoelen gezeten, nu geef ik de voorkeur aan comfort boven de kwaliteit van het eten. En dat eten is toch bijna overal hetzelfde. Reyn gaat meteen akkoord. Meestal laat hij mij voor de vorm de keuze, maar wil hij vaak nog even een stukje doorlopen. Nog even om het hoekje kijken of daar nog wat zit. Nu niet. Ik mag echt kiezen en hij luistert.

Terwijl Reyn de menukaart bestudeert speur ik de omgeving af. In eerste instantie kijk ik naar het langslopende publiek, maar dan zie ik dat ik door de omheining van bananenplanten ook op de twee aangrenzende terrassen kan kijken. Ik zie ze direct zitten. Een vlot, lief echtpaar van midden vijftig; het soort waar ik een radar voor heb. Mijn oog wordt er door mijn verlangens direct naartoe getrokken, ik ruik ze bijna. Alsof ik ze met mijn dierlijke instinct herken. Het gebeurt vaker. In musea, tijdens theatervoorstellingen, tijdens cateringklussen die me brengen bij de beter gesitueerde kunstzinnigen. Ik zie in zo'n stel geen ouder echtpaar, ik zie de ouders die ik had willen hebben. Dit echtpaar valt onmiskenbaar in die categorie. Ze komen zelfs hoog binnen in mijn top vijf.

'Wat denk je van die twee?' vraag ik aan Reyn terwijl ik subtiel knik in de richting van het aangrenzende terras. 'Duidelijk geen toeristen. Ik gok dat ze hier wonen, ooit arme hippies, nu hippies met geld.'

Reyn snapt subtiliteit als geen ander en kijkt naar ze zonder te laten merken dat ik heb gezegd dat hij naar ze moet kijken. 'Goeie! Zou me niets verbazen als hij iets met taal doet. Die pennen in zijn gilet verraden hem.'

'Ja!' val ik hem enthousiast bij. 'Dat dacht ik ook al.'

'Misschien wel docent Arabisch. Of journalist.'

Ik sta op en leg mijn menukaart op mijn stoel. De tafel staat te vol met miniatuurolieflesjes, kaarsjes en kruidenpotjes om de grote, zwarte leren, plakkerige kaart op te leggen. 'Wacht nog even met bestellen, ik ga vragen of ze Engels praten.'

Vragend kijken ze me aan als ik bij hun tafeltje sta. *'Excusez-moi madame et monsieur, parlez-vous anglais?'* Ze zitten op het beste plekje van het terras. Precies op de hoek waardoor dit tafeltje zicht heeft op het plein en je in het straatje dat op het plein uitkomt laat kijken. De enige plek op het terras met een bank. De rest van het terras zit op koperen bistrostoeltjes hun reet hard te laten worden. Dit is vast de plek waar ze altijd zitten.

'Yes, we do. Who wants to know?' vraagt de vrouw. Haar vraag suggereert gereserveerdheid, alsof ze vraagt 'Wat moet je van me en wie ben je?' maar haar grote, groene ogen verraden haar nieuwsgierigheid en haar vriendelijkheid. Haar uitspraak is zo correct als dat van de Engelse koningin, maar haar toon is vol warmte en humor. De man zegt niets, maar kijkt minstens zo verrast en nieuwsgierig. Haar stem ontsteekt een vredesvuur in mij, ik begin te gloeien van binnenuit. Dit klopt, dit zijn de mensen bij wie ik moet zijn.

'Well, I am Nadia,' begin ik, me ineens bewust van de nogal ongeloofwaardige uitleg die ik moet gaan geven als inleiding van mijn vraag. Ik besluit het lange verhaal achterweg te laten en me te focussen op de kern. 'Ik zoek iemand die een brief kan vertalen van het Marokkaans naar het Engels.'

'Bof jij even,' zegt de man, zeer blij en tevreden. Hij is docent Engels op een universiteit. Hij wil weten wat voor soort brief het is en waarschuwt meteen dat hij van juridisch taalgebruik geen kaas heeft gegeten.

De ideale ouders blijken nu ook nog mijn redders in deze

bijzondere kwestie te zijn. Ik vertel dat ik de brief heb gekregen van mijn tante uit Tanger, dat ik 'm niet kan lezen, maar moet weten wat erin staat. Omdat de tante tijdens mijn verblijf nauwelijks een woord heeft gezegd en vast een reden heeft voor deze brief. De geest is uit de fles. Het hele verhaal komt er zonder horten en stoten uit. Ondertussen sta ik nog steeds als een bedelend zigeunermeisje te dralen bij hun tafel.

'You poor thing, what an intensive journey this must be,' zegt de vrouw. Ze nodigt me uit om bij hen aan tafel te plaats te nemen en stelt zich voor. Ze heet Patricia, maar ik mag Pat zeggen. Hij heet Theo. Zijn 'Th' is voorzien van een hoop uitgeblazen lucht. Haar zwarte haar heeft ze zo hoog weten op te steken en vormt een onlosmakelijke kluwen haar dat ik me afvraag of ze het ooit loshaalt en kamt. Haar kaftan verraadt haar hippie- en/of kunstenaarsinborst. Of is dat geen 'en/of', maar een duidelijke 'en'? Haar sterke, ferme handen zijn de handen van een beeldhouwer of een pottenbakster. Versierd met dikke, zilveren ringen met enorme stenen in de kleuren nachtblauw en aquamarijn. Die laatste kleur is bij mij altijd het eerste op, het is de signatuur in mijn schilderijen. Ik wenk Reyn en neem plaats op de lege stoel tegenover de bank. Reyn stelt zich voor en neemt de laatste lege stoel in.

Pat pakt mijn hand en wenkt de ober. Nu weet ik zeker dat ze hier vaker komen en goede fooien geven, aangezien de ober direct komt aangesneld. Zonder Reyn en mij iets te vragen bestelt ze vier rode wijn, en vraagt of we mee-eten.

Ze blijken al achttien jaar in Marokko te wonen. Eerst in Marrakech, maar na een bezoek aan Fez wist Pat dat ze iets in deze stad te zoeken had. Ze zijn de belichaming van het beeld dat iedereen heeft van hippies die in de jaren zeventig richting Marokko gingen en niet meer terug zijn gekomen. Omgekeerde gastarbeiders. Daar waar mijn vader koos voor Europa, kozen deze mensen voor Afrika. Iets zegt me dat mijn vader ze voor gek zou verklaren.

'Mag ik de brief zien?' vraagt Theo als we de deksels van onze tajines oplichten. Heel even hangt er een muur van damp tussen ons in. Ik haal de brief uit mijn tas en vouw hem trillend open. Theo pakt hem aan. Pat pakt mijn trillende hand, Reyn legt zijn hand op mijn knie. Niemand is bezig met eten. De informatie die ik ga krijgen hoef ik niet alleen te verwerken, het lichamelijk contact met Reyn en Pat maakt me sterker. We vormen een menselijk schild tegen wat komen gaat.

Als Theo opkijkt van de brief zie ik meteen dat hij me niet kan helpen. Het is in een van de vele Berbertalen geschreven. Waarschijnlijk Tamazight, zegt hij. 'Dat is het slechte nieuws. Het goede nieuws is dat ik morgen bezoek krijg van een goede vriend van mij; hij is een linguïstieke Arabische duizendpoot. Ik kan alleen wat woorden herkennen zoals vader, familie en Allah.' Altijd maar weer Allah.

We spreken af dat Reyn en ik morgen in de namiddag langs zullen komen. Nu dit geregeld is, voel ik hoe de opluchting door mijn lijf stroomt. Deze mensen gaan mij helpen. Morgen kan ik het laatste puzzelstuk gaan leggen, dan komt alles goed. Deze keer echt.

We brengen de rest van de avond samen door. Pat vertelt over haar beeldhouwcarrière. Dat had ik dus goed ingeschat. Over haar ouders die er faliekant op tegen waren, maar op tijd inzagen dat hun dochter gemaakt was voor het ontleden van gesteente. Zo komen we als vanzelf op Reyns twijfel over zijn werk in de zaak van zijn vader. Is hij daar niet te vroeg gaan werken? En dan komen we toch uit bij die vader van mij. Hij was er mijn hele leven niet, maar hij duikt altijd in elk gesprek op. Pat wil weten of ik hem niet heb gemist.

'Waarom? Hij was er nooit en ik vraag me af of hij er ooit gaat zijn.'

'Misschien niet, nee, maar je hebt hem als kind toch wel gemist?' vraagt Reyn.

'Als je niet weet wat het is, kun je het ook niet missen,' zeg ik en ik negeer de echoënde leugen in mijn hoofd. Deze vraag wordt mij vaker gesteld. Meestal stopt het gesprek precies op dit punt. Het voordeel van zo'n beladen onderwerp als een afwezige vader is dat mensen er nooit lang over doorgaan. Ze weten zich geen raad met hun eigen ongemak.'En je fantaseerde ook nooit over hem? Over hoe het leven met een vader zou zijn?' wil Pat weten. Zij kent geen ongemak.

'Nee,' zeg ik gespeeld resoluut, 'dat deed ik niet. Achteraf gezien ook eigenlijk logisch, het zou ook zinloos zijn geweest om allerlei goede eigenschappen toe te schrijven aan iemand die ik toch mijn hele jeugd niet zou leren kennen.'

Wel stelde ik me voor hoe het leven zou zijn geweest met een andere vader. Met een leuke, lieve Nederlandse of Spaanse stiefvader. Dan had fantaseren tenminste zin, want het was theoretisch gezien mogelijk. Mijn moeder zou daadwerkelijk verliefd op die persoon kunnen worden. Dat lijstje stond vol met bekende mensen. Zoals er ongetwijfeld meisjes zijn die dromen over bekende sterren in de hoop er verkering mee te hebben, fantaseerde ik als kind over de ideale vader. Ik had een sterke voorkeur voor keurige types, de brave Nederlandse burgervader.

'Ik geloof je niet,' zegt Reyn.

'Het is toch zo? Jij hebt geen broer, dan weet je ook niet wat je mist?'

'Tuurlijk wel! Dat zie ik bij vrienden. Ik zie het in films, in boeken, overal. Ik heb wel een idee. Dat moet voor dochters en vaders precies hetzelfde zijn. Voorbeelden genoeg.'

'Nou ja, van de voorbeelden die ik had werd ik niet heel blij. De vaders van vriendinnen werkten alleen maar en als ze thuis waren, transformeerden ze tot op de bank zittende, zwijgende types. Dan mocht er niet meer in de woonkamer worden gespeeld, want vader wilde rustig kunnen zitten en/of lezen in zijn eigen stoel of op zijn eigen plek op de bank. Ook mochten we dan niet meer met onze voeten op de bank zitten. De televisie moest op een andere zender, want vader wilde sport kijken. Als hij een scheet of een boer liet, werd er niets van gezegd. Bij het dekken van de tafel bleek dit mannelijke überwezen een eigen plek aan tafel te hebben, waar niet van werd afgeweken.'

Ik was bang voor de vaders van vriendinnen. Alles aan ze was groot; van hun handen tot hun schoenen. Hun stemmen waren zwaar, hun aanwezigheid vulde het huis. Een paar vaders vond ik zó eng, dat ik zorgde dat ik weg was voordat de desbetreffende vader thuiskwam van zijn werk. Toen ik ouder werd vonden vaders altijd iets van de kleren die mijn vrienden en vriendinnen aanhadden, ze waren altijd strenger dan moeders over de tijdstippen waarop mijn vriendinnen thuis mochten komen en ze stonden enorm kritisch tegenover verkeringen. Ook mochten mijn vriendinnen niet rondhangen op straat, of laat thuiskomen: ik mocht dat allemaal wel.

Ons huishouden was compleet manloos en bleef dat ook. Er kwam geen nieuwe liefde. Het was alsof mijn moeder mannen in de ban had gedaan. Het leven zonder man in huis was wel zo rustig. Mannen werden gezien als een overbodige aanwezigheid in de wereld. Met mijn barbies, drie vrouwen en een man, hing die man er ook maar een beetje bij. Alleen als er een baby moest worden gemaakt, kreeg hij wat aandacht. De rest van de tijd moest hij wandelen met de hond. Als vriendinnetjes voorstelden om vader-en-moedertje te spelen werd ik acuut zenuwachtig. Als ik namelijk de vaderrol op me moest nemen, kreeg ik menigmaal naar mijn hoofd: 'Neehee, dat doet een vader niet.' En dan was ik ingebeelde plantjes aan het water geven, de babypop aan het troosten of in het speelkeukentje een boterham aan het smeren. Aha, dat doen vaders dus niet.

Ook bleef ons huis vrij van sportbeleving en -referenties. Pas toen ik ingeburgerd raakte in de gezinnen van verschillende verkeringen begreep ik dat de zondagavond de heilige graal van de week is. Dat er dan met het bord op schoot wordt gegeten en dat iedereen stil moet zijn. Legendarische sportmomenten? Ik kreeg het als kind alleen mee als er écht uitvoerig over werd gesproken. Inside sportgrappen? Ik heb jarenlang gedacht dat een opmerking over de hand van God zijn oorsprong in de Bijbel had gevonden.

Dat ik vrij was van vaderlijk gezag maakte me alleen maar blij. Als ik zag waar vrienden en vriendinnen met hun vaders tegenaan liepen. Ik had een moeder die veel werkte en nooit al te moeilijk deed. Als er op school knutselwerkjes voor Vaderdag gemaakt moesten worden, maakte ik nog maar een keer wat voor mijn moeder, ook al was het de maand ervoor al Moederdag geweest, of voor mijn oma. Voor mijn opa kon ik namelijk ook niet aan de slag, die was al jaren dood en een broer had ik niet. Ik deed eigenlijk nooit iets voor een man.

Omdat ik altijd heb geroepen dat ik nooit een vader heb gemist, ben ik het gaan geloven. Ook om mijn moeder niet af te vallen. Maar geloven moet je ook maar kunnen. En als ik eenmaal begin met toegeven dat wat ik niet ken, ik misschien toch wel heel erg heb gemist, zou dat me te zeer met mijn neus op de schrale feiten drukken. En ik werd al vaak genoeg met mijn 'gebrek' geconfronteerd. Bij elke gelegenheid waar de aanwezigheid van ouders gewenst was werd altijd de vraag 'Is je vader er niet?' gesteld. 'Nee, ik heb geen vader.' Waarom ik toen niet ben gaan zeggen dat hij dood is of dat mijn moeder een BOM-moeder is… Dat had me een hoop schaamte gescheeld. Schaamte over het zichtbare gebrek aan liefde, want een kind zonder vader ontvangt nu eenmaal de helft minder liefde. Door zijn afwezigheid zouden mensen weleens kunnen denken dat als haar bloedeigen vader haar niet eens wil zien er wel iets mis zal zijn met haar. Het zielig worden gevonden, maar dat niet willen. Zo'n vrouw alleen met een dochter zonder een vader. Nou, dat moest daar thuis toch wel allemaal knap armoedig zijn. Ik wilde niet alleen niet half-Marokkaans zijn, maar ook uit een gewoon gezin komen met een oudere broer en een jonger zusje en wonen op een boerderij met een grote moestuin en een eigen skelter. Met een moeder die vlierbessenlimonade maakt en mijn haar elke dag kamt en invlecht en een vader die me op zijn schouders neemt en lange wandelingen met me maakt en me vertelt hoeveel hij van me houdt. Voor altijd, vanaf het eerste moment dat hij me zag.

'Nad, je kijkt alleen maar naar de negatieve kant,' gaat Reyn verder. 'Natuurlijk ga je dan geloven dat je geen vader hebt gemist. Maar je gaat daarmee voorbij aan een basisbehoefte. De basisbehoefte aan liefde. Een moeder kan niet de afwezigheid van een vader compenseren door maar veel spelletjes met je te doen.'

Pat en Theo laten ons praten, ze zijn verworden tot toeschouwers. Ik kijk Reyn kort aan en richt mijn blik daarna op mijn glas. 'Ik...'

Ik heb dit nog nooit aan iemand verteld. Reyn pakt mijn hand vast. Ik wil het hem niet vertellen. Hij mag niet weten hoeveel pijn het echt doet. Hoe gehavend ik eigenlijk ben. Als ik zijn blik niet meer kan ontlopen, omdat ik niet langer naar mijn glas wijn kan staren en ik in zijn kalme, begripvolle ogen kijk, komt het er langzaam uit. Hij tovert het eruit. 'Ik... heb heel lang echt gedacht dat ik geen vader miste. Ik riep het zo hard dat ik het zelf lang ben blijven geloven.'

'Je moest wel.'

'Ik moest wel.'

'Tot wanneer wil je dat blijven geloven?'

'Misschien wel tot nu.' Ik schrik van mijn woorden. Het is hardop uitgesproken en dus is het waar geworden. De woorden hangen als een bijna doorzichtige wolk boven de tafel, boven onze hoofden. Ik heb het gezegd en mijn kop wordt er niet afgehakt. Mijn stoel valt niet in een kuil vol slangen. Ik hoor de stem van mijn moeder niet in mijn hoofd en mijn vader is even echt helemaal verdwenen. De zwaarte die de leegheid altijd heeft veroorzaakt is er in een keer vanaf. Ik blijf in Reyns ogen kijken, wegkijken laat misschien dit moment verdwijnen en dat wil ik niet.

Pat verbreekt de stilte: 'Jullie zijn prachtig samen.' Dan kijkt ze naar Theo en zegt: 'Ze doen me aan ons denken.'

Ik schiet in de lach. Het is mijn zenuwlijerslachje. Beter dan een tic. Of is het een tic? 'Eigenlijk zijn we geen echt stel. We spelen dat we een stel zijn,' licht ik onze hoedanigheid toe. Ik vertel hoe ons samenzijn tot stand is gekomen en ze kijkt me bijna verwilderd aan. Het beeld dat ze had van de realiteit valt ineens niet meer samen met wat ik haar vertel.

'Dus jullie doen alsof jullie een stel zijn? Jullie hebben een huis gedeeld en nu niet meer, maar jullie slapen bijna elke avond met elkaar? En jullie zijn samen naar jouw familie geweest, maar het is geen relatie?'

'Daar komt het op neer, ja.' Nu Pat zo de belangrijkste gebeurtenissen van de afgelopen maanden opsomt, zie ik in dat het best raar klinkt. Is het dan misschien al meer en hebben we dat zelf niet door? Is er al een diepgewortelde liefde opgebloeid en heeft die ons nog niet bereikt? Dat zou toch kunnen. Het omgekeerde kan namelijk ook: dat de liefde allang over is tussen twee mensen, maar ze dat nog niet weten en ze dus maar bij elkaar blijven. Zijn wij omgekeerd gescheiden? Onwetend verliefd?

Pat is even stil en kijkt ons meewarig aan. Dan zegt ze: 'Ik zou toch zweren dat ik hier tegenover twee mensen zit die intens veel van elkaar houden,' en ze proost lachend met haar glas tegen Theo's glas.

Gelukkig kiest de ober dat moment uit om de lege tajines voor onze neus weg te halen. Reyn zegt niets. Ik realiseer me nu pas dat hij mijn hand nog steeds vastheeft. Zo normaal als het de hele tijd voelde, zo aanwezig is de warmte die hij afgeeft ineens.

Na het afrekenen lopen we een stukje met Pat en Theo op, tot onze wegen zich niet langer laten samengaan. 'Slaap lekker en tot morgen, lieve Nadia,' zegt Pat terwijl ze me vasthoudt alsof ik de dochter ben die ze nooit heeft gehad. Theo pakt met beide handen mijn gezicht vast en geeft me een vederlichte kus op mijn voorhoofd. Dan zoekt hij mijn blik en kijkt me indringend aan. 'Nadia, ik ga dit voor je regelen.' Even is hij de vader die ik nooit heb gehad. De vader die ik had moeten hebben, die ik nodig had. Een man in huis zodat ik me 's nachts veilig zou hebben gevoeld, want Theo is groot en sterk. Een vader die me had kunnen beschermen tegen al die mannen die iets van me wilden. Wat al begon toen ik als meisje van dertien borsten en billen kreeg en eruit kwam te zien als een zestienjarige. En het maakte dat de wereld om me heen begon te veranderen en daarmee ik ook. Of was het andersom? Bracht mijn lichamelijke transitie met zich mee dat mijn omgeving veranderde, met name de mannen in mijn omgeving? Dat Theo erbij was geweest, die keer in het zwembad dat ik er voor het eerst mee werd geconfronteerd op mijn wekelijkse zwemavond met klasgenoten. We deden wat we altijd deden, gewoon een stel jongens en meisjes die klierden in het water. Die probeerden om met zo veel mogelijk tegelijk op een drijvende mat te blijven staan. Die van de hoge duikplank sprongen. Dat de rest van de bezoekers bestond uit groepen kinderen hadden we niet door. Dat daar veel mannen van middelbare leeftijd rondliepen registreerden we ook niet. Tot we het niet meer niet konden zien. Mijn beste vriendin, nog een bonenstaak met een Mickey Mouse-badpak, keek naar twee mannen. Behaard op alle plekken waar maar haar kan groeien met een hongerige blik als van een arend die een prooi in het vizier heeft. Ze volgde hun blik en zag mij. Daarna zocht ze mijn ogen. Ik zag de vraag al in haar blik, maar ze moest 'm van zichzelf ook uitspreken: 'Waarom kijken ze zo naar jou?' We wisten het allebei: ik was af. Kind-af. En ik wist me er geen raad mee. Was Theo er toen maar bij geweest om te roepen: 'Staar met die vieze blik van je niet naar mijn dochter.' In mijn hoofd liet de stem van mijn moeder me weten dat dit was wat ze bedoelde toen ze zei: 'Mannen willen maar één ding van je.' Wat was ik maar wat graag toen met een vader in gesprek gegaan, maar dat ging niet. Dus moest ik zelf een vorm vinden voor deze nieuwe manier van benaderd worden. Ik koos voor de makkelijkste weg: ik ging het gebruiken. En toen ik doorkreeg hoe zichtbaar ik werd en ik me er wel raad mee wist, ben ik het te vaak en te snel gaan inzetten, want het werd een makkelijke manier om mijn zelfvertrouwen tijdelijk te vergroten. Het werd een *quick fix*. Eerder gruwelde ik van zichtbaarheid, dat ging altijd gepaard met vragen, maar dit ging niet om moeilijke vragen. Niemand wilde iets weten, ze wilden alleen maar iets hebben. Mij hebben. En als ik het gaf, gaven zij wat aan mij terug. Ik verkeerde in de veronderstelling dat het eigenwaarde was. Dat mijn pikmacht me eigenwaarde gaf, maar het was niets. Zij gaven mij niets. Hoeveel handen er ook over mijn lichaam zijn gegaan. Hoe vaak tegen me is gezegd dat ik knap ben. Hoe lekker. Hoe geil. Hoe leuk. Ik bleef me een donker, lelijk Marokkaans meisje voelen.

We moeten de dag door zien te komen. Pas aan het eind van de middag wacht de verlossing bij Pat en Theo. Om oeverloos verdwalen enigszins tegen te gaan en om het aangesproken worden te beperken, nemen we een gids. We laten hem tegen ons aan kletsen en kachelen rond door de drukke medina. Zijn tour brengt ons naar de straat waar alle leerlooierijen met bijbehorende tassenwinkels zitten. Alle gebouwen grenzen aan een immens grote binnenplaats waar de leren huiden op middeleeuwse wijze in allerlei kleurbaden worden behandeld. De leerlooierijen zijn toeristische trekpleisters, net als de omliggende lederwarenwinkels met tassen, jassen en leren sloffen in een hoeveelheid kleurschakeringen waar de Histor-kleurenwaaier nog een puntje aan kan zuigen. De baden, genaamd *tanneries*, worden omringd door balkons en terrassen vanwaar veel toeristen foto's en filmopnamen aan het maken zijn. Onder hun neus houden ze een takje lavendel tegen de chemische stank van de baden. De letterlijke en de figuurlijke stank. Want dat we staan te kijken naar zeer waarschijnlijk zwaar onderbetaalde arbeidskrachten die zonder bescherming als lieslaarzen of gasmaskers steeds die baden in- en uitklimmen en daar ziek van worden en het werk dus niet lang kunnen doen door reumatische aandoeningen of luchtwegaandoeningen maken dat ik daar weg wil. Ik wilde al niets kopen, maar nu al helemaal niet. Dat de gids en de winkeleigenaar daar anders over denken, blijkt uit de druk die wordt uitgeoefend om ons iets te laten kopen. '*The money is for workers family, Nadia. You of all people should know how hard life in Morocco is,*' laat de gids me verwijtend weten. Ik houd voet bij stuk.

Op voorhand was ons een bezoek aan het keramiekatelier beloofd, maar daar mogen we alleen maar een kijkje nemen als we ook daadwerkelijk iets kopen. Na de looierij besluiten we afscheid te nemen van de gids. Natuurlijk verdwalen we. Zoals ik in de afgelopen maanden verdwaald ben geraakt in de relatie met mijn vader. Of mag je dat wat wij hebben geen relatie noemen? Ik ben vijfentwintig jaar en de winkelier die mij wil dwingen tot het aanschaffen van een tas roept de recalcitrantie van mijn innerlijke zestienjarige op. Net als mijn vader voorafgaand aan deze reis. Hij was nogal uitgesproken over mijn bezoek aan Fez. 'Daar woont geen familie.' En als er geen familie woont, is een bezoek in zijn ogen overbodig. Omdat hij er zo over denkt, denk ik erover om extra lang in Fez te blijven. Ik wil helemaal niet zo zijn, me gedragen als een nukkig kind dat van haar vader niet krijgt wat ze wil hebben. Is dat dan het enige dat normaal is aan onze vader-dochterrelatie? Dat ik me gedraag als een nukkige dochter en hij zich als een stijfkoppige vader?

Mijn irritatie ligt aan de oppervlakte, ik heb nergens zin in. Ik kan het zelfs niet opbrengen om met Reyn te geinen en kies ervoor om een lange middagdut te doen. Reyn slaapt mee en als we verstrengeld in elkaar wakker worden, is het tijd om naar Pat en Theo te gaan. We puzzelen ons een weg door de kronkelige straatjes van Fez. 'Loop eens rustig en haal een paar keer diep adem,' werpt Reyn me toe.

'Ik houd het niet meer,' zeg ik terwijl ik in gestaag tempo blijf doorlopen. Totdat we voor de juiste deur staan. Een grote, bloedrode houten deur met een kleiner deurtje erin, beslagen met enorme kopspijkers.

'Zal ik met de hoge klopper of met de lage kloppen? Vallen we al in de categorie bekenden of zijn we vreemdelingen?' Reyn weet weer iets uit de gids, nu iets over deurklopgebruiken.

'Ze weten dat we komen,' zeg ik terwijl ik de lage klopper optil en drie keer klop. Drie voelt goed. We wachten. Vier, vijf, zes, zeven, acht, negen, tien. Ik tel de tijd tot ik iets hoor. Bij twaalf naderen er voetstappen. Veertien, vijftien. De kleine deur wordt geopend en een jonge Marokkaan laat ons binnen in een geheime wereld die begint op een betegelde binnenplaats vol planten en een drietal sinaasappelbomen. Een stadsjungle achter gesloten deuren, met muren voorzien van het mooiste mozaïekpatroon dat ik tot nu toe in Marokko heb gezien. In de straten leek de schemer al op te treden, maar het bleek door de nauwheid van de straatjes te komen, hier is het nog volop dag.

We volgen de jongen over het paadje van in cement ingelegde keien dat leidt naar het lila huis, dat in al haar pracht en praal op ons wacht. We gaan naar binnen, richting een brede trap van bewerkt hout en we lopen langs twee enorm grote openstaande houten staldeuren. Ik werp een blik in de zitkamer en houd even in. Het pronkstuk in de kamer is een levensgroot beeldhouwwerk van een man en een vrouw, die elkaar naakt en staand omhelzen. Als vanzelf maak ik de vergelijking met Rodins *De kus*, maar dit beeld is veel mooier, liefdevoller, eleganter. Zo koel als het materiaal moet zijn, zoveel verbondenheid ademen deze geliefden uit. Zo moet liefde eruitzien, heel even voel ik het. Het lijkt op geilheid, maar het beslaat een groter deel van mijn buik.

De wanden zijn bedekt met hoge, overvolle boekenkasten. De drie robijnrode banken zijn zo groot dat het wel bedden lijken. Overal ligt wel iets, staat wel iets. Een kleed, een lamp, een stapel papieren en nog hogere stapels papieren, vieze wijnglazen, een bord vol kruimels, sloffen, kleren. Het huis van mijn oom is vergeleken hiermee een museum. Dit huis lijkt meer op mijn huis. Aan netheid wordt niet gedaan. En terecht. Opruimen is het uitwissen van levenssporen. Zonder troep vertoont een huis geen teken van leven en is het net een grafkist.

We worden door de jongen de trap op gedirigeerd. *'Walk all the stairs,'* zegt hij in keurig Engels. De trappen leiden naar het dakterras. Alles op het terras is oudroze. De muren, de banken, de kussens, de linnen doeken die als zonwering dienen. Het hele dakterras is één, zonder contrastlijntjes. Alsof een lui kind dat wilde schilderen met nummers alles in één keer in dezelfde kleur heeft geschilderd. Zelfs de tegelvloer is oudroze.

'Daar zijn jullie,' roept Pat blij en kwiek weet ze zich uit de diepe wegzakbank te hijsen om ons te omhelzen. Ze doet alsof we elkaar een maand niet hebben gezien. Deze keer draagt ze geen kaftan, maar een kimono. Pat is in haar kledingkeuze niet landvast, alleen opvallend.

'Je wordt vast gek van de spanning. Kom, we pakken meteen de brief. Eten en drinken komt later wel. Ga jij maar bij Theodoor zitten,' zegt ze en ze duwt me op de bank naast Theo. Theodoor. Ik heb haar hem alleen maar Theo horen noemen. Hij stelde zich voor als Theo. Of deed zij dat? Theodoor. Door. Deur. Hij is mijn deur. Wat voor deur? De poorten naar de hel? De opening van een konijnenhol? Ik kruip in zijn hol, ik moet wel, en laat me vallen. Theo, val voor me uit om te zorgen dat ik zacht land.

Hij zegt hallo en kust me zonder ook maar een hint te geven. 'Het is geregeld,' spreekt hij de verlossende woorden direct uit. 'Wil je dat ik de brief voorlees of wil je zelf lezen?' vraagt hij met een enigszins verontrustende blik in zijn ogen. Ook bij Pat meen ik ongemak te bespeuren. Of is het bezorgdheid? Misschien is de inhoud zo shockerend dat ze vrezen dat ik hier op hun woonmagazinewaardige dakterras een acute zenuwinzinking krijg. De mouw van haar kimono zit gedraaid waardoor de afbeelding niet goed zichtbaar is. De bloemen hebben daardoor geen stelen.

'Of zal ik voorlezen?' vraagt Reyn zachtjes. Voorzichtig. Hij is eigenlijk altijd voorzichtig, en lief. Vooral nu, omdat hij weet dat dit het moment in mijn leven is waar ik later op ga terugkijken. Maar dat is dan pas. Nu vraag ik Theo om de brief voor te lezen. Al is het alleen maar omdat ik me kan inbeelden dat hij daadwerkelijk mijn vader is. Als hij het leest, moet er goed nieuws instaan. Deze lieve man kan niet de brenger van slecht nieuws zijn. Dat mag niet mogen.

Lieve Nadia,
Niemand mag ooit weten dat ik je deze brief schrijf. Maar ik moet, alleen door deze brief kan ik verderleven met een zuiver geweten. Ik heb geprobeerd het de afgelopen dagen te vertellen, maar het lot werkte niet mee. Stop dat wat ik je ga vertellen in je hart en leer ermee leven. Dat wat ik ga vertellen is Allahs wil. Daar heeft iedereen mee te leven.

Toen je vader naar Nederland vertrok, was hij al verloofd in Marokko. Hij is in Nederland verliefd geworden op je moeder en kreeg jou. Hij wilde in Nederland blijven, maar is onder druk van zijn ouders naar Marokko teruggehaald om met de verloofde te trouwen aan wie hij was beloofd. Dat moest, op straffe van Allah.

Toen hij een paar jaar later terug wilde naar Nederland, mocht hij dat alleen van zijn ouders en schoonouders als hij beloofde dat hij jullie nooit zou opzoeken. Hij werd gedwongen te kiezen en onder druk van de beide families had je vader geen keuze.

Weet dat er geen dag voorbij is gegaan dat hij Allah niet om vergiffenis heeft gesmeekt. Weet dat er geen dag voorbij is gegaan dat hij niet aan je heeft gedacht. Verbrand deze brief en zwijg en leef. We zien elkaar terug als Allah dat wil.

Je tante,
Imane

Een golf van misselijkheid overvalt me, mijn gehoor valt weg. Ik hoor mijn eigen ademhaling. Net alsof ik met mijn hoofd onder water in bad lig en mezelf hoor ademen. Ik durf niemand aan te kijken, dus kijk ik maar naar de bloemen op Pats kimono. Ze is gaan verzitten, nu zie ik de stelen wel.

'Nad, gaat het?' vraagt Reyn bezorgd. Als ik blijf zwijgen en staren vraagt hij het nogmaals.

Ik voel dat ze allemaal naar me kijken. 'Het gaat denk ik wel,' antwoord ik met wankele stem. 'Het is niet veel, maar het is wel duidelijk.' Ik kom niet verder dan een open deur. Mijn hersens werken vertraagd. Er vormen zich geen concrete gedachten in mijn hoofd. Louter flarden.

Pat komt naast me zitten en legt haar arm om me heen. Theo knielt voor me neer, legt zijn handen op mijn knieën en zegt: 'Het spijt me dat het niet meer is. Toch hoop ik dat het genoeg is. Misschien nu nog niet, maar later wellicht wel.'

Het spijt hem. Hij zegt tegen mij dat het hem spijt. Het zijn de juiste woorden, maar ze worden uitgesproken door de verkeerde man. De souffleur heeft een fout gemaakt. Dat Theo het zegt, komt niet binnen. Uit zijn mond blijven het woorden. Het is een toverspreuk, maar als de spreuk niet door de tovenaar wordt uitgesproken gebeurt er niets.

Hier ging het om, om deze informatie. De waarheid heeft zich zojuist aan me geopenbaard. Mijn vader ging niet weg door mij. Ik heb hem niet weggejaagd in al mijn lelijkheid. Ik ben kaal, naakt, mijn keizerskleren zijn afgevallen, maar ik sta niet voor schut. Ik ben vrij, bevrijd van het stijve omhulsel dat er voorheen was in de vorm van schaamte over wat er niet was. De brief van Imane ontneemt me mijn schaamte. Een deel in elk geval. Niet alles is zomaar weg.

Ik had me verheugd op een bijzondere avond bij deze mensen, maar ik wil nu eerst even alleen zijn met mijn gedachten. Geen prikkels. Geen getrek. Geen mensen. Even geen mensen. Pat heeft het door: 'Kom,' zegt ze tegen de mannen, 'help me even mee met het maken van een cocktail. Laat Nadia maar alleen met haar eigen gedachten,' en ze maant Theo en Reyn tot opstaan.

'Is dat wat je wilt? Even alleen zijn?' Reyn wil het zeker weten voordat hij klakkeloos gelooft wat een kunstzinnige, Engelse vrouw die we net kennen, beweert.

'Ja, heel even.'

De brief ligt naast me op de bank. Zowel de brief in Imanes handschrift als de vertaalde brief in Theo's handschrift. Ik pak de laatste op en herlees hem meerdere keren. Wanneer ik voetstappen de trap hoor opkomen, hoop ik dat het Reyn is.

Het is Theo met twee roze cocktails. Hij geeft er een aan mij en gaat naast me zitten. 'Maakt die brief het gemis goed?'

Ik wil hem haten omdat hij precies de vraag stelt die pijn doet, maar ik kan hem juist daarom niet haten. 'Het verklaart iets, of eigenlijk een hoop, maar daarmee is niet meteen alles maar goed. Het is even te veel. Ik ben ook nog aan het bijkomen van gisteren, toen ik voor het eerst van mijn leven toe heb gegeven dat ik wel degelijk een vader heb gemist.'

'De jacht naar de waarheid is voorbij. Jouw leven vol jagen, zoeken, grijpen, opvullen van leegte, vasthouden… Het hoeft allemaal niet meer.'

'Ik weet het, maar het raast nog te veel.'

'Geef het tijd. Je levensverhaal blijkt ineens anders in elkaar te zitten dan je dacht. Dat is me nogal wat. Alsof twee aardplaten over elkaar zijn geschoven en er een totaal nieuw landschap is ontstaan. Neem rustig de stand van zaken op en begin daarna met opnieuw bepalen hoe jij je verhoudt tot dat nieuwe verhaal.' Hij steekt zijn arm uitnodigend uit en ik laat me tegen zijn borst aanvallen. Zijn warmte, zijn geur, zijn kalmte, ik geef me over. Hij ruikt en voelt als een oude, lieve vader. Dit is na mijn vader de tweede man in mijn leven die niets van me wil. Bij wie het veilig is. Die me lief vindt om wie ik ben. Niet omdat ik alles maar doe om te voorkomen dat ik alleen achterblijf.

Laat alle mannen dochters krijgen en laat ze een goede relatie krijgen met die dochters, want dat werkt door. Als een perpetuum mobile. Tevreden vaders, tevreden dochters, tevreden dochters, tevreden vaders… Geef die dochters dikke, diepgewortelde liefdeswortels. Vul ze met liefde. Bakken vol. Laat ze vollopen omdat ze anders vanbinnen leeg zijn. Vul mij met wat voorhanden is. Als een dood beest dat opgezet moet worden. Duw me vol met stro en laat het als liefde zijn, want voor mij is het te laat.

'Als jullie mijn ouders waren geweest had het niet eerst zo'n puinbak hoeven worden.'

'Dan dicht je ons te veel perfectie toe. Praat met onze zoons en merk hoe arbitrair een goede opvoeding is. De oudste vindt dat ik hem heb gedwongen om te studeren en de jongste dat Pat haar kunst belangrijker vindt dan haar kinderen.'

'Is het dan nooit goed? Nergens?'

'Nee, nergens. Maar blijf je kijken naar wat er niet goed was of richt je je blik op goede, mooie zaken? Op alles wat er wel was en op al het goede dat nog gaat komen? Je hebt de kans om iets heel moois te gaan bouwen, weet je dat?'

'Kunnen jullie mij niet adopteren?' vraag ik lachend huilend, huilend lachend.

'Dat hebben we eigenlijk tijdens deze twee wonderlijke dagen al gedaan. Ga je mee naar beneden of wil je hier nog even blijven zitten?'

'Ik ga mee. Het is nu toch een te grote chaos in mijn hoofd. Opruimen komt later wel.'

'Laten we morgen naar de woestijn gaan. Ik hoef niet nog een dag in deze stad te zijn,' zeg ik tegen Reyn als we na het eten naar ons hotel lopen. Ik voel me opvallend kalm. Geen kalmte waar ik ongemakkelijk van word. Het is echte rust, niet de immer aanwezige stilte voor de storm.

'Je hebt het maar mooi geflikt, mevrouw Smits. De waarheid waar je naar op zoek was, heb je gevonden. En eigenlijk ging het best wel makkelijk.'

'Ik ben nog steeds een beetje beduusd, merk ik. Er flitst nu van alles door mijn hoofd. Alles wat ik anders moet gaan zien, omdat mijn verhaal eindelijk compleet is. Ik was een boek met ontbrekende bladzijden en die zijn zojuist terug in het boek gestopt, waardoor het verhaal nu goed te lezen is. De hiaten in mijn geschiedenis zijn opgevuld.'

'Wil je er nu over praten?'

'Ik denk dat ik niet zo goed weet waarover.'

'Morgen zitten we zeven uur in de auto. Dan hebben we tijd zat.' Inmiddels zijn we aangekomen bij ons hotel en Reyn houdt alle deuren waar we doorheen moeten voor me open.

16

Ik heb al ontelbaar vaak geprobeerd om me bewust te zijn van mijn eerste gedachte van de dag. Ook vandaag faal ik, maar dat merk ik pas nadat ik me realiseer dat gisteren geen droom was. Ik weet dat er een gedachte voor zat, maar ik weet niet meer welke. Alles komt langzaam binnen druppelen. De brief. Theo en Pat. Het afscheid. De belofte om ooit terug te keren. De plannen voor vandaag. We gaan de laatste plek in Marokko bezoeken. Het einde is in zicht.

Vanaf vandaag zijn we niet meer afhankelijk van het Marokkaanse openbaar vervoer, maar hebben we een auto tot onze beschikking. De dame van het verhuurbedrijf komt 'm naar ons hotel brengen. Als wij even later instappen, heeft de auto welgeteld twintig minuten op de parkeerplaats gestaan. Een opgewonden, keurig geklede man komt op ons afgelopen als we de spullen aan het inladen zijn. Of we even willen betalen.

'Waarom?'

'Ik heb de hele nacht deze straat in de gaten gehouden en op jullie auto gepast.'

'Maar deze auto staat hier nét.'

'Ik heb jullie auto toch beschermd. Dan was het een halfuur.'

We lachen de man vriendelijk toe, stappen in en doen de deuren dicht. Je moet je niet alles laten aanleunen. Het opgewonden Marokkaanse standje roept ons van alles toe in het Arabisch. We zijn er inmiddels aan gewend geraakt.

Als we het woestijnstadje Merzouga naderen gebaart Reyn me het raam aan mijn kant van de auto dicht te draaien. De weg begint steeds voller te liggen met ragfijn zand. Aan weerszijden van de weg is het zand steeds meer aan het opstuiven. De wind zwelt aan en laat niets ongemoeid. Bosjes zwiepen onstuimig heen en weer. Reyns voorhoofd verraadt door middel van rimpels concentratie. Daarom praat hij ook niet meer terug. Het zicht vermindert. Zand tegen de voorruit. Kleine tornado's om ons heen. Ik voorzie dat we bij aankomst te horen krijgen dat de woestijntocht niet doorgaat. Zandstorm. Overmacht. Insjallah.

Maar Marokkanen laten zich door een beetje wind niet uit het veld slaan. Als we willen kunnen we om zes uur nog met een gids en twee kamelen op pad. Anderhalf uur lopen en dan eten en slapen in het kamp bij de hoogste zandduinen van Marokko. In alle haast pakken we wat spullen en laten we de rest achter op de locatie van waaruit de excursies worden georganiseerd.

'Is dit wel handig?' De twijfel slaat bij mij ineens toe als ik mijn warmste kleren uit de reistas haal om in de kleine rugtas te stoppen.

'Wat is er niet handig dan? Zij zorgen voor eten, hè. Dat hoeven wij niet te doen.'

'Nou... Het begint zo te schemeren en wij gaan een wandeling van anderhalf uur maken en het stormt.'

'Nad, dit is geen storm, dit is een windje.'

'Kijk dan naar buiten, dit is geen windje.' Buiten danst het zand voor onze ramen.

'Dit is hun werk, ze weten echt wel wat ze doen.'

'Je weet toch wel dat er zandstormen bestaan die de lak van auto's kaal kunnen schuren?'

'Dat heb ik gelezen, ja, maar dat was in Algerije.'

'We zitten praktisch in Algerije.'

'Heb je dat verhaal helemaal gelezen? Of ben je halverwege gestopt?'

'Kan zijn, ja. Wat dan?'

'De mensen denken dat het zand van de duinen hele dorpen onder het zand kan laten verdwijnen, maar dat is helemaal niet waar. De basis van zo'n duin blijft gewoon staan. Of het moet twee jaar lang onafgebroken stormen. Kom, trek je jas aan. Onze gids wacht. Eens kijken wat voor mafklapper er vandaag weer met ons op pad gaat.'

Er staan geen kamelen voor ons klaar, maar dromedarissen, en een gids. Een ielige, kleine jongen van onze leeftijd. Hij heet Moha. Waarschijnlijk gewoon Mohamed, maar in een land waar in elk gezin een Mohamed wordt geboren, heb je er natuurlijk behoefte aan om je te onderscheiden. Moha wint direct mijn vertrouwen door de angel uit mijn twijfel te halen. Hij vertelt dat door de wind de duinen zijn veranderd en het dus een beetje zoeken wordt naar een geschikt pad voor de dieren. Door de verstuiving liggen de paden losser en kan een dromedaris eerder wegzakken. Zoals in zachte sneeuw. Dat je denkt dat je ondergrond wel stevig is, maar dat bij het nemen van een stap blijkt dat de sneeuw fluf blijkt te zijn. In skikleding in een vallei in Oostenrijk met bezopen studiegenoten is dat om te lachen. Op de rug van een dromedaris met een schofthoogte van bijna twee meter is dat alleen maar heel eng, omdat het dier uit balans kan raken met die lange, dunne poten. Moha verzekert ons dat de tenen van dromedarissen zodanig zijn gemaakt dat ze niet kunnen wegzakken.

De schemer begint langzaam de wereld te voorzien van een nieuwe beleving. Moha moet het hebben van het haperende lampje op zijn aansteker dat nauwelijks schijnt. We maken er grapjes over. Reyn heeft een zaklamp in zijn tas, maar we zijn zo melig aan het worden dat we de noodzaak van het pakken niet inzien.

We lopen lang en het wordt steeds vervelender. Het zand maakt dat het voelt alsof we niet vooruitkomen en we zien niet dat we ergens komen, omdat het heel snel donker is geworden. Door de wind krijgen we steeds een hap zand in ons gezicht geblazen.

'Valt het jou ook op dat hij steeds stiller wordt?' Ik hoor mijn eigen onzekerheid in mijn stem. We zijn gestopt met het maken van grapjes over verdwalen.

'Hij weet niet waar we zijn, maar hij durft het niet te zeggen. Ik ga hem nu wel mijn zaklamp aanbieden, we hebben hem lang genoeg laten zweten.'

'Doe maar. Hopelijk ziet hij dan wel het verschil tussen zandpad A en zandpad B.'

Moha neemt het lampje gretig aan.

'Hoe lang lopen we al?'

'Dat zeg ik pas als we het kamp hebben bereikt,' zegt Moha. Is dat een universele afspraak onder gidsen? Niets zeggen, alles zeggen. Het is allemaal hetzelfde. Ik denk aan de berg, aan Toubkal, aan Ibrahim. *'Jalla, jalla, Nadia.'* Het hielp toen, het helpt nu.

Tweeënhalf uur later zijn we bij het basiskamp. Moha lacht het verdwalen weg. Hij beweert vol bravoure dat hij gewoon een omweg had genomen. Ik ben te moe om ertegenin te gaan. Het kamp bestaat uit een viertal houten kisten, elk zo groot als een middenklasse auto. Moha haalt er dikke, stijve dekens uit en maakt een bed voor ons. Hij beveelt ons erop te gaan liggen wat we ook braaf doen. En dan zijn we stil. De woestijn geeft een nieuwe betekenis aan het fenomeen duisternis en de verlichte hemel maakt ons tot een stel verloren, nietige mensen in een verlaten deel van de woestijn. Alles verwordt direct tot bijzaak. De storm is gaan liggen. De scarabeeën ritselen om ons heen terwijl Moha het eten klaarmaakt in een tajine op open vuur.

Ik lees de brief in mijn hoofd. Mijn zuiverende vrijbrief. Deze brief bewijst mijn onschuld. Mijn vader is niet vertrokken omdat ik niet goed was. Dat ik alles wat slecht was aan hem als baby in me had gevormd en dat hij de spiegel die ik dreigde te gaan worden niet aankon. Ik was niet een te grote last of verantwoordelijkheid. Geen teleurstelling, geen tegenvaller, geen vinger in een oude wond. Mijn moeder heeft hem niet weggejaagd. En hij was geen slechterik. Wel voor mij, en voor mijn moeder. Hij deed wat hij moest doen. Hij kwam alleen maar een eerder gemaakte belofte na. Maar daar blijf ik steken. Ik kan niet verder in het tonen van begrip voor hem. Daarvoor heb ik te veel nadeel ondervonden van zijn plichtsbesef. En tief op, want waar was je plichtsbesef naar mij toe? Ook al was de belofte aan zijn verloofde er eerder: zij was een volwassen verloofde, ik was een hulpbehoevende baby. Niet in staat mezelf te voeden, ik kon niets. Toch liep hij weg en daar dient hij zich voor te schamen. Ik heb me jarenlang geschaamd, maar dat was compleet onterecht. Ik dacht dat het mijn schaamte was, maar ik schaamde zijn schaamte. Het was altijd al van hem. Meteen vanaf het moment dat hij ging, werd het zijn schaamte.

'Hij moet diepgang hebben, want hij heeft met zijn daad moeten leven,' deel ik mijn gedachten met Reyn. 'Begin twintig en dan huis en haard verlaten om zich met nauwelijks iets op zak te vestigen in een ander land. Vervolgens verliefd worden en een vrouw zwanger maken en daarna trouwen met degene met wie je moest trouwen en toen ben je je met haar onder dwang in dezelfde stad gaan vestigen. Daar moet een hoop teleurstelling, verdriet en onvermogen bij komen kijken.'

'Je maakt het wel een stuk avontuurlijker dan het is,' merkt Reyn droogjes op.

'In welk opzicht?'

'Hij is niet in een bootje de straat van Gibraltar overgestoken. Al die gastarbeiders in de jaren zeventig en tachtig kwamen hier op uitnodiging van de overheid naartoe.'

'En jij denkt dat er daarna hier een pot met goud en een geil welkomstcomité op ze stond te wachten?'

'Nee, dat niet, maar hij zal ook niet–'

Ik onderbreek hem: 'Die mannen werden als honden in een kennel in een pension bij elkaar gestopt. Twintig bij elkaar op een kamer. Je bed moest je delen, want overdag moesten de mannen die 's nachts werkten erin slapen. Slechte douches. Een wc voor het hele gebouw. Nauwelijks privacy. Moet je je eens voorstellen hoe het daar moet hebben geroken. Ze moesten weg. De Marokkaanse overheid wilde ze weg hebben. Omdat er te veel mensen in het Rifgebied woonden. Het stond niet in verhouding tot de hoeveelheid eten die daar werd verbouwd. Dus alle jonge, sterke mannen konden gaan. En toevallig had Europa die mannen nodig. Met een voorkeur voor de ongehuwden. Slavenhandel is van alle tijden.'

Reyn kijkt me rustig aan. Hij weet dat elk woord nu verkeerd kan vallen en houdt wijselijk zijn mond. Dus vul ik de stilte verder op: 'Een uitdragerij. Mannen vol bronstigheid. Die bronstigheid moest ergens heen, die wilde uit die miserabele situatie. Zit je dan, tussen al die Marokkanen. Het lijkt misschien een groot avontuur, een leuk zomerkamp, maar er moet ook een hoop leed en onzekerheid aan hebben gekleefd. Vergeleken daarbij leef jij het leven van een prins. Je hebt geen idee.'

Ik wil er geen tirade van maken, dus laat ik alle woorden er op een neutrale toon uitkomen. Ben ik nu mijn vader aan het verdedigen, omdat Reyn zegt dat ze het makkelijk hadden? Mijn loyaliteit is sterker dan mijn zelfliefde. Of is dat de makke van loyaliteit? Is dat altijd en overal het geval? Ik haat je, maar ik blijf toch bij je. Ik haat je, omdat je bent vertrokken, maar ik blijf je toch verdedigen. En wat is dan mooier; zelfliefde of loyaliteit? De vraag stellen is 'm beantwoorden.

'Ik heb inderdaad geen idee,' stemt hij in. Het zegt hem vast ook te weinig. En mij zegt het eigenlijk ook niets, want wat kan mij de overweging van mijn vader eigenlijk nog schelen? Of hij dapper was of niet. Ik heb het alleen maar nodig om mijn eigen karakter aan de hand van zijn eigenschappen verder in te kleuren. Was hij heel avontuurlijk? Dan komt daar mijn avontuurlijkheid vandaan. Was hij laf en liep hij weg voor zijn problemen? Aha, dan heb ik dat ook van hem. Was hij gehoorzaam en boog hij voor familiedruk? Dat heb ik niet van hem, zo zwak ben ik niet.

Reyn gaat verder: 'En ja, hij moet een verhaal hebben. Hij draagt een heftige geschiedenis met zich mee.'

'Ervan uitgaande dat hij het nog bij zich draagt. Dat hij niet ergens onderweg zijn verhaal heeft afgeworpen, omdat het leed te groot werd.'

'Dat waarschijnlijk,' zegt Reyn. 'Hij wilde ook gewoon een ander verhaal. Niet het zoveelste gastarbeider-komt-naar-Nederland-verhaal. En misschien heeft hij van veel dingen spijt, maar dat toegeven… Dat kunnen maar weinig mannen, zeker mannen uit die leeftijdscategorie niet. En hij komt ook nog eens uit een cultuur waarin het tonen van zwakte uit den boze is en de schaamte, de angst voor de zonde heel groot is.'

'Haram.'

'Wat is dat?'

'Haram is volgens moslims alles wat niet mag. Het tonen van menselijkheid is klaarblijkelijk haram, want mensen zouden toch eens van je kunnen denken dat je zwak bent. Ook zuur dat ingaan tegen je familie wordt gezien als haram, maar het in de steek laten van je kind toch net iets minder haram is.'

Als ik me in hem kan verplaatsen, waarom kan mijn vader zich dan niet in mij verplaatsen? Dat is toch gewoon menselijk gedrag? Dat is wat alle mensen ter wereld met elkaar zou moeten verbinden. Zeker een vader en een dochter. 'Denk je dat hij dat ooit gaat toegeven?' vraag ik tegen beter weten in.

'Nee, hij gaat nooit zijn fouten aan jou toegeven,' zegt Reyn op een therapeutische toon. De toon die aanduidt dat dit de kern van de zaak is. De dolk in mijn rug die eruit moet worden getrokken draait om die woorden. Die woorden moeten de wond die de dolk achter gaat laten genezen. Reyn gaat verder en zegt in een poging mij te troosten dat het nu eenmaal zo is: 'Je vader kan zijn eigen gedrag waarschijnlijk niet eens zelf onder ogen zien. Laat staan toegeven aan degene die heeft geleden onder zijn gedrag. Hij heeft een vrouw met een baby in de steek gelaten. Zo'n keuze kan je toch nooit meer goedpraten?'

Dit moet me troosten, die gedachte. Eerder, veel eerder, zou de opmerking dat ik troost moet halen uit het feit dat dingen zijn zoals ze zijn me boos hebben gemaakt. De oneerlijkheid aan de hele kwestie zou het spuug op mijn tanden hebben laten verschijnen. Nu snap ik het. Ik voel de troost van dat het is zoals het is. Mijn vader gaat niet meebewegen. Hij zit vast in zijn eigen choreografie. Het is aan mij om daar fluïde omheen te bewegen. Ik moet water zijn, stromend water. Water hoeft niet gevuld te worden. Water is. Ik wacht maar en ik wacht terwijl ik moet gaan stromen, los van hem. Ik moet los van dat wat er nooit was. Die watermetafoor kwam tijdens mijn yoga-opleiding ook langs. Nu pas snap ik het. Kan ik hem vergeven? Moet dat? Misschien is dit wel genoeg. Is dit eigenlijk vergeving en herken ik het niet als zodanig.

Ik heb zeldzame momenten dat ik het voel, dat er een gloeiende lichtbron van stralende mineralen in mij zit. De blauwe steen waar Ariane het over had, de kracht van mijn voorouders. Een kracht waar niemand invloed op heeft. Alleen ik ben in staat om aan de frequentieknop te draaien. Ik ben de baas over die knop en te vaak zit ik er met mijn tengels aan om de frequentie te laten samenvallen met die van anderen, maar ik moet op mijn eigen frequentie blijven en op de uitkijk staan om mensen op diezelfde hoogte te spotten. Reyn en ik ontmoeten elkaar op die hoogte, maar als het goed voelt, begin ik weer met mijn boerenpoten aan die knop te draaien. De ruis die vervolgens ontstaat is vertrouwd, de verstoring. De storing rechtvaardigt alles. Bij haar stoort het, laat haar maar, hoor ik de mensen in mijn hoofd zeggen. En zo creëer ik mijn eigen universum. Werkt niet, ik weet het inmiddels, maar ik kom niet uit mijn eigen bubbel. Haal me eruit. Help mij, ik wil wel, maar ik kan het niet alleen. Ik ben niet heel, ik ben half. Half geliefd en half opgevoed. Maar twee keer half maakt mij niet heel.

Moha haalt de deksel van de tajine, de geur van warme pruimen en kip komt ons tegemoet. Ik vind warm fruit goor. Alsof er een warme, vers opgehoeste fluim terug je keel in wil glibberen. Ik stel me niet aan en eet braaf door. Honger is de beste saus. Tot Moha iets uit een tas gaat pakken. Snel schep ik de laatste vijf pruimen in Reyns kommetje.

Moha vertelt over zijn leven, hier in deze droge uithoek van dit land. Wij vragen vooral. Zeker ik heb even geen zin om wat dan ook te vertellen. Zijn trots klinkt door als hij praat over de woestijn. Dat bij hoge temperaturen de zogenaamde hitteduivels beginnen te verschijnen en dansen aan de horizon en dat er dan overal luchtspiegelingen zijn te zien. Dat het een prachtig tafereel is als de schaduwen van de dromedarissen onderdeel worden van de luchtspiegelingen. En dat als het voorjaar veel regen brengt er een stukje verderop een meer in de woestijn ontstaat waar flamingo's en allerlei onbekende vogelsoorten op afkomen. Hij zegt dat we eigenlijk een maand later hadden moeten komen. Ik denk dat ik juist precies op tijd ben.

Als Reyn en ik weer op ons bed van dekens naar de sterren liggen te kijken, is alle bewolking verdwenen. De nacht is helder, ik lijk de maan te kunnen vastpakken.

'Zie je de maan?' Zijn stem klinkt dromerig.

'Ja, mooi hè?'

'Zie je 'm echt?'

'Ja, echt.'

'Echt voor wat-ie is?'

'Wat bedoel je?'

'Jij bent die halve maan. De helft is maar zichtbaar voor iedereen. Ik zie de hele maan. Ik zie jou, helemaal. Jij denkt maar dat het deel dat niet zichtbaar is verrot is, maar dat deel is net zo mooi als het deel dat je wel ziet.'

Ik kijk hem aan en knik beduusd. Onzeker over welke richting dit gesprek op zou kunnen gaan.

'En op een dag, en dat gaat echt niet lang meer duren, zie jij het ook helemaal,' gaat hij verder. 'Je hebt het goed gedaan.'

'Dat hoop ik maar.'

Onder de deken pakt hij mijn hand.

'We kunnen niets doen, hoor. Mijn infectie is nog niet weg.'

'Dat hoeft ook niet.'

Ik voel dat zijn ogen op mij zijn gericht, maar ik blijf naar de maan kijken.

'Nad?'

'Ja?'

'Weet je waarom ik als ik uitga steeds vroeger bij je op de stoep sta?'

'Nou? Omdat het lekker makkelijk is en je dan zeker weet dat het niet tegenvalt?'

'Nee, omdat ik klaar ben met jagen.'

Hij wil nog wat zeggen, maar hij houdt in. Zijn hand pakt mijn kin en draait mijn gezicht naar hem toe. 'Dat ben ik eigenlijk al heel lang. Ik kom steeds vroeger en vaker omdat ik bij je wil zijn.'

'Oehoe, Reyn is op Nadia,' zeg ik plagerig, omdat ik mooie, beladen moment altijd minder beladen probeer te maken met grappen of pesterijen.

Hij beantwoordt mijn flauwe opmerking niet met een lach, maar blijft glazig kijken. Huilt hij?

'Jezus Reyn, dit zouden we niet doen. Het was alleen voor de lol, tot een van ons serieus verliefd zou worden.' Mijn stem breekt.

'Ja, en daar zouden we eerlijk over zijn en dat ben ik nu. Ik wil je terug in mijn huis. Of ik bij jou, maar dan echt, niet als huisgenoten. Bij je zwerfvuilmeuk. Zelfs bij je Lodewijk de veertiende-bank die waardeloos zit. En dan wil ik elke dag naar je kijken als je staat te schilderen met alleen je vossenbontje aan.'

Mijn wangen zijn ongemerkt nat geworden. Reyn buigt zich naar me toe. 'Mag ik binnenkomen?' vraagt hij. Hij houdt zijn lippen vlak voor de mijne en verplaatst de hand waarmee hij mijn kin vasthoudt naar de achterkant van mijn nek. We kijken elkaar aan en houden onze open monden nauwelijks voelbaar tegen elkaar aan. We ademen samen in en uit, en in en uit.

'Je bent al binnen,' fluister ik.

De opkomende zon en de stijfheid in mijn lijf maken me de volgende ochtend wakker. De weidsheid van waar ik lig dringt nu pas tot me door. Gisteren in het donker waren alleen de sterren zichtbaar, nu zie ik om me heen alleen maar zand. Licht zand, donker zand. Platte stukken, heuvelachtige stukken en de enorme zandduin van honderdvijftig meter hoogte waar Moha gisteren over vertelde. De duinen nemen gedurende de dag verschillende kleuren aan afhankelijk van de stand van de zon; van goud tot rood tot paars. Het is nu geel met schaduwvlakken die van de woestijn een schaakbord met ronde lijnen maken.

Moha laat de surrealistische schoonheid aan zich voorbij gaan. Hij heeft dit al honderden keren gezien. Het vuur is inmiddels aangemaakt. Ik hoop dat we pannenkoeken krijgen. Reyn ligt nog te slapen.

Ik kruip stilletjes onder de deken vandaan om de duin op te lopen. Het zand is glad. Misschien had ik beter aan de schaduwkant omhoog kunnen gaan lopen. Eenmaal boven maakt het niet meer uit. Onder aan de duin is ons kamp. Reyn is inmiddels wakker geworden en zit naast Moha, ze zetten samen thee. Hij kijkt naar boven en blaast me een handkus toe. Ik doe hetzelfde en blaas de warmte die ik in me voel naar hem toe. Hij krijgt terug wat hij erin stopt.

Daar sta ik dan. In eerste instantie zie ik mezelf van een afstand staan, maar dan begin ik te zakken. In het zand, in mezelf. Alle zwaarte die ik voel, begint naar beneden te druipen. Er is niets te zien. Niets anders dan zand en het is rijker dan alle schoonheid en hectiek van alle plekken die we de afgelopen dagen hebben bezocht. Veel mensen hebben iets nodig om niets te zijn. Yoga, meditatie, trancereizen. Ik heb niets nodig om alles te zijn.

Tot aan mijn knieën zit ik onder het zand. Ik ben herrezen uit mijn eigen as. Of eigenlijk uit het zand van de woestijn waar ik nu in sta. Ik laat mezelf opnieuw geboren worden. Zonder moeder, zonder vader. Ik denk aan Arianes opmerking over mijn vrolijke voorouders. Misschien waren mijn ouders wel fabrieksfoutjes, een doorn in het oog van die voorouders. Moesten die twee minnen samen een kind krijgen om dat kind een plusje te laten worden.

Ik ben geen halfbloed, maar een halfgod. De goden hebben mij voor de helft opgevoed. Zij hebben de plek van mijn vader ingenomen. Hij heeft me gegeven wat hij me kon geven; al was het alleen maar het leven. Wie ben ik om daar iets van te vinden? Ik heb zijn gift aangenomen en ik ben verdergegaan.

Ik sta op de top, als een godin. Ik voel me hierin gesterkt door Ariane; zij noemde mij een godin. Mijn schaduw is lang, de zon kruipt tevoorschijn om die lange, donkere gestalte die aan mij kleeft met elk kwartier kleiner te maken.

Mijn schouders werpen het juk van schaamte af. Ze willen niets meer dragen. Ik ben hier alleen, doe alles alleen. Zoals altijd. Het is hier niet anders. Geen voorouders, geen kraaien: ik wil er niemand bij hebben. Dit moet ik doen.

Ik haal de brief van Imane en de aansteker van Moha uit mijn zak. Waarom zou ik de brief bewaren? Ik kan niet eens inschatten of zij mooi kan schrijven. Een handschrift in een taal met andere tekens geeft geen geheimen prijs. Uit dit schrift kan ik niets over Imane opmaken. Ik moet het doen met wat de inhoud mij over haar zegt. Dat haar gevoel voor rechtvaardigheid zo groot is dat ze een aangelopen, onwettige nicht de geheimen van haar zwager prijsgeeft. Het geheim was de rem op mijn leven. Mijn voet is nu vrij om gas te geven.

Ik maak een kuiltje in het zand en laat het vuursteentje van Moha's aansteker draaien. De vlammen grijpen Imanes brief en ik houd het brandende papier zo lang als ik kan vast. De kleur van de vlammen is hetzelfde als de kleur van de zon die aan het opkomen is. Als de vlammen mijn vingers dreigen te raken, laat ik hem vallen. Het kleine beetje vuur dat smeult, doof ik met een dikke klodder spuug. Op dit graf hoort geen roos. Als het kuiltje weer dicht is, begin ik de helling af te rennen. Mijn benen zakken met elke stap diep weg in het zand en toch ben ik razendsnel beneden.